質屋探偵
ヘイガー・スタンリーの事件簿

Hagar of the Pawn-Shop

Fergus Hume

ファーガス・ヒューム

平山雄一 訳

国書刊行会

目次

質屋探偵ヘイガー・スタンリーの事件簿

第一章　ヘイガー登場

ジェイコブ・ディックスは質屋だ。しかし職業や名前はユダヤ風でもユダヤ人ではなかった。彼はもうよぼよぼで、本当の年齢を知る者など一人もいない。あまりにも見た目が不気味なので子供たちは通りで彼を見かけると、冷やかしてからかう。あまりに強欲なので、近所中から「守銭奴」と呼ばれる。そうした悪評を埋め合わせる隠れた美徳が彼にあったとしても、誰もわざわざそんなものを見つけようとしないし、注目するはずもなかった。無愛想で付き合いの悪いジェイコブは、他人が関心を持つような相手ではなかったのは確かだ。彼の質屋は、まるでおとぎ話に登場する人食い鬼の住むお城だった。お客でもない限り誰も近寄らず、客でさえこの老人とは質入れの交渉の際には口論になり、最後には呪いの言葉をつぶやく始末だった。そうやってジェイコブは自分に有利な条件で取引をするのだ、と言われていた。

ランベスのカービーズ・クレッセントにあったこの質屋は、骸骨こそないが、かわりにいろいろな人間と家庭のものだった、さまざまながらくたや半端物でいっぱいで、鬼の城のようだった。店は薄汚いカーブした通りの真ん中の少し開けた場所の、一本向こうの大通りへ通じる裏道との角にあった。何年にもわたってほこりでまみれた窓には、銀のティーポットから古ぼけた鍋、金時計からさびだらけのコテ、大工のノミからおしゃれな美人が使うような象牙のフレームの鏡まで、雑多な品物が並んでいた。ジェイコブの店のショーウインドウは、荒廃した現代文明の贅沢さ、卑しさ、つまらなさを象徴していた。

そして不釣り合いな品物が一緒に並んでいることも、皮肉を感じさせた。便利な品物と役に立たない品物が一緒に置かれている。つまらないガラクタが、生活必需品と一緒に並んでいる。美しく色づけされた上品なドレスデン製の陶器が、銅のベッド温め器を眺めてニヤニヤ笑っている。ルネサンス時代の銀の柄のナイフが、三流レストランでよく切れないとののしられていた安物のディナーナイフ二十本と一緒にされている。包帯が巻かれたファラオのミイラの手は、世界中のありとあらゆる時代の傷物のコインが入った瑪瑙《めのう》の皿を触っている。金時計と銀時計が交互にぶら下げられたその下には、中国の職人が精魂込めて彫った象牙の寺と船の素晴らしい置物がある。まるでオウムの羽のように豪華な極彩色の絹で織られた錦の上には、無造作にメダルやお守りや、古ぼけた宝石がついた時代遅れの指輪や、インドのダンサーが身につけるもろそうな腕輪が積まれている。グロテスクな金箔の装飾が施された日本の漆塗りの小さなタンス、邪視［にらまれると不幸が訪れるという迷信］を避けるための南イタリアの珊瑚《さんご》のお守り、青いトルコ石が無造作にはめ込まれたトルコ製のパイプ、金糸の刺繍がすでに色あせたジョージ王朝時代の帽子、フィレンツェ製の魔除け、イヤリング、ブレスレット、嗅ぎ煙草入れ、モザイクのブローチ――そうしたがらくたがどんどん積み上げられていき、さらにその上には灰色のほこりが積もっていた。何世紀もの時間がたった残骸、死んだか死にかけのさまざまな社会の骸骨！　帝国の強さ、哀れな人間のうぬぼれを雄弁に物語っているではないか！

　この店の中は狭くて暗かった。細いカウンターが端から端まで渡してあって、店を二つに区切っていた。入り口に近い側には三枚の木製の目隠しがたててあり、区切られた四つの窓口が設けられていた。質入れに来た客はここに入っていくのだ。しわだらけで悪知恵にたけ、いつも咳《せき》に悩まされていたジェイコブは、カウンターの向こう側で行ったり来たりしながら、客とひっきりなしに丁々発止のやりとりをして、いつも上手にだますのだった。彼は質入れの商品の本来の価値と見合う金を渡したことがなかった。一ファーシング［四分の一ペニーのこと］でも安くしようとがんばり、自分の思った通りの値段で交渉がまとまっても、客に渡す硬貨一枚一枚が、まるで彼のしなびた心臓から搾り取った血液の一滴であるかのように金を渡すのを惜しんだ。ほとんど店から出たことがなく、人と交際することはなかった。一日のインチキ営業が終わると、彼はいつも裏の薄暗い居間に引っこんだ。そこで目を引くのは、壁にはめ込まれた巨大な金庫だった。ここで彼は売り上げを勘定したり、こっそり盗品を処分しようとやってくる、店の正面からは入れない怪しい客の応対をするのだった。そしてたまに気分がのっているときには、カービーズ・クレッセント、いやロンドンで唯一の友人と、おしゃべりをすることもあった。なにしろジェイコブが人気者になることは絶対にないのだから仕方がない。

　その唯一の友人は、ヴァークという弁護士だった。彼はいかがわしい依頼人のいかがわしい仕事を、いかがわしく引き受けていた。彼はその名が示している通りポーランド系で、それは本人も認めていた。さらに弁護士の看板を掲げながらも、実は高利貸しをしていることは、近所では周知の事実だった。彼はジェイコブに負けず劣らずの嫌われ者だった。二人は、最初は弁護士と依頼人という関係だったのだが、どちらもひどい評判で誰からも相手にされないので、とりあえずは信用しあわない友達になったというわけだ。二人ともお互いを信頼せず、お互いに相手をペテンにかけようとしていたが、どちらもうまくいかなかった。それでも二人は夜になるとその薄暗い居間で会って、腹の底まで知り尽くしているという気安さで、それぞれのずるくて卑しい仕事についておしゃべりをするのだった。お互いのひどい噂《うわさ》を知っていても教えることはなかった。それは犯罪者同士にしか通用しない仁義とでもいったものだ。

ある霧の深い十一月の夜遅く、ジェイコブは友人と、さびた炉格子の向こうでかすかに燃える暖炉の火をあいだに座っていた。質屋の老人は薄いオートミールを煮ていた。そしてヴァークは自分のジンの瓶を脇に置き、ワイングラスに注いでちびちび水で割って飲んでいた。ジェイコブは、水はただで出してくれるので、ヴァークは初めて会ったときから、いつも酒は自分で持ってきていた。トランプ用のテーブルの上に置かれた銀の燭台——質草なのだが——では、ろうそくが溶けて流れだし、かすかな明かりを灯していた。外から部屋へと霧が忍び込み、二人が座っている風景は霧にかすみ、安ろうそくはまったく役に立っていなかった。その不愉快さ、むさ苦しさは、ジェイコブのような守銭奴の家にしかないものだった。

ヴァークは小柄でやせた、いつもそわそわしている男だった。神様がお創りになったなかでは人間よりも、虫けらのほうにずっと似ていた。とがった鼻に吹き出物だらけの顔、そしてうさんくさそうで怪しげな両目は緑色で、まるで猫の目のようだった。着古した黒い服を着て、白いシャツが本当に少しだけ見えていた。ジェイコブが咳をしながらしわがれ声で何か言うたびに、ヴァークは手をこすり合わせながらぺこぺこするのだった。ジェイコブは上物だがすでに色あせた、摂政時代の洒落者の遺物の化粧着を着てしきりに咳き込んでいた。まるで咳き込むごとにばらばらになりそうなほどの勢いだ。しかしこの老人は見事なほどしぶとく、最後の勇気を振り絞って生にしがみついているように見えた。もっともどうしてこの老人がいまだにこの世に未練を残しているのかは、神様しか知らない。ヴァークにとってはおもしろくないしぶとさだった。彼はジェイコブの遺言状を作っており、依頼人に早く死んでほしいと思っていた。そうすれば遺言執行人として、ジェイコブが持っているはずの巨額の遺産を、思うがままにできるはずなのだ。相続人は行方不明で、ヴァークは探すつもりもなく、いろいろ計画を思い巡らしていた。そういうわけで彼はジェイコブにしがみつき、彼がオートミールを前にして咳き込むのを見守っていたのだ。

「おやおや！　今夜はディックス氏の咳がひどいですねえ！　ジンを一口飲んで喉をしめらせばいいのに」ヴァークはいつものように依頼人を三人称で呼びながら、ため息をついた。

「そんな金はない！」ジェイコブは器にオートミールをよそいながらしわがれ声で言った。「ジンは金がかかる。そんな金はない。一杯ごちそうしてくれないか、ヴァークさんよ、せっかくだから」

ヴァークはこの要求にしぶしぶ応じ、できるだけ少量を、差し出された器に注いだ。「本当に素敵ないい人だ！」弁護士は作り笑いをしながら言った。「明るくて元気《スピリット》いっぱいだ！」

「おまえの酒《スピリット》だがな！」ジェイコブはオートミールをすすりながら繰り返した。

「こいつはいい！」ヴァークは叫んで膝を叩いた。「『パンチ』誌［当時人気の風刺雑誌］よりもおもしろい！」

「ジン・パンチ！　オートミール・パンチだ！」このお世辞に気をよくしたジェイコブは言った。

「アハハハ、笑い死にしそうだ！　芝居小屋より金を払う価値がありますよ！」

「おまえも馬鹿だ！」ジェイコブは火箸をつかみながらわめいた。「金は使うものじゃない。さあさあ、帰れ！　もう暖炉を消すぞ。おまえを温めるためにお高い石炭を燃やしてるんじゃないからな。ろうそくがもう半分も燃えちまった！」ジェイコブは怒って話を終わらせた。

「ええ、帰ります、帰りますよ」ヴァークは酒瓶をポケットに滑り込ませて言った。「せっかく楽しかったのに、残念ですね！」

「おい、ちょっと待て、おまえ！　まだ息子はあの広告に返事してこないのか？」

「ディックス氏の息子は、悲嘆にくれている親あてに、まだ連絡をしてきませんよ」弁護士は答えた。

「ああ、なんて薄情な子供なんだろうねえ！」

「その通りだ」ジェイコブは暗い表情でつぶやいた。「ジミーはわしを死ぬまでほったらかしにするつもりなのか。なんてやつだ！」

「じゃあどうして、あなたはそんな子供に遺産を残そうとするんです？」ヴァークは二人称に呼び方を変えた。これは商売の話に切り替えたときの癖だった。

「どうしてって、おまえは馬鹿か？　だってやつはヘイガーの息子なんだぞ。最高の母親から生まれた不肖の息子だ」

「ヘイガー・スタンリー、あなたの奥さんか、ジプシーの！　そうでしょう、ディックスさん？」

ジェイコブはうなずいた。「純粋のロマ族だ。わしが偽医者をやっていた頃に家内と出会った」

「行商人のくせに偽医者とはね！」ヴァークはうなった。「なかなかしゃれているじゃないですか」

「わしがここに店を構えたときに、家内も一緒にロンドンにやってきた」ジェイコブはかまわず話を続けた。「そして都会では生きていけなかった。田舎の街道の自由な空気で生きていた家内は、煉瓦《れんが》やモルタルの中では息ができなかったんだ。死んじまった――かわいそうに！　死んじまったんだ。ジミーを残して――そしてジミーもわしをおいていった」

「なんておとぎ話でしょうね――」ヴァークが言いかけたが、ジェイコブの鋭い眼差しを見ると、亡くなった奥さんのことを悪く言えば彼が気を悪くするにちがいないと思い、話題をそらした。

「息子さんはきっと財産を使い果たしてしまいますよ、ディックスさん」

「かまうものか！　ヘイガーは死んだ。わしも死ぬ。あとは勝手にやれ」

「でも、あなたが、私に遺言執行人としてもっと強い権限をくれれば――」

「わしの金をおまえが自由に使える、というわけだろう」ジェイコブは皮肉めいた声音で遮った。「わしが知らないとでも思っているのか、このごうつくばりめ！　おまえの仕事は、遺産を法律通りジミーに渡すことだ。わしは金を払っているんだぞ！」

「あれっぽっちで！」ヴァークは不平を言いながら立ち上がった。「もしあなたが――」

そのときだった。店のドアをノックする鋭い音が響いた。二人の悪党は警察が踏み込んでこないかといつもびくびくしていたので、お互いの顔を見つめながら、恐怖で一瞬身がすくんだ。いつも抜け目ないヴァークは、自分の帽子をひっつかむと裏口から逃げ出した。そこからなら霧に紛れて自分の家へ、疑われず目撃もされずに戻れたのだ。まるで幽霊のように彼は姿を消した。残されたのは、固まったままのジェイコブただ一人だった。何度も繰り返されるノックに答えて、ようやく立ち上がった。

「お巡りのわけがあるまい」彼はつぶやきながら、戸棚からピストルを取り出した。「だが泥棒かもしれん。まあ、そうだったら――」彼はニヤリと笑い、最後まで言わずに足を引きずって玄関まで、ろうそくを手に歩いて行った。三度目のノックが響いたとき、店の時計が十一時を打った。

「こんな遅くに誰だ？」と、ジェイコブは鋭い声で質問した。

「あたしは――ヘイガー・スタンリー！」

恐怖の叫び声を上げて、ジェイコブはろうそくを取り落とし、あたりは闇に包まれた。亡くなった妻のことを考えていたところに、いきなり彼女の名前を聞かされたので、埋葬用の布に身を包んだ妻がドアの向こう側に立っているのではないかと一瞬思ったのだ。たった一枚の板を挟んで生者と死者が向き合っているなんて！　何と恐ろしい！

「ヘイガーの幽霊なのか！」ジェイコブは真っ青になって震えながらつぶやいた。「どうして墓の中から出てきたりしたんだ？　あれは高かったんだぞ。煉瓦造りで、大理石の墓石までのせてあるんだから」

「中に入れて、中に入れてよ、ディックスさん！」訪問者はまたドアを叩きながら叫んだ。

「家内はそんなふうにわしのことを呼ばなかった」ジェイコブはほっとしてろうそくを拾った。そして火をつけてさらに大きな声で言った。「ヘイガー・スタンリーなんぞ知らんな」

「ドアを開けてったら。お願いだよ。あたし、奥さんの姪なんだ」

「生きた人間だ！」老人は言って、鍵を不器用な手で回した。「だったらかまわん」

ドアをぱっと開けた。すると霧と闇の中から二十代の若い女性が一人、店の中へと歩いて入ってきた。彼女は粗末な布で作られた暗赤色の洋服を着て、短い黒いマントを羽織っていた。手袋はせず、帽子もかぶらず、真っ赤なハンカチーフで、豊かな黒髪を無造作に包んでいるだけだった。その顔は輪郭と肌色がまさしくロマ族の東洋的なもので、アーチ形の眉毛が大きな黒目の上にかかっていた。そして繊細なカーブの鼻の下の、薄い唇をした口の形も美しかった。その顔つきや姿には、椰子の木と砂漠と太陽がさんさんと照りつける灼熱《しゃくねつ》の世界がぴったりだ。しかしこの東洋の美女は、まるで黄泉《よみ》の国から現れたシリアの王女の亡霊のように、霧の中からやってきた。そしてその美しい姿を、驚く質屋の老人の前に見せたのだ。

「あんたは、死んだわしの家内のヘイガーの姪だというのかね?」彼はろうそくのかすかな黄色い明かりのなか、じっと彼女を見つめながら言った。「ああ、本当だ。ニューフォレストで初めて会ったときの家内によく似ている。で、何の用なんだ?」

「食べ物と寝る場所をください」少女は単刀直入に言った。「とりあえずドアを閉めてもいい? 夜のこんな時間に女性と話しているところを、通りがかりの人にでも見られたら評判にかかわるでしょ」

「わしの評判だと!」と、ジェイコブは思わず含み笑いをしながらドアを閉めてかんぬきをかけた。

「へっ、そんなものはもうすでに地に墜ちておるわい。知っていたら、こんなところには来ないだろうよ」

「うん、ちゃんと知ってるよ、ディックスさん。あなたがあたしのひいおじいさんの二倍も年寄りだってこともね」

「おい、失礼だぞ、若いの!」

「丁寧な人には丁寧にすることにしているんだ」ヘイガーは反論した。老主人の手からろうそくを取り上げて、「さあ、行こう、ディックスさん。中に入ろうよ。もうくたくたで、眠くて眠くて。おなかもすいたから何か食べるものはない？　ここに泊めてね」

「ずいぶんと図々しいぞ、若いの、何でそんなことをしなくちゃならんのだ？」

「だってあたしは死んだ奥さんの親戚だもの」

「ああ、まあ、それはそうか」ジェイコブはつぶやいて、いつもの強情さにも似合わず言い負けてしまった。この図々しい娘に言われるまま、彼はさきほどの薄汚い居間に案内した。彼女はマントを脱ぐと椅子に座った。ジェイコブは亡くなった妻のことを持ち出されてほろりときたのだろうか、いつになく親切に、粗末な食事を出してやった。

何も言わずに食べ物を客の前に置くと、彼女も何も言わずに食べ、元気を取り戻した。ジェイコブは、この落ち着きはらったジプシー娘に驚き、彼女の堂々とした冷静な態度に、むしろ好感を抱いていた。彼女が最後のパンとチーズを食べ終えるなり、彼は口を開いた。その最初の言葉はぶっきらぼうで乱暴だった――わざとだったが。

「ここに置いてやるわけにはいかんぞ！」この愛想のいい老人は言った。

彼女も同じ調子でやりかえした。「ここに置いてもらうし、そのほうがいいと思うよ、ディックスさん」

「どうして？」

「理由はたくさんあるよ。どれもこれも立派な理由が」ヘイガーは両手の上に顎をのせて、しわだらけの老人の顔をじっと見つめた。「六ヶ月前にここに来た、ロマ族の仲間の男の人からあなたのことは聞いてる。奥さんは亡くなった。息子は出て行った。ここで一人暮らしをしている。みんなから嫌われている。年を取って体も弱り、孤独。でも結婚していたおかげで、あなたは優しいロマ族の仲間として認められている。そういうわけ。それにあたしは死んだ奥さんの親戚だもの。あなたの面倒をみてあげにきたんだ」

「図々しい女だ！　いいか、聞け――」

「まあ、最後まで聞いてちょうだい」彼女は気にせず続けた。「あなたはけちなんだってね。だったらただで召使いを雇える機会を逃さないでしょ？」

「召使いだって！　あんたが？」ジェイコブは彼女の尊大な態度に驚いた。

「そういうこと、ディックスさん。あたしがあなたとこの家の面倒をみてあげる。掃除や料理や修繕もするよ。商売のやり方を教えてくれたら、お店のほうも手伝う。あなたと同じぐらいうまく商売をするよ。これ全部、ただだってわけ」

「食事と寝床がいるだろう」

「ひからびたパンと冷たい水でいいよ。この屋根の下にいれば雨はしのげるから、わらを束ねてその上で寝ればいいでしょ。たいしたお金はかからない。それ以上は何も要求しないからさ、守銭奴さん」

「そんな呼び方をどこで習ったんだ、野良猫め！」

「みんなあなたをそう呼んでるから」ヘイガーは肩をすくめた。「お似合いじゃない、ね、ディックスさん。あたしの提案、どう思う？」

「まだうんと言ったわけじゃないぞ」ジェイコブはこの少女に首をひねりながらも、言い返した。「なんでわしのところに来たんだ？　どうして仲間と一緒にいないんだ？」

「五分で説明できるよ、ディックスさん。うちのスタンリー一家は今、ニューフォレストにいるの。知ってる？」

「ああ」ジェイコブは悲しげに言った。「そこでわしはヘイガーと出会ったんだ」

「そして二人目のヘイガーがそこからやってきたってわけね」少女は答えた。「仲間と一緒に幸せに暮らしていたんだけど、それもゴライアスが来るまでだったんだ」

「ゴライアス？」ジェイコブはとまどって聞き返した。

「そいつはジプシーと一般人のあいだに生まれた、赤毛の悪党なの。そいつがあたしに一目ぼれしちゃったんだ。でもあたしはあいつなんて、大嫌い！」彼女は興奮のあまりあえいで胸が上下した。「あたしと無理矢理結婚しようとしてさ。それにファラオも――あたしたちの一族の長のことよ――あたしとあいつを結婚させようとしたの。誰も守ってくれる人がいないし、みじめだった。そのときあたが一族の一人と結婚してたって仲間から聞いたのを、思い出したのよ。だからここに逃げてきて、かくまってもらって召使いになろうと思ったわけ」

「しかしゴライアスとかいう赤毛の乱暴者はいいのか？」

「あいつはあたしの行方は知らないわ。ここにいれば絶対見つからないはずだよ、ディックスさんが召使いとしておいてくれればね。あたしには、死んだおばさんと結婚していたあなただけが頼りなの。だってあたしはおばさんの名前をもらったんだから。おいてくれるにしろ、追い出されるにしろ、これで全部話したよ」

ジェイコブはこの少女をじっと見つめた。濃いまつげの向こう側で、涙が光っているのが見えた。しかし誇り高い彼女は、涙があふれ出るのをぐっとがまんしていた。彼女が孤立無援だということに心を動かされ、心から愛していた妻のことを考え、さらに頭が切れる白人奴隷が手に入るのなら、と彼は決心した。

「ここにいろ」彼は静かに言った。「役に立つかどうか試してやる――役に立って忠実なら、パンとベッドをやろうじゃないか」

「契約成立ね」ヘイガーは言ってほっと息をついた。「さて、おじいさん、寝させてもらうね。もうくたびれちゃった。ずっと歩き通しだったもの」

以上が、ヘイガーが質屋にやってきたいきさつである。ジェイコブ・ディックスの家に女性が、しかも若い美人がいるのを見て、ヴァークはひどく驚いた。このニュースは奇跡が起きたように、近所中にあっという間に広まった。そしてジェイコブと新しい家政婦についての怪しい噂話が、何度も繰り返された。しかしヘイガーは陰口などまったく気にしなかったし、老人も同様だった。二人のあいだに愛情や好意は見られず、ただひたすらお互いの利益のために働いていた。一日中ヘイガーはジェイコブに忠実に仕えていた。それがヴァークは不思議でならなかった。

この少女にとって、決して楽な暮らしではなかった。ジェイコブは厳しい主人で、食事と寝場所の代償はかなり高くついていたのは事実だった。ヘイガーは壁も床も磨いた。質草のドレスを売り物になるよう修繕した。主人と自分用に質素な食事も作った。この老質屋は彼女に、どうやって質入れされる品物を値切るのか、どうやって持ち主を言い負かすか、どうやって質入れ品を請け出しにきた気の毒な貧乏人から、最後の六ペンス硬貨まで搾り取るのかを教えた。あっという間にヘイガーはジェイコブ本人と同じくらい抜け目がなくなり、ジェイコブは彼女に取引どころか店全部を安心して任せられるようになった。彼女はプロとしてかかせない絵画、宝石、銀器、陶器の知識を蓄えた。知らず知らずのうちに、この無学なジプシー娘は目利きの鑑定家になったのだ。

みずから選んだ苦難の道を耐えられたのも、みなヘイガーの忍耐力のたまものだった。ベッドは硬く食事は貧しかった。それに老人の厳しい言葉は彼女の心にぐさりと突き刺さった。ジェイコブは本当に、ここ以外には行くところがない彼女を奴隷扱いして、思う存分暴君として君臨した。自分を見捨てた息子への怒りを彼女にぶつけて発散させた。殴りつけようとしたときもあるほどだった。しかしヘイガーの射るような眼差しに、気が変わった。暴君ではあったが、それに懲りてジェイコブは彼女に二度と手を挙げることはなかった。この自由人のジプシーをひとたび激怒させたら、もう二度と言うことを聞かなくなるだろう、とはっきりわかったのだ。しかし暴力を振るわれなくても、ヘイガーの生活は人間として悲惨なものでしかないのは変わりなかった。

ごみごみした町中の、狭い店の中に閉じ込められて、彼女も時には自由な放浪生活を懐かしく感じることもあった。夏の森の涼しさと緑の木陰を思い出した。星明かりの下、茶色のヒースの上に人里離れてキャンプをはった。ジプシーのたき火の赤い炎に照らされて、キャラバンやテントの影が幻のように踊った。夜の闇の中、彼女は、まるで記憶を取り戻すための呪文をとなえるように、ジプシー語の不思議な言葉をつぶやいた。店のショーウインドウの骨董品を並べ直しながら、短調のロマ族の歌を切れ切れに歌ったりした。荒野や野営や放浪、懐かしい思い出が暑い夏のあいだ彼女を苦しめた。そして冬が訪れると、雪をまじえ荒野を吹きすさび、つるつるで鏡のように冷たく凍った池の上を通って吹く強い風の寒さを懐かしく思い出した。質屋の店内で彼女はひととき夢の中で自由に歩きまわって、日頃のつらさを忘れていた。

悪いことは続き、ヴァークが彼女にほれてしまった。この悪党弁護士の偏狭で自分勝手な人生で初めて、下劣な魂に愛情が芽生えたのだ。この色黒の少女の愛らしさに惹きつけられ、清廉潔白な心に圧倒され、明敏で正しい判断に舌を巻き、ヴァークはこの宝物をぜひ、わがものにしたくなった。しかし彼が結婚を申し込んだのには、もう一つ理由があった。それを口にしたのはヘイガーに妻になってくれと頼んだときだった。心を決めるまでヴァークは十二ヶ月も思い悩んだ。ヘイガーが即座に断ると、彼は怒った。このみじめな男は、彼女が本気で断ったのが信じられなかった。

「ああ、ヘイガー！」彼は泣き言を言いながら彼女の手を握ろうとした。「君に夢中の奴隷の言葉を聞いてくれ！」

ヘイガーはレースを繕いながら、ジェイコブ老人不在の店の番をしていた。嘲るような笑みを浮かべながら見上げ、「あなたは自分のことをふざけて奴隷って呼ぶけど」と静かに答えた。「あたしは本物の奴隷だよ。一年前に、生きるために進んで奴隷に売られたんだ。あなたは奴隷と結婚したいわけ、ヴァークさん？」

「もちろん、もちろん！　そうすればもう召使いみたいな仕事もせずにすむ」

「あなたの奥さんになるくらいだったら、召使いのほうがましだよ、ヴァークさん」

「なんだって！　どうして？」

「だってあなたは悪党だもの」

ヴァークはにやりと笑って、ヘイガーの率直な言葉にひるむことなく「かわいいクレオパトラちゃん、私たちは仲間なんだから、みんな悪党だよ。ジェイコブ・ディックスは――」

「あたしのご主人よ！」ヘイガーは鋭い声で遮った。「ご主人は関係ないでしょ。あたしに結婚を申し込んで、一体何の得があるっていうの？　何か裏がなくちゃ、そんなこと頼まないよね」

「いやあ、ばれてるみたいだな、美人さん！」ヴァークは含み笑いをしながら答えた。「本当に鋭いな！　理由は二つある。一つは愛情――」

「うるさいよ！　愛が何かなんて知らないくせに！　で、もう一つは？」

「金だよ！」ヴァークは直截、簡単明瞭に言った。

「ふーん！」ヘイガーは皮肉っぽく答えた。「ディックスさんの遺産？」

「鋭いね！」弁護士は膝を叩いて言った。「その通り、頭がいい！」

「お世辞は抜きにしようよ、ヴァークさん。で、あたしを利用して、どうやってディックスさんの遺産を手に入れようっていうわけ？」

「それはね」ヴァークは緑色の眼をきらめかせた。「あのじいさんはあんたのことを気に入っている。だから今までお気に入りだった私のかわりに、あんたを選んだんだ。あんたがここに来る前は、行方不明の息子を受取人にした遺言状を作り、私を執行人に指名していた。しかしあんたが優秀なのを見て、じいさんは新しい遺言状を作った――」

「全財産をあたしに残すってこと？　そんなわけない！」

「そんなわけはないさ」ヴァークは切り返した。「最後まで聞くんだ。全財産は息子に相続されることになっている。しかし新しい遺言状では、あんたが執行人なんだ。わかるか?」

「ううん」ヘイガーはレースをたたみながら言った。「わからない」

「つまり、私と結婚したら、君の名前を使って財産を管理できるんだよ――」

「行方不明の息子さんのために?　そういうこと?」

「ま、そういうことだ」ヴァークは細い指を彼女に膝の上に置いた。「息子は行方不明。わかるかい?　そいつを探す必要なんてない。そうすればずっと遺産は私たちのものだ。そうすればちょいとつまみ食いもできようってもんさ」

ヘイガーは立ち上がり、不愉快そうな笑顔を浮かべた。「結構な計画じゃない。あんたにお似合いよ」と軽蔑して言った。「でも二つ問題がある。あたしはあなたと結婚しない。それからあたしは正直者だってことよ。ほかの女のお得意さんをあたってみることだね、ヴァークさん。あたしは絶対にお断り!」

彼女が歩き去ると、ヴァークは苦い顔になった。自分が悪党なものだから、自分の悪事の前に立ちはだかるこの正直者が理解できなかったのだ。指を噛《か》みながらヘイガーを見やり、どうやって彼女を罠にかけてやろうかと思いを巡らした。

彼は考えた。「あの老いぼれ守銭奴が彼女を相続人に指名すれば、遺産を受け取らないってことはないだろう。遺産が彼女のものになれば、無理矢理にでも結婚してやる。しかしジェイコブは全財産を、あのいまいましい行方不明の息子に残そうとしている。あいつはオヤジが早く死ねばいいのにと、いつも言っていたのにな。ああ！」ヴァークはため息をついて両手をこすりあわせた。「息子がじいさんを殺そうとしたと証明できたらいいんだがなあ。そうすればジェイコブは金を残そうとしないだろう。そしてヘイガーが遺産をもらい、彼女は自分のものになる。こいつはいいぞ！　ぜひとも実現させないと！」

バラ色の未来を夢見て、ろくでもない計画を成功させようと、ヴァークはすぐに仕事にとりかかった。彼は行方不明のジミーの手紙や請求書をたくさん持っていた。父親のジェイコブが支払いを拒否したものは、ヴァークの所にまわってくることになっていたからだ。老人が死ぬのを期待して、ヴァークは遺産を受け取ったときに返してもらうつもりで、息子に高利で金を貸していた。ヘイガーが自分の代わりに金を管理することになれば、ばか正直者のヘイガーから高利貸しの取り立ては難しくなるかもしれない、と考えた。そういうわけで、行方不明の息子は父親を密かに殺そうとしていたという証拠を、ジェイコブに見せてやろうと計画したのだ。ジェイコブがそんな話を聞けば、全財産をヘイガーに残すかもしれない。そして手練手管に長けたヴァークから結婚を申し込まれた相続人は、陥落するだろう。なんて見事で簡単な計画だろうか。

ヴァークのうさんくさい顧客の中には、手練れの偽造犯がいた。彼はその素晴らしい技術を発揮しすぎて、女王陛下の監獄に何度も放り込まれたことがあった。現在その偽造犯は自由の身だった。ヴァークはその男にジミーの手紙の束と、行方不明の相続人の筆跡で偽造してもらいたい手紙の内容を記したメモも渡した。こうして準備が整うと、ヴァークは機会をうかがって、裏の居間に置いてあるシナ製の壺《つぼ》に偽手紙を忍び込ませた。ジミーはこの中にパイプ煙草を入れておく習慣だった。この壺は高い棚の上に置いてあり、息子がいなくなってからジェイコブが触っていないことを、抜け目のない悪党ヴァークは、壺と棚に分厚くつもっているほこりから確認していた。こうして罠はしかけられた。あとはジェイコブを罠に誘い込むだけで、そこがヴァークの腕の見せ所だった。彼には十分勝算があった。しかしたったひとつ、ヘイガーの口出しという重要な点を見落としていた。彼女のために計画したこの策略を、当の本人がじゃまをするなど想像もしていなかった。ヴァークは、少女の正直な性格を評価も理解もできていなかったのだ。

彼はいつも通り、ある晩ジェイコブのところに遊びに来た。たった一本しか灯していないろうそく、燃え尽きそうな暖炉の火、霧が出たような雰囲気は、ヘイガーがテーブルのところに座って縫い物をしている以外は、ヘイガーが初めてやってきた晩にそっくりだった。ヴァークがぺこぺこしながら部屋に入ってくるのを見て、彼女は顔をしかめた。彼女は挨拶とも言えないような会釈をしただけで、にっこり笑いかけた悪党を無視した。ヴァークはジンの瓶を取り出し、暖炉の近くに席を占めた。向かい側のジェイコブは、その晩は非常に老けて弱っているように見えた。老人は機嫌が悪く、不平不満をいつも以上に言っていた。いつも通りヴァークに、ジミーから広告の返事が来たかどうか尋ね、いつも通り否定された。ジェイコブはうめいた。

「わしはこの冬には死ぬ」彼は不機嫌な顔で言った。「最期を看取ってくれる人間など誰もいないわけだ」

「ディックス氏は変なことをおっしゃる！」ヴァークはにっこり笑って大きな声で言った。「かわいいヘイガーのことをお忘れのようだ」

「ヘイガーはよくやってくれているが、ジミーじゃない」

「もっとも、わが友がすべてを知ったら、ヘイガーがジミーじゃないことを喜ぶでしょうねえ」

ヴァークの意味ありげな言葉を聞いて、ヘイガーはびっくりして視線を上げた。するとジェイコブがわめいた。「どういうことだ、おい？」と言う彼の色あせた目が、ぎらりと輝いた。

「だって」と答える弁護士は、老質屋を罠におびき寄せていた。「ジミーは悪党なんですよ」

「そんなことはわかっておる！」ジェイコブは言い返した。

「あなたの遺産を狙っていたんですよ」

「それもわかっておる」

「あなたが死ねばいいと思っていたんですから」

「それはそうだろうな」ジェイコブはうなずきながら答えた。「しかしやつはわしが死ぬまで待ってくれるだろうよ」

「ふむ！　はたしてそうでしょうか！」

ヴァークが何か企んでいると察したヘイガーは、縫い物を置いて鋭い眼で彼をにらんだ。ヴァークが話しながら例のシナの壺ばかり見ているのに、彼女は気がつき、この会話の内容とあの壺が何の関係があるのだろうと不思議に思った。すぐにひらめいた。

「ヴァーク」ジェイコブは真剣に言った。「まさかジミーがわしを殺そうとしていたと言いたいのか？」

弁護士は恐怖におののいたように両手をあげた。「ああ、誤解しないでくださいよ！」彼は悲しげな声をあげた。「ジミーはそれほどの悪党じゃありませんよ。でももし誰かがあなたの命を奪っても、ジミーはあまり悲しまないんじゃないかな」

「誰かとは、ヘイガーのことか？」

「嘘ばっかり言って！」少女は思わず立ち上がると怒りに燃える目でにらみつけた。「ディックスさん、あたしはあなたの息子さんに会ったこともないんだよ」

「なんですって！」ヴァークは猫なで声で言った。「赤毛のジミーに会ったことがないと！」

ヘイガーは真っ青になって腰を下ろした「赤毛！」彼女はつぶやいた。「ゴライアス！　いいえ、そんなわけない！」

ヴァークはヘイガーをじっと見つめ、彼女もにらみ返した。もうろくしかけているジェイコブは、会話についていけなくなり、震える麻痺した生き物のような小さな燃える火を、不機嫌そうに見つめていた。ヴァークがほのめかした、ヘイガーはジミーに雇われて自分を殺しに来たのだという話に、あまりに驚き自分の意見を言うこともできなかった。この姿を見て、弁護士はこの危険な話題を離れて、計画の第二段階へと移っていった。

「いや、まあ、まあ！」彼は言いながらポケットを探った。「パイプが空になってしまいましたよ。煙草をどうやら忘れてきたようだ」

「じゃあ吸わなければいいよ、ヴァークさん！」ヘイガーはきつい声で言った。「ここには煙草なんてないよ」

「ああ、そうそう。あの壺はどうだろう」弁護士は細い指で高い棚の上を指した。「ジミーの壺でしたね」

「ジミーの壺に触るな！」ジェイコブはぶっきらぼうにつぶやいた。

「おやおや！　ディックス氏は古い友にちっぽけなパイプに詰めるだけの煙草もくれないんですか？」ヴァークはぐちぐち言いながら、棚のほうへと歩み寄った。「ああ、思った通りだ。煙草がありました」と言いながら、長い腕を伸ばして壺を手にした。ヴァークが壺を下ろすとジェイコブはよろよろと立ち上がり、客を厳しく叱責した。

「ジミーの壺に触るなと言っているだろうが！」ジェイコブは怒鳴りながら火かき棒をつかんだ。

「離さないと頭をかちわるぞ！」ヘイガーは我関せずと縫い物を続けていた。

「お優しいディックス氏が暴力をふるうなんて！」ヴァークは叫びながらも、まだ壺を離さなかった。

「ああ、いや、いや、そんなまさか！　ディックス氏だったら――」

その瞬間ジェイコブは堪忍袋の緒が切れて、弁護士の頭目がけて火かき棒を振り下ろした。警戒していたヴァークは片側によけ、火かき棒は彼が手にしていた壺に命中し、あっという間に粉々になって床に落下した。陶器のかけらや乾燥した煙草がばらばらになって散乱し、さらに適当にたたまれた紙が出てきた。

「怒りにまかせた結果がこれだ！」ヴァークはとがめるように残骸を指さした。「ジミーの壺を壊しちゃったんですよ！」

ジェイコブは炉格子の向こうに火かき棒を放り出し、かがみ込むと紙を拾い、何も考えずにそれを広げた。いつも几帳面なヘイガーはちりとりとほうきを取りに部屋から出たが、持って帰る前にヴァークの叫び声で呼び戻された。急いで戻るとジェイコブが陶器の破片が散らばる床に倒れていた。気を失ったのだ。例の紙はまだ手につかんだままだった。

「水を持ってこい、あと気つけ塩も！」ヴァークは叫んだ。彼の瞳は計画がうまくいったという勝利の色に満ちていた。「大切な友人が病気だ！」

「一体何をしたの？」ヘイガーは老人の首に巻かれたスカーフをゆるめながら問いただした。

「私が？　何も！　その紙を読んで壺の上に倒れたんだよ、ジミーの壺の上に」ヴァークはあてつけがましく付け加えた。「まるで九柱戯［ボーリングに似た遊戯］のピンみたいにね！」

テーブルの上にはヴァークがジンを割るための水差しがのっていた。ヘイガーはその水を主人のしわだらけの顔にかけ、手を叩いた。ヴァークは心配そうに見守っていた。まだ老人には死んでもらったら困る。しかしジェイコブはずっと気を失ったままだった。

「この紙のせいで気を失ったんだ」ヴァークはジェイコブがつかんでいる紙を取り上げた。「何が書いてあるんだろう」彼はその内容はよく知っていたが、ヘイガーに聞かせるためにわざとはっきりと読み上げた。内容はこうだった。「覚え書き：キツネノテブクロの絞り汁――検出されにくい毒――死後何の証拠も残さない。毎日少量をおやじの茶かオートミールに入れる。数週間で何の疑いも招かずに死ぬだろう。誰も信じるな。薬は自分で用意する」

ヘイガーはヴァークをじっと見つめた。「誰が書いたの」彼女は低い声で言った。「ディックスさんの息子――それとも、あんた？」

「私が？」ヴァークは、迫真の演技で怒ってみせた。「どうして私がこんなものを書くんだ？　それにどうやったらこれが書けるんだ？　筆跡はジミー・ディックスのものだ。それがあいつの煙草入れから出てきた。壺が壊れたのは偶然の事故だ。見ていただろう。それでもまだ――」

「しっ、静かに！」ヘイガーは遮って、ジェイコブの頭を持ち上げた。「気がついた」

老質屋は目を開けてあたりをきょろきょろと見回した。少しずつ意識が回復していき、体を起こした。そしてヘイガーの手を借りてやっと椅子に座った。彼は話しながらため息をついた。

「あの小さかったジミーがわしを殺そうとしていたなんて」彼は弱々しく嘆き悲しんだ。「ヘイガーが産んだ子が、わしを殺す。キツネノテブクロの毒で――わしは知っているぞ！　死んだ後に何も残らない毒だ。ヘイガーの産んだ子がなあ！　ヘイガーの息子が！　親殺し！　親殺し！」彼は叫びながら両手の拳を振りまわした。

「遺産が欲しかったんですよ」ヴァークは猫なで声でほのめかした。

「遺産はやらん！」ジェイコブは思いも寄らぬ力を振り絞って言った。「新しい遺言状を作るぞ。あいつを相続人から外してやる！　親殺しめ！　ヘイガーに全財産をやるぞ！」

「あたしに！　ディックスさん？　だめ、だめだよ！」

「もう決めたんだ、うるさい女め！　棺桶に片足をつっこんだ男のじゃまをするな。わしはもう死ぬ。これが最後の願いだ。ああ、ジミー、ジミー！　欲張りな息子め！　わしの遺言状、わしの遺言状を！」

椅子に座らせていようとするヘイガーを押しのけて、ジェイコブはろうそくを手にすると金庫へ遺言状を取りによろめきながら進んだ。彼がその中をのぞきこんでいるとき、ヴァークはあわてて大きなポケットを探っていた。ジェイコブが再びろうそくを机の上に置くと、そこに何かが書かれている一枚の紙、そしてペンとインクが置かれていることにヘイガーは気づいた。ジェイコブは遺言状を手にして、これらの品物を見つめていた。ヘイガーの唇からは予想通りの質問が発せられた。

「一体これは何？」

「あなたの新しい遺言状ですよ、ディックスさん」ヴァークはすらすら説明した。「私は前から息子さんのことは信用していなかったんです。きっといつか相続人から外す日が来ると思っていました。だからすべてをヘイガーに相続させるという遺言状を用意しておいたんです。それとも」弁護士はもう一枚の書類をポケットから取り出し、「もし私を相続人に指名してくれるのなら――」

「おまえを？　おまえをか？　馬鹿を言うな！」ジェイコブは拳を振りまわしながらわめいた。「すべてヘイガーのものだ。死んだ家内のためにもな。ジミーを相続人から外したのは先見の明があるぞ。わしの財産はこいつにやる」

「ディックスさん」ヘイガーは断固たる口調で口を挟んだ。「お金なんて欲しくないよ。それに息子さんから遺産を取り上げる権利は、あなたにだってない――」

「権利、権利とうるさいぞ！　この財産は、わし、わしのものだ！　おまえにやるのだ。わしを殺そうとしたジミーを許せるものか」

「そんなことをするなんて、信じられない」ヘイガーはきっぱり言った。

「しかしこのメモは――ジミー本人の書いたものですよ！」ヴァークは叫んだ。

「そうだ、そうだ、わしはジミーの字をよく覚えている」ジェイコブは言いながら、怒りのあまり額の静脈を怒張させていた。「あいつは悪魔だ」彼は怒りを爆発させ、ヘイガーはなだめようと前に進み出た。ヴァークでさえもこれは危ないと感じたほどだった。

「さあ、落ち着くんだ、じいさん！」彼は乱暴に言った。「血管が切れちまうぞ！　さあ、この遺言状にサインするんだ。私が証人になる。それから――」ここで甲高い口笛を吹いた。一人の男が現れた。「こいつがもう一人の証人だ」ヴァークは言った。「サインしろ！」

「だまされちゃだめ！」ヘイガーは叫んだ。「サインしないで、ディックスさん。あたしはお金なんかいらない」

「嫌だと言っても、おまえにやるぞ、娘っ子」ジェイコブはうなりながら、遺言状をわしづかみにした。「おまえに遺産をやる、親殺しのジミーではなくて。まずはこっちを破棄するぞ」古い遺言状を手に暖炉に近づき、火の中に放りこもうとした。まるでツバメのように軽やかな身のこなしで、ヘイガーは彼を追い越し、書類が燃やされる前に炎の上でさっとひったくった。ジェイコブは後ろによろめき、激怒した。ヴァークは彼女の妨害に歯がみし、証人役のよそ者はつったたっていた。

「だめ！」ヘイガーは叫んで、遺言状をポケットにしまった。「あたしの代わりに息子さんを相続から外したりしないで！」

「ゆ、ゆ、遺言状をよこせ！」ジェイコブは息を弾ませ、怒りのあまり言葉もままならないで、手を伸ばした。しかし取り戻すこともできずよろめいて倒れた。口から血が勢いよくあふれ出た。彼は死んだ。

「この馬鹿！」ヴァークは足を踏みならしながら金切り声を上げた。「財産がぱあだ！」

「でもあたしの正義をまもった」ヘイガーは、この突然の死に驚きながらも、反論した。「ジミーが財産を相続するんだ」

「ジミー！　ジミーか！」ヴァークは怒りに燃えながら嘲った。「あんたはジミーが一体どんなやつか知っているのか？」

「うん、正式な相続人だよ」

「その通りだよ、じゃじゃ馬め――あんたがこの質屋へ来る羽目になった原因の赤毛のゴライアスが、ジミーなんだよ！」

「そんなの嘘だ！」

「本当だ！　あんたは自分がもらえるはずだった大金を、わざわざ敵にくれてやったんだ！」

ヘイガーは、嘲りの表情を浮かべているヴァーク、足元に倒れている死んだ男、そしておびえた顔つきの証人をじっと見た。気を失いそうになったがポケットの中にある遺言状をヴァークが盗むかもしれないので、どうにか勇気を振り絞った。ヴァークが止めるまもなく、彼女は部屋から飛び出して、自分の寝室へ行った。弁護士は鍵がかかる音を聞いた。

「勝負に負けた」彼は不機嫌そうに言った。「さっさと誰か助けを呼んでこい、馬鹿！」とこれは証人の男に言った。そして彼があわてて出ていくと、さらにこう続けた。「大嫌いな赤毛の男に遺産を全部やるなんて！　あの子は頭がおかしい！」

しかし彼女はただ正直なだけだった。だからこそ彼女の行動はヴァークには理解できなかったのだ。

以上が、ヘイガー・スタンリーがランベスのカービーズ・クレッセントの質屋をまかされるようになった顚末《てんまつ》である。これから彼女の冒険談をお話ししていこう。

第二章　一人目の客とフィレンツェ版ダンテ

　自分の得にもならないのに、ヘイガー・スタンリーが、正当な相続人が不在のあいだ質屋の経営を引き受け、ジェイコブ・ディックスの財産を管理するようになったいきさつは、前の章ですべに述べた。彼女は遺言状の条項によってすべてを差配できることになった。ジェイコブの人生で、ヘイガーを奴隷にしたことほどうまい商売はなかった。ヘイガーは、強い義務感を持ちきちょうめんな性格をしていて、自分にとって損でも正直に行動すると決意していた。こんな性格の人間はカービーズ・クレッセントの住民には皆無と言ってよかった。

　弁護士のヴァークは、彼女は馬鹿だと思っていた。第一に、彼女は一攫千金《いっかくせんきん》の絶好の機会を放棄した。第二に、彼女はかなりの財産を大嫌いな男に譲り渡した。第三に、ヴァーク夫人になるのを断った、というのがその理由だ。それでも、彼女はとても頭がいい、よすぎるくらいだ、と弁護士は思っていた。なにしろ商売における直感や管理運営や洞察があまりにすぐれていたので、つけ込むすきがまったくなかったのだ。ヴァークはジェイコブの遺産から決められた手数料以外何も手に入れられなかった。彼のような悪知恵が働く人間には、実に屈辱的だった。

しかしヘイガーはヴァークもほかの誰も気にしていなかった。行方不明の相続人を探す広告を出し、遺産を管理し、質屋の経営を続けた。守銭奴の先代と同様、裏の居間で生活し、守銭奴の先代のやり方をみならった。老質屋の息子が、彼女に結婚をしつこく迫り、ジプシーのキャンプから逃げ出す原因になったあのゴライアスだということは、彼女にとって衝撃だった。それでも、正直な彼女は相続財産をもらうことをよしとせず、まるで世界でいちばん愛している恋人のためのように、その男の利益を守った。ジミー・ディックス、別名ゴライアスが財産を要求してきたときには、ヘイガーはすべてを渡して、やってきたときと同じく何も持たず去っていくつもりだった。しかし何ヶ月たっても広告の反応はなかった。ヘイガーは店の経営に専念し、仕事を続け、利益を上げた。そのうえ彼女はいくつかの事件に巻き込まれている。そのうちの一つを今からお話ししよう。

ある六月の夕暮れ時、店から鋭いノックの音が聞こえた。顔を出してみるとそこには若い男性が、手にした本を質入れしようと待ちかまえていた。彼は背が高くて細身で、金髪で目が青く、賢くて知的な顔をし、夢見がちな瞳が輝いていた。その人相を読み取ったヘイガーは一目で彼の姿を気に入り、特に整った顔をじっくり眺めた。

「ぼ、僕は、この本でお金を借りたいのですが」客がおどおどとした調子で言うと、整った顔立ちが紅潮した。「す、すみません、これを――すみません」彼は混乱した調子で、本を差し出した。ヘイガーは黙って受け取った。

古い高価そうな本で、書籍狂《ビブリオマニア》がほれぼれ見とれるような品物だった。

十四世紀、当時有名なフィレンツェの印刷業者の手によるものだった。著者はダンテ・アリギエーリ、かの有名な詩人だった。つまり、この本は『神曲』第二版という非常に高価な稀覯本《きこうぼん》だったのだ。ジェイコブのもと、さまざまなことを学んだヘイガーは、この本の価値をただちに見抜いた。しかし鋭い商売の勘から——この青年には好意を抱いていたが——彼女はすぐにけちをつけはじめた。

「古本は受け付けてないいんだけど」彼女は突き返しながら言った。「古本屋に行ったらどう?」

「実は手放す気はないいんです。当座のお金が必要になって。僕の姿を見てくれればわかるでしょうけど。とりあえずこの本で五ポンド貸してもらえれば、請け出しにきますから」

ヘイガーはすでにこの客のやつれた姿には気がついていたし、洋服がすり切れているのもわかっていた。ダンテを音を立てて放り出し、「五ポンドなんて無理」とそっけなく言った。「この本にそんな価値はないいんだもの!」

「この本の価値を知らないいんですね! これは有名なイタリアの詩人の貴重な版で、百ポンド以上するんですよ」

「本当?」ヘイガーは冷たく言った。「だったら売ればいいじゃない?」

「売りたくないいんですよ。五ポンド貸してください」

「だめ。どうがんばっても四ポンド」

「四ポンド十シリング」客は懇願した。

「四だってば」ヘイガーは無慈悲に言った。「ご不満なら——」

彼女は一本指で本を彼のほうへと押し返した。それ以上払う気はないとわかり、青年はため息をついてあきらめた。「四ポンドでいいです」彼は暗い声で言った。「ユダヤ人は僕の骨の髄までしゃぶるんだというのを、忘れていたよ」

「あたしはユダヤ人じゃなくて、ジプシーだよ」ヘイガーは答えながら質札を渡した。

「ジプシー！」と言って、彼はヘイガーの顔をのぞき込んだ。「ロマ族がユダヤ人の神殿で一体何をしているの？」

「これがあたしの商売なの！」ヘイガーはきつい言葉で言い返した。「名前と住所は？」

「ユースタス・ローン、キャッスル・ロード四番地」青年はすぐ近所の住所を言った。「でも、君が本当にロマ族なら、ジプシー語を話せるんだよね」

「話せるよ。でも仲間とだけね。異教徒はおことわり」

「でも僕はロマ族の紳士だよ」

「馬鹿にしないでよ、ひよっこさん！　ロマ族の紳士がわざわざ都会に住むわけない」

「ジプシーの女の子が質屋をやることもないよね！」

「四ポンド」ヘイガーは言って彼の言うことを無視した。「はいどうぞ。金貨だよ。これが質札。番号は八二〇番。六パーセントの利息を払えばいつでも請け出しに来ていいから。じゃ、さよなら」

「ねえ、ちょっと」ユースタスは金と質札をポケットに滑り込ませながら大声で言った。「君ともっと話をしたいんだ。それに――」

「まいどあり」ヘイガーは厳しい声で言って、店の暗がりの中に姿を消した。ユースタスは、彼女の厳しい言葉と追い出されたことにむっとしたが、どうしようもなく、通りに出ていった。

「なんて魅力的な女の子なんだろう！」とまず思い、そして「気が短い子だなあ！」と次に考えた。

彼が出て行ったあと、ヘイガーはダンテの本をしまうと、もう時間も遅かったので店を閉めた。そして裏の居間へ行って夕食にした。乾いたパンとチーズ、それに冷たい水をとりながら、あの青年のことを考えていた。ヘイガーはとても冷静で、情熱的とは言えなかった。しかしユースタス・ローンには何かを感じていた――しっかり彼の名前は覚えていた――かなり彼女の関心をひいたのだ。たったあれだけの会話で、彼がどういう人物なのかよくわかった。彼は貧しくて誇り高く、ちょっとぼんやりしている。そして彼女との値段交渉からしてみると少し気が弱かった。それでも彼の顔、優しそうな目、きれいな口元が好ましかった。しかし結局彼はただの客でしかない。そして――ダンテの本を請け出しに来ない限り――もう二度と会うこともない。そう気がつくと、ヘイガーはふたたび分別を取り戻し、あの青年の姿を心の中から消し去ろうとした。それは思ったよりもずっと難しかった。

一週間後、正午少しすぎに一人の見知らぬ男が店に入ってきたことで、ユースタスと彼が質入れした本のことを思い出すことになった。背が低く太った、年配の下品な男だった。彼はかなり興奮し、ひどい口の利き方だった。カウンターに出された質札の番号が八二〇番であることにヘイガーは気がついた。

「おい、姉ちゃん」彼はがらがら声で言った。「この質札の本を出してくれ」

「ローンさんの代理?」ヘイガーは例のダンテを思い出して尋ねた。

「ああ。やつが本がいるんだってよ。ほら金だ。姉ちゃん、早くしてくれよ!」

ヘイガーは本を取りに行かず、金を受け取ろうともしなかった。そのかわり質問をした。「ローンさんは病気で、自分で来られないの?」男の粗野な顔を鋭い目で見つめながら聞いた。

「いや、そうじゃねえ。俺がやつから質札を買ったんだ。さあ、本をくれ!」

「今はだめだよ」ヘイガーは答えた。この男の人相が信用ならなかったし、何よりまたユースタスと会いたかったのだ。

「ふざけるな、どうしてだよ！」

「だってダンテの本を質入れしたのはお客さんじゃないし、あれは高い本だから、ローンさん以外の人に渡して後で面倒が起こると嫌なんだ」

「大丈夫だ！　質札があるんだからな！」

「そうだね。でもお客さんがどうやって質札を手に入れたのか、知りようがないじゃない？」

「ローンからもらったんだよ」男はふてくされて言った。「あのダンテをよこせよ！」

「できないね」嘘だと確信したヘイガーは答えた。「ローンさんだけにしか渡さないよ。病気じゃないんだったら本人を連れてきてよ。直接渡すから」

その男は悪態をつき、怒り狂った。しかしヘイガーは平然として動じなかった。「さっさと帰りな」彼女は冷たく言い放った。「この本は渡せないって言ってるでしょ。もうこの話は終わりだよ」

「警察を呼ぶぞ！」

「どうぞ。警察まで歩いて五分だよ」

とりつく島もない彼女の態度に困りはて、男は質札をひったくると、怒りながら店から荒々しく出て行った。ヘイガーはダンテの本を棚から下ろしてじっくりと観察し、一体どういうことなのだろうと考えた。何か面倒ごとが起きているのは間違いない。ユースタスがトラブルに巻き込まれたのだ。さもなければ、見知らぬ男を信用して本を質屋から請け出させるはずがない。いつもならヘイガーは何も思わずに質札と金を受け取っていたかもしれない。なにしろそれが法律に従った正しい手続きだからだ。しかし自分でも理由がわからないのだが、ユースタス・ローンのことが気になってしかたがなかった。彼の利益を守りたかった。それにあの代理の男の顔はまったく信用ならず、犯罪とはいかなくても裏切り行為くらいしそうだと思えた。どうやってあの質札を手に入れたのか説明できるのは持ち主だけだ。そういうわけでしばらく考えた末、ヘイガーはユースタスに手紙を送ることにした。閉店後に質屋に必ず来てくれという内容だった。

その晩中、ヘイガーは待ち人が来るかどうかドキドキしていた。そして――乙女の不条理さとでもいうのだろうか――心配している自分に腹も立てていた。ユースタスがまだ来ないか、まだ来ないかとイライラしている原因は、真実を知りたいという単なる好奇心なのだと自分に言い聞かせていた。しかし心の奥底では、本当のことがよくわかっていた。あの青年ともう一度会って、話をして、そばにいてもらいたいと思う気持ちが好奇心のわけがない。お目付役《シャペロン》［当時の育ちのいい未婚女性は一人では出歩かず、必ずお目付役の女性を伴っていた。］がいなくても、親に厳しくしつけられていなくても、ヘイガーは自分で厳しい社交の作法をわきまえていた。この場合、彼女のふるまいは乙女としてふさわしくなく、嫁入り前の年若い女性らしからぬ行動だった。だからユースタスが九時に姿を現したとき、彼女はわざとつっけんどんな態度をとってみせた。

「あなたの本を取りによこしたのは誰よ？」ユースタスが裏の居間で椅子に座るなり、いきなり質問した。

「ジェイベズ・トレードルだよ。僕が行けなかったから、彼に質札を渡して行ってもらったんだ。どうしてダンテの本を渡してくれなかったんだい？」

「だって、あの顔が気に入らなかったんだ。あなたから質札を盗んだのかもって思ったし。それに、あたし――」ここでヘイガーはもじもじした。だって本当の理由はあなたにもう一度会いたかったから、なんて言えそうになかったのだ。「それに、あなたの友達とは思えなかったからさ」と、ぼそぼそと言った。

「友達でもなんでもないよ」ユースタスは肩をすくめて答えた。「僕には友達がいないから」

「気の毒ね」ヘイガーは彼の優柔不断そうな顔を見つめながら言った。「友達は必要だよ――というか、信用できる人が」

「女性で信頼できる人っていったら」ユースタスは自分のことを心配してくれる奇妙な少女にかなり驚きながら言った。「たとえば、君とか？」

「だとしたら、ちょっと厳しい忠告をするよ、ローンさん」

「どんな？」

「さっきよこした、トレードルなんて男を信用しちゃだめだ。はい、あなたのダンテ。お金を払って持って帰ってね」

「お金がないから払えないよ。ヨブ［旧約聖書の登場人物。忍耐の典型と言われる］みたいに貧乏だけど、あんなに辛抱強くはないなあ」

「でも、あのトレードルにお金を預けたんじゃなかったの」

「まさか！」ユースタスは率直に言った。「質札を渡しただけ。あいつは自分の金で本を請け出そうとしたんだ」

「本当に？」ヘイガーはそう言って考え込んだ。「全然学者には見えなかった――あなたとはちがって。

どうしてこの本を欲しがったんだろ」

「謎を暴くためだよ」

「謎って――このダンテの本の中に?」

「うん、そう。この本の中には遺産の謎が隠してあるんだ」

「あなたがもらえる遺産? それともトレードルのもの?」ヘイガーは尋ねた。

ユースタスは肩をすくめた。「どちらでも、謎を解いた人間のものだ」彼はさらりと言った。「でも現実には、この謎は永遠に謎のままなんじゃないかなあ――少なくとも僕にとってはね。トレードルのほうがうまくやっているかもしれないよ」

「悪知恵で遺産が手に入るなら、あいつの勝ちだね」ヘイガーは冷静に言った。「危険な男だよ、あのトレードルは。このダンテの本には何か事情があるんでしょ。だからあいつは自分のものにしたがっているんだ。その事情が遺産と関係あるなら、あたしに話してみてよ。見つける手伝いができるかもしれないから。あたしはまだ小娘だけど、ローンさん、けっこう世間は見ているつもりだよ。それにあなたが見落としていることに気がつくかもしれないじゃない」

「どうだろうなあ」ユースタスは悲観的に答えた。「でも、見ず知らずの僕に親切にしてくれてありがとう。感謝するよ。えーと、名前は?」

「ヘイガーと呼んで」彼女はあわてて答えた。「さん、とかつけて呼ばれるのは慣れていないからさ」

「じゃあ、ヘイガー」彼は優しい眼差しで言った。「ベンおじさんと奇妙な遺言状の話をしてあげよう」

ヘイガーは内心おかしかった。遺言状につきまとわれるのが、どうやら彼女の運命らしい。最初はジェイコブ老人の、そして今度はユースタスのおじさんときている。しかし黙るべき時はよく心得ていたので何も言わず、ユースタスが話し出すのを待っていた。するとすぐに彼は話しはじめた。

「僕のおじさんのベンジャミン・ガースは、六ヶ月前に五十八歳で死んだんだ」彼はゆっくり言った。

「若い頃は放浪生活をしていて、十年前に西インド諸島で一財産築いて故郷に帰ってきた」

「どれくらいの財産？」日頃から金銭問題にはうるさいヘイガーは質問した。

「それが奇妙な話なんだけど」ユースタスは続けた。「誰もおじさんがどれぐらいの資産を持っていたのか知らないんだ。実はおじさんは気難しい守銭奴で、誰にも打ち明けなかった。小さな庭付きの家をウォキング［ロンドン郊外の町］に買い、イギリスに戻ってから十年間そこに住んでいた。おじさんは本道楽で、たくさんの言語を知っていた。イタリア語とか――いろいろな言語の本を集めていたよ」

「その本はどうしたの？」

「死んだ後、家や土地と一緒に売っちゃった。ある町の男が支払いを要求して、自分のものにしたんだ」

「債権者ね。で、遺産はどうなったの？」

「それをこれから説明するよ、ヘイガー、いいから聞いていてくれ」ユースタスはいらいらしながら言った。「で、ベンおじさんは、さっきも言ったように、けちだった。銀行も投資会社も信用していなかったから、全財産をため込んで自分の家に保管していた。僕の母親がおじさんの妹で、とっても貧乏だった。でも一ペニーだって援助してくれたことはなかったよ。僕にくれたのはこのダンテの本だけ。こんなに気前がよかったのは最初で最後だったよ」

「でもさっきあなたが言ったことからだと」ヘイガーは鋭く指摘した。「おじさんは何か意図があって、このダンテの本をあなたにくれたと思うんだけど」

「それは間違いない」ユースタスは彼女の鋭さに舌を巻きながら認めた。

「どこに遺産が隠されているのか、このダンテの本の中に秘密が隠してあるんだ」

「するとローンさん、おじさんはあなたを相続人にするつもりだったと思っているんだね。でもこれとトレードルと、何の関係があるの？」

「ああ、トレードルはウォキングにある食料雑貨店の主人だ」ユースタスは答えた。「あいつは強欲でね、ベンおじさんが金持ちなのを知って、どうにかして金を引き出してやろうとしていた。年寄りにお世辞を言ったりおだてたり、いろいろプレゼントをして、唯一の血縁の僕をさしおいて自分が相続人になろうとしていたんだ」

「あの男はあなたの敵だって言ったでしょ？　どうぞ続けて」

「あとは簡単だよ、ヘイガー。ベンおじさんはどこかに遺産を隠してしまった。そして遺言状によると、その隠し場所を発見した人間に遺産を与えるそうだ。遺言には、ダンテの本にその謎が隠されているとあるんだ。ご想像の通り、トレードルは僕の所にやってきて、いきなりこの本を見せろと言った。見せてやったけど、僕もあいつも、どのページにも隠された遺産のヒントを見つけられなかった。このあいだ、またトレードルがダンテを見せてくれとやってきた。僕が質に入れたというと、質札を渡してくれれば自分が請け出してこようと言ったんだ。言われた通り渡し、あいつは君のところにやってきたというわけだ。後はご存じの通りさ」

「うん。そしてあたしがあいつには渡さなかったってわけね」ヘイガーは言った。「これで自分は正しいことをしたってよくわかったよ。あいつはあなたの敵だからね。で、ローンさん、今の話からすると、遺産を見つけないわけにはいかないよね」

「その通りだよ。でも、見つからないんだ。隠し場所を見つける手がかりが、まったくダンテの本の中には見つからない」

「イタリア語はわかる？」

「けっこう上手だよ。ベンおじさんが教えてくれたんだ」

「これで一歩リード」ヘイガーは言い、ダンテの本をテーブルに置き、もう一本ろうそくに火をつけた。「謎は詩のなかに隠されているのかもしれない。とにかく見てみようよ。この本には何か印が――ほとんど気がつかないような印がついていなかった？」

「全然。自分で探してごらん」

一つは色白、もう一つは色黒の二つの美しい顔が、難しい表情で本をのぞき込んだ。二人のうち気の弱いほうのユースタスが、ヘイガーに譲った。彼女はこの古いフィレンツェ版の本のページをどんどんめくっていった。しかし鉛筆やインクの書き込みはなく、最初から最後まで真っ白できれいだった。「地獄篇」から「天国篇」まで、隠された遺産の秘密を暴くヒントは見つからなかった。最後のページになって、ユースタスは、ほっとため息をついて椅子の背に体を投げ出した。

「ほら、ヘイガー、何もないだろう。どうして難しい顔をしているんだい？」

「そんな顔していないよ。考えてるだけ」と答えが返ってきた。「もしこの本の中に秘密が隠されているなら、絶対に何か痕跡が残っているはずなのに。でも、今のところ何も見つからない。それなら後は――」

「ねえ」ユースタスはもどかしげに言った。「後は何かあるの？」

「見えないインクだよ」

「見えないインク！」彼はぼんやりとした口調で言った。「どういうことだろう」

「私の亡くなった雇い主は」ヘイガーは感情を交えずに言った。「泥棒やごろつきや浮浪者とよく取引をしていたの。当然いっぱい秘密を抱えていて、でもときにはやむを得ない事情で、秘密の手紙を送らなきゃいけないこともあったんだ。もちろん見つかるわけにはいかないから、たとえば手紙に盗品のことを書くときは、いつもレモンジュースを使って書いていた」

「レモンジュースだって！　どうやって使うの？」

「書いたものが見えなくなるんだよ。文字を書いてもまるで白紙みたいだった。誰も何が書いてあるのか読めないし、普通の目には何も書いていないように見えるんだ」

「でもわかっている人間の目には？」ユースタスは皮肉げに言った。

「同じ――ただの白紙に見える」ヘイガーは答えた。「ところがわかっている人間はね、その白紙の手紙を火の上にかざす。すると一瞬のうちに字が真っ黒に浮かび上がって読めるようになるんだよ」

「なんだって！」ユースタスは興奮して飛び上がった。「すると君は――」

「亡くなったおじさんも同じようにしていたんじゃないかと思う」ヘイガーは冷静に言った。「でも断言はできない。もっともすぐにわかるけど」彼女はダンテの本を一、二ページめくった。「これを火の上であぶるわけにはいかないなあ」付け加えて、「この本には価値があるからね。傷めちゃいけない。でも考えがある」

自信たっぷりの笑みをもらすと、彼女は部屋から出て行った。そしてアイロンをもってきて、暖炉の火にかざした。温めているあいだ、ユースタスはこの頭の回転の速い少女を、賞賛のまなざしで見つめていた。彼女は優秀なだけでなく、美人でもある。そして彼も男だったので、その美しさに少なからず惹かれていた。やがて彼は、自分とこの質屋のジプシー美人との奇妙で予想外の友情は、もしかしたらもっと絆の深い熱いものに変化するのではないかと考え出した。しかしここで彼はため息をついた。二人とも貧乏だから、だめだろうな——。

「今度は最初のページからじゃなくて」ヘイガーは暖炉からアイロンを取り上げながら言って、考えにふけっていた彼を現実世界に引きもどした。「いちばん後ろからやらない？」

「どうして？」ユースタスは理由がわからずに聞いた。

「だって」ヘイガーは本の上で熱くなったアイロンをかざしながら言った。「あたしが探している書類は、いつもいらない紙の山のいちばん下から出てくるんだもの。さっきは最初のページから始めて何も見つからなかったんだから、今度は最後のページからにしようよ。そうしたらおじさんの秘密が早く解けるかもしれないよ。ただの思いつきだけど、ちょっと試してみたっていいじゃない」

ユースタスはうなずいて笑った。ヘイガーは茶色の紙をダンテの本の最後のページの上に置いて、本を焦がさないよう保護した。すぐに彼女はアイロンと紙を取り除いたが、そのページには何の変化も現れなかった。少女は機嫌よく頭を振り、同じ作業を最後から二ページ目にも繰り返した。茶色の紙をはずしたとき、彼女の行動を興味深く見つめていたユースタスも、今度は驚きの声を上げて身を乗り出した。ヘイガーもうれしそうに同調した。そのページの真ん中当たりに、下線と日付が書き込まれていたのだ。それは次のようなものだった。

Oh, abbondante grazia ond' io presumi
Ficcar lo viso per la luce eterna　27.12.38.
Tanto, che la veduta vi consumi!

「ほら、ローンさん！」ヘイガーは喜びの声を上げた。「これが秘密だよ！　最後から始めようって思ったのは正解だった。それに見えないインクも当たってたよ」

「君はすごいなあ！」ユースタスは心から賞賛した。「それでもまださっぱりわからないよ。文章はある、日付もある、たぶん一八三八年十二月二十七日のことだろう。でもこれだけじゃ何がなんだかわからない」

「あわてないで」ヘイガーはなだめるように言った。「これだけ見つかったんだから、もっとわかるはず。まずはとりあえず、この文章を翻訳してよ」

「ざっと訳すと」ユースタスは読み上げた。「『ああ、豊かなる神の恵みよ、それをもちいて盲《めし》いし我は永遠の光を探し求めん』といったところだ」彼は肩をすくめた。「このよくわからない言葉が何の助けになるんだろうね」

「日付はどう？」

「一八三八年か」と言って、ユースタスは考えた。「今年は一八九六年だから、引き算をすると五十八になる。さっきも言ったけど、おじさんが死んだ年齢だ。だからこれはおじさんの誕生日だよ」

「誕生日と——ダンテの本に下線か！」ヘイガーはつぶやいた。「正直、かなり難しい謎だね。でもこの数字と文字の中に遺産が隠されている場所があるのは確かだよ」

「まあね」もうこの謎を解くのをあきらめていたユースタスは答えた。「君がこのなぞなぞを、僕よりもうまく解ければばの話だけど」

「がまん、がまん！」ヘイガーはうなずきながら答えた。「いずれこの謎は解けるよ。ウォキングにあるおじさんの家に連れていってくれない？」

「うん、いいよ。まだ空家だから、大丈夫だ。でも僕にずっとつきあってくれていて大丈夫？」

「平気！　私だってこの下線と日付の意味を知りたいんだ。おじさんの家には解読の手がかりになるようなものがあるかもしれない。ダンテの本は預かっておく。この謎をいろいろ考えてみるから。また日曜日に来てくれない？　お店が休みだから、一緒にウォキングに行こう」

「ああ、ヘイガー、どうお礼を言ったらいいんだろう——」

「お礼を言うのは遺産が手に入って、トレードルと縁を切ってからにしてよ！」ヘイガーは遮った。

「それに、あたしはただ好奇心からやってるだけなんだから」

「君はまるで天使みたいだ！」

「何言ってるの、馬鹿みたい！」ヘイガーはつっけんどんに言った。「はい、帽子とステッキ。こっちの裏口から出て。ただでさえあたしは評判が悪いのに、また新しい噂の種になるのはまっぴら。じゃあおやすみ」

「でも、一言だけお礼を――」

「いらないってば！」ヘイガーは言い返し、彼を裏口から外に押し出した。「おやすみ」

ドアはぴしゃりと閉まった。暑い七月の晩、外に閉め出されたユースタスの心臓はドキドキし、熱い血がたぎった。まだ二回しか会ったことがない少女に、若者らしくむこうみずに、いきなり好意を抱いてしまった。美人で優しく頭のいいヘイガーは、とても魅力的だった。それにこんなに親切にしてくれるということは、彼女も自分のことを愛してくれているのだ、と確信していた。しかし質屋の娘だ！彼だって決して名家の生まれでもなければ金持ちでもないが、それでも自分がその仲間に入ることをためらってしまった。自分の母親はもう亡くなって天涯孤独だし、しかも貧乏だった。それでも、もしおじの遺産を発見できれば、結婚できるだけの財産は手に入るだろう。ヘイガーが遺産を探す手伝いをしているのは、もしかしたら結婚という報酬をあてにしているのかもしれない。とにかく彼女はあまりにも美しく、しかも頭がいいのだ！　みすぼらしい下宿に帰り着くころには、ユースタスはすべてのためらいを頭の中から払拭して、遺産を手に入れたらすぐあのジプシー娘と結婚することに決めた。それ以外、彼女の親切に報いる方法がなかった。もしかしたら軽率な決断かもしれない。しかし若者の心はあっという間に燃え立ち、愛で頭がいっぱいになる。若さと美しさは、まるで火打ち石と火口のように、若者というたいまつを赤々と燃やすのだ。

ちょうど約束した時間に、貧しいなりにできるかぎりのおしゃれをしたユースタスが、質屋の玄関に現れた。ヘイガーはダンテの本を手に、彼のことを待ちかまえていた。黒のドレス、同じ重苦しい色合いの黒のマントと帽子を身につけていた。ずっとこんな服を着ているのは、ジェイコブの喪に服していたからだった。ゴライアスの遺産を使わなければならないとしても、この服ならば彼も文句は言わないだろうと思っていた。さらに、この店の経営者として、それに応じたささやかな給料もほしかったのだ。

「どうしてダンテの本を持っていくの？」ユースタスはウォータールー駅に向かいながら尋ねた。

「謎を解くのに役に立つかもしれないから」ヘイガーは言った。

「もう解けたのかい？」

「わからない。確信はないんだ」彼女は考え込みながら言った。「そのページの行を上へ下へと数えてみた。ほら、二十七、十二、三十八、って。でも行を数えても何の手がかりもなかった」

「イタリア語はわからないんだよね？」

「うん、そうだけど」ヘイガーは冷たく答えた。「カービーズ・クレッセントの古本屋で翻訳版の古本を手に入れて、フィレンツェ版と比べながら行を数えたんだ」

「それで、問題の解決にはならなかったんだ？」

「全然。だから今度はページ数でやってみた。二十七ページを見たけど、何の手がかりもなかった。続けて十二ページ、そして三十八ページを見て、それでもまったくだめ。今度は頭から規則的に二十七ページ目、十二ページ目、三十八ページ目を見ても、何もなし。謎はかなり難しいなあ」

「不可能、と言ってもいいんじゃないか」ユースタスは絶望したように言った。

「ううん。実はわかったような気がする」

「どうやって？　どうやって？　早く説明してよ！」

「まだだめ。ある単語を見つけたけど、意味がわからない。借りてきたイタリア語の辞書に載っていなかったから」

「どんな単語？」

「おじさんの家に着いたら言うよ」

彼女の決心を覆そうとユースタスはいろいろやってみたが無駄だった。ヘイガーは頭の中でこうと決めると、変えようとしない。だからウォキングのベンおじさんの家に着くまで、説明しようとしなかった。意志の弱いユースタスは、こんなに頼んでいるのにどうして彼女は教えてくれないのか理解できず、とうとう彼女は自分のことをなんとも思っていないのだ、と思い込んでしまった。彼は間違っていた。ヘイガーは彼のことが好きだった——いや、愛していた。しかし、残念ながら彼に欠けている忍耐というものを教え込むのも、自分の役目だと信じていた。そういうわけで彼女は口を閉じていたのだ。

ウォキングに到着した。ユースタスは町の外れの亡くなったおじの家まで案内した。荒れ地の一角を横切って向こうにその家が見えてきたときに、長い沈黙を破って彼はヘイガーに話しかけた。

「もし遺産が見つかったら」彼はいきなり言った。「どんなお礼をしたらいいんだろう？」

「考えがあるんだけど」ヘイガーは即座に答えた。「ゴライアス——ジミー・ディックスを見つけて」

「誰？」ユースタスは顔を紅潮させて聞いた。「君が好きな人？」

「この世でいちばん大嫌いな男」彼女は吐き捨てた。「でも亡くなった雇い主の息子で、あの質屋の跡継ぎなんだ。行方不明だから、あたしは一時的に店を預かっているだけなの。戻ってきたらさっさと店は明け渡して出て行くよ。そして二度と会わないつもり」

「広告は出さないのかい？」

「もう何ヶ月も出してる。弁護士のヴァークもね。でもジミー・ディックスからは返事がない。そいつはニューフォレストの私の一族と一緒にいたけど、そいつが大嫌いだから、あたしはロマ族から出たの。その後そいつはどこかに行ってしまって、今どこにいるのかわからない。あたしにお礼がしたいんなら、彼を見つけて。そしてあの質屋からあたしを助け出してちょうだい」

「よし、わかった」ユースタスは静かに答えた。「そいつを見つけてやる。ところで、ここが亡くなったおじさんの隠居所だ」

質素で小さな小屋だった。手狭でみすぼらしく、荒れ地の中、垣根が巡らされた四角い地所の隅に建っていた。その区画には果樹が何本も植えてあった。サクランボ、リンゴ、プラム、そしてナシもあった。さらには大きなイチジクの木が、家の正面ののび放題の芝生の真ん中に植わっていた。すべてが荒れ果てて手入れをされていなかった。果樹の枝は伸び放題、小道には雑草が生え放題で、あちらこちらで花が咲いていろいろな色が入り乱れていた。家は荒れ果ててはいたものの、誰からも見捨てられていた、というわけではなかった。ヘイガーたちが小さな門から入ると、リンゴの木の下にかがんでいた人影が立ち上がった。シャベルを手にした男だった。ずっとそこを掘っていたようで、足元には黒々とした土が盛られていた。

「トレードルさん！」ユースタスは怒って叫んだ。「一体ここで何をしているんです？」

「あのじじいの金を探しているんだよ！」トレードルは青年とヘイガー、両方に怒りを込めた声を上げた。「見つかったら俺のものだからな！　あのじいさんにはさんざん貢がされたんだ。フランスのブランデーまで。あいつはがぶがぶ飲みやがった！」

「あなたにここに入る権利はないでしょう！」

「それはおまえだって同じだ！」怒れる食料雑貨商は言い返した。「俺にないなら、おまえにもないぞ。もうここはお上のもちものなんだからな。そのあばずれ女と一緒に金を探しにきたってわけかい？」

自分のことを言われたので、ヘイガーはさっとトレードルの前に進み出て、日に焼けた両耳を殴りつけた。「いい、あんた」このいきなりの攻撃に雑貨商が呆然としているところへ言った。「お行儀よくするんだよ！　ローンさん、ここに座って。例の謎を説明するから」

「ダンテの本だ！」ヘイガーの膝の上に乗っている本に気がついたトレードルは叫んだ。「その女が謎を解くってことは――俺の金をかっさらう気だな！」

「遺産はローンさんのものだよ。だっておじさんの相続人だもの！」ヘイガーは怒りを込めて言った。

「黙ってて。さもないとまた耳を殴るよ！」

「あいつは放っておこう」ユースタスは待ちきれない様子で言った。「謎を説明してよ」

「まだ正しいかどうかわからないけど」ヘイガーは言いながら本を開いた。「行数もページ数も通しページ数も試したけど、全部だめだった。だから今度は文字数でやってみようよ。それでできた単語がちゃんとしたイタリア語の単語かどうか、確かめて」

彼女は下線の引かれた行と数字を読み上げた。「『Ficcar lo viso per la luce eterna 27.12.38』の行の数字を一つにまとめると二・七・一・二・三・八になる」ヘイガーはゆっくり言った。

「そうだ、そうだ！」ユースタスはいらいらして言った。「わかっている。さあ、続けて」

ヘイガーは続けた。「『Ficcar』という単語の二文字目を抜き出すと？」

「『I』だ」

「それからこの行の最初から七つ目の文字を抜き出して」

ユースタスは数えた。「『L』だね」夢中になって言った。「その法則で行くと、次は一番目の文字だから『F』、そして再び二番目の文字だから『I』、そして三番目と八番目だから『C』と『O』だ」

「そう！」ヘイガーはその通り書き留めた。「で、これを続けて読むと『Ilfico』となるの。これはイタリア語の単語？」

「よくわからない」ユースタスは考え込みながら言った。「『Ilfico』か。わからないなあ」

「あんた、学校を出ているんだろ！」トレードルはシャベルによりかかりながらうなり声を上げた。

ユースタスは商人をにらみつけ、そのまま彼の視線は後ろの木へと移った。すると突然この単語の意味がひらめいた。

「『Il Fico』だ！」彼は立ち上がって叫んだ。「一つの単語じゃなくて二つの単語だったんだ！ 君はやったぞ、ヘイガー！『イチジクの木《イル フィーコ》』って意味だ。ほら、あれだよ。遺産はその下に埋められているはずだ」

彼が一歩踏み出そうとすると、トレードルが前に飛び出して、イチジクの木の根元の雑草だらけの地面を狂ったように懸命に掘り出した。

「ここに埋まっているんなら、俺のものだ！」彼はわめいた。「こっちに来るな、ローン。来たらシャベルで頭を殴るぞ！　あのじじいにシャモみたいに食わせてやってたんだ、やっと借りを返してもらえるぞ！」

ユースタスはトレードルと同じように前に飛び出して、彼の手からシャベルを奪おうとしたが、ヘイガーが彼の腕に手を添えて制止した。

「掘らせておけば」彼女は冷静に言った。「遺産はあなたのものなんだから。あたしが証明するから。働くだけ働かせておいて、あとからお宝だけいただけばいいのよ」

「ヘイガー！　ヘイガー！　もうなんてお礼を言ったらいいのか！」

彼女は後ろに下がって、頬を紅潮させた。「ゴライアスを見つけて」彼女は言った。「そして私を質屋から助け出して」

そのとき、トレードルは歓喜の叫び声を上げた。そして掘った穴から両手でかなり大きいスズの箱を引きずり出した。

「俺のだ！　俺のものだ！」彼は叫びながら、雑草の上に置いた。「これでやつに食わせてやった分やくれてやったものの元が取れる。俺は自分の分を削って食わせてやったんだ。やっと取り戻したぞ」

彼は箱の端にシャベルの先を押し込んでこじ開けようとした。そのあいだ笑ったりわめいたり、まるで狂人のようだった。ユースタスとヘイガーは近づき、その蓋が開いたら金貨の雨が降るのではないかと期待していた。トレードルは最後の一ひねりをして、蓋が開いた——その中は——からっぽだった。

「なんだって——」驚いたトレードルは口ごもった。「どういうことだ?」

ユースタスも同じように驚いて、かがみ込んで中をよく見た。箱の中にはたたんだ一枚の紙切れがあるだけで、ほかには何も入っていなかった。言葉を発することもできずに、彼はそれを取りだして、目を丸くしているヘイガーにかざしてみせた。

「どういうことだ?」トレードルは繰り返した。

「ここに書いてある」ヘイガーはその紙に目を通しながら言った。「大金持ちのベンおじさんは、実は貧乏人だったようだね」

「貧乏人だって!」ユースタスとトレードルは一緒に叫んだ。

「聞いて!」ヘイガーは言い、その紙を読み上げた。「私がイギリスに帰ってきたら、金持ちになっていると思われていた。友人も親戚もみんな私のおこぼれに預かろうとして、こびへつらってきた。しかし私にはこの小屋を何年か借りるだけの家賃と、ぎりぎりの生活をするだけの年金受給権を買う金しかなかった。ところが、財産があると思われただけで、私の遺産目当ての連中はいろいろ豪華なもてなしをしてくれる。私の遺産はただ一つだけ、身をもって真実だと証明したこの金言、『金持ちになるよりも金持ちだと思わせろ』だ」

手紙はユースタスの手から落ちた。トレードルは怒りのうなり声をあげると、雑草の上に身を投げ出して、死んだおじさんのことを口を極めてののしった。すべては終わり、あるはずだった遺産が消えたのを見届けたヘイガーは、見かけだけのスズの箱に向かって怒りながら涙を流し失意にくれる雑貨商をそのままにして、ユースタスを促してその場を去った。ユースタスは彼女の後をまるで夢を見ているような足取りでついていき、町へと戻る失意の道中のあいだ、ほとんど口もきかなかった。どんなにユースタスが自分の運命を嘆き悲しみ、ヘイガーが彼を慰めたのか、彼らの話したことは重要ではない。しかし質屋の入口に着くと、ヘイガーはダンテの本を青年に渡した。「これを返すよ」彼女は言いながら彼の手に押しつけた。「これを売って、そのお金であなたの財産を築いて」

「もう君とは二度と会えないのかな?」彼は悲しげに言った。

「そんなことはないよ、ローンさん。ゴライアスを連れてきてくれれば、また会える」

そして彼女は質屋の中に入り、ドアを閉めた。さびれた通りに一人残されたユースタスはため息をつくと、のろのろと歩いていった。胸にはフィレンツェ版のダンテを抱き、一財産作るために、ゴライアスを見つけるために――そしてそのときはまだ自覚していなかったのだが――ヘイガーと結婚するために。

第三章　二人目の客と琥珀《こはく》のネックレス

　フィレンツェ版のダンテの事件の後、ヘイガーはすっかり落ち込んでいた。ユースタスには、財産を築きあげ、そしてできればジェイコブ・ディックスの行方不明の息子を探し出してほしいと言って、送り出した。しかしこの行動は彼女の本心とは裏腹で、悲しみにくれていたのだ。彼女は自分で自分の明るい未来の可能性を消し去ってしまい、前よりも明るさを失ってしまった。それでも彼女は、ユースタスが自分のことを愛してくれていて、きっとゴライアスを引き連れて戻ってきて、事件を解決したお礼をしてくれるだろうと信じていた。それが現実になれば、彼女も恋人も、喜びの絶頂を味わうだろう。しかし今は質屋の仕事が忙しすぎて、悲しみや憂鬱な気持ちに浸る暇もなかった。それに神様は彼女の陰鬱な気持ちを晴らそうと、一人の黒人女性を送り込んで琥珀のネックレスを質入れさせたのだ。ヘイガーはそのときはわからなかったが、これが第二の、そしてさらに深刻な事件の始まりだった。

　ある八月の晩、日が落ちる頃に、その女性は現れた。質屋の店内はいつもよりも暗かった。それでもヘイガーには、客は背が高くて大柄な黒人女性であり、けばけばしい黄色い服を、黒いビーズのネックレスが多少落ち着いて見せていることくらいは観察できた。その晩は蒸し暑かったため、彼女はマントも上着も着ておらず、人目を引く衣装に包まれた少し不格好な体型をさらしていた。彼女の帽子は赤、白、黄色の色遣いがまるでバラの庭園のようで、大きな盾のような銀のブローチ、銀貨でできた長いネックレスを身につけ、やはり銀でできたたくさんの腕輪を両手首にしていた。こうした装飾とは対照的に、手袋はつけず、真っ黒な顔をヴェールで覆ってもいなかった。要するにこの奇妙な客は、ヘイガーが今まで会ったなかでいちばん色が黒く派手な服装をしていて、ぼんやりした明かりの下でも非常に目立ち、そしてうさんくさい客だったのだ。

ヘイガーがカウンターにやってくると、この黒人女性は銀の留め金がついたアザラシ革のかばんから、ネックレスを一つ取り出し、それを黙ってヘイガーに渡して調べさせた。詳細な鑑定をするには暗かったので、ヘイガーはガス灯をつけた。しかしその明かりが黒人女性を照らし出すと、女性はじっくり見られるのを嫌うように、あわてて後ろの闇の中へと後ずさった。ヘイガーは質入れに不慣れな人間なら当然の臆病な行動だと思い、そのときにはまったく気にとめなかったが、後になって、このことを思い出すことになる。

問題のネックレスは、素晴らしい琥珀の玉が細い金鎖でつながれているものだった。どの玉もスズメの卵ほどの大きさがあり、それぞれの琥珀の中央には、小さなダイヤモンドが一周埋め込まれていた。後ろの留め金は純金で、四角い形に風変わりな手の込んだエチオピア人の顔の細工がしてあり、その目にはダイヤモンドが埋め込まれていた。この変わった装飾品はこの種のものとしては非常に珍しかった。そしてヘイガーは急いでその価値を推定して計算した。もちろん彼女は、いつものように、できるだけ安い数字を提示した。

「これだったら五ポンドね」彼女はカウンターに戻ると言った。

驚いたことに、黒人女性はさっとうなずいて同意し、かばんから紙片を取り出した。そこには「ローザ、マリルボーン・ロード」とたどたどしい筆跡で書いてあった。住所、氏名があまりにいい加減なので、ヘイガーは質札を出すのをためらった。

「ローザ、名字は何？」鋭い声で質問した。

黒人女性は首を振り、暗がりの中に立ったままだった。

「それに住所はマリルボーン・ロードのどこなの？」

再び黒人女性は首を横に振った。そんな様子にヘイガーはとまどって腹を立てた。

「話せないの？」彼女は辛辣に問いただした。「それとも口がきけないの？」

ただちに黒人女性はうなずいて、指を唇に当てた。ヘイガーは引き下がった。この女性は黒人で、口がきけず、名前は半分しかわからず、住所も途中まで。なのに非常に高価で珍しい宝石を質入れしようとしている。すべてが奇妙だ、とヘイガーは思った。もしかしたら危ない品物かもしれない。おそらくこの無言の黒人女性は、盗品を処分しようとしているのだろう。なにしろ彼女が持てるとは思えないほど素晴らしいネックレスだ。ヘイガーは取引を断ろうかと思ったが、しかしこの琥珀の玉を改めて見て、応じることにした。安値で手に入れる絶好の機会だったのだ。彼女はいつもきちんと法律を守って商売していたから、たとえ警察がこの一件でやってきても、この取引で罪に問われることはないだろう。こう考えたうえで、ヘイガーはローザという名前で質札を作り、五ポンド紙幣の新札を金箱から取り出した。カウンター越しに質札と現金を手渡そうとした瞬間、彼女はふと手を止めた。「この紙幣の番号を控えておこう」と思い、デスクに戻った。「この黒人女性が名前や住所で追跡できないときには、紙幣番号で探すことができる」

我ながらいい用心の方法だと思いながら、ヘイガーは急いで五ポンド紙幣の番号をメモした。そしてカウンターに戻り、札と質札をこの奇妙な客に渡した。黒人女性は右手を伸ばして受け取った。そのときへイガーは必要になったら思い出せる、黒人女性の特徴を見つけた。しかし何も言わずに、女性の顔をさらによく観察しようとした。しかし客は影の中から出ようとせず、急いで紙幣と質札をかばんにしまった。そして一礼すると店から出て行った。

六日後、ヘイガーはニュー・スコットランド・ヤードから一枚の注意書きを受け取った。すべての質屋あてのもので、ダイヤモンドを埋め込んだ琥珀のネックレス、留め金は金細工の黒人の顔つきを警察が探しているという内容だった。その行方に心当たりがある者は、ただちに刑事部に届け出ること、とあった。怪しいと思っていたし、あの黒人女性はずっと顔が見えないようにしていたので、ヘイガーはこの注意書きを見ても驚かなかった。真実が知りたかったし、またこのネックレスはどんな犯罪にかかわる品なのか興味があったので、すぐさま手紙を書いた。四時間もしないうちに、一人の男性が琥珀のネックレスの検分と質入れした女性について質問しにきた。背の低い太った男で、健康そうな赤ら顔と抜け目のなさそうなきらきら光る目をしていた。刑事部のルーク・ホーヴァルだと自己紹介し、質入れのときの状況について話すよう頼んだ。彼女は正直に話をしたが、ただしそのとき感じた疑惑については話さなかった。話の最後に彼女が問題の琥珀のネックレスを出して見せると、ホーヴァルはそれを慎重に検分した。そして膝をぽんと叩き、考え深げに口笛を吹いた。

「考えていた通り」彼はヘイガーをじっと見つめて言った。「あの黒人女のしわざだ」

「何をしたの？」彼女は好奇心いっぱいに尋ねた。

「それは」ホーヴァルは答えた。「老女殺しだ」

殺人！　なんと不気味で残酷な響きなのだろう。それを耳にしてヘイガーの頬は真っ青になった。この琥珀のネックレスは盗難事件には関係しているだろうと思っていたが、まさか殺人に結びつくとは思ってもみなかった。殺人犯と一緒にいたのだと思うと、ヘイガーはめまいがした。しかし気を取り直し、その犯罪について詳しく教えてくれるようホーヴァルに頼み、この琥珀のネックレスの質入れがどうなるのか、ということも質問した。

「あらましはこうだ、お嬢さん」刑事は気楽に話しはじめた。「ローザっていうのは、アリーフォード夫人のところにいた黒人女だ」

「ローザっていうのは本名なの？」

「ああ、そうだ。おそらく偽名を使ったらネックレスを取り上げられると思ったんじゃないかな。しかし住所は嘘だ。アリーフォード夫人が住んでいるのはロンドンの正反対側だ――いや、住んでいた、だな」ホーヴァルは付け加えて訂正した。「今じゃカムデン・ヒルのケンサル・ガーデン墓地に埋葬されているがね、お嬢さん。生前はベドフォード・ガーデンズのこぎれいな小さな家に、ローザとライル嬢と一緒に住んでいた」

「ライル嬢って誰？」

「アリーフォード夫人の話し相手だよ。すっかりしなびたオールドミスさ。君みたいなかわいい子とは比べものにならないよ」

ヘイガーはお世辞を聞き流し、ホーヴァルにさらに話をしてくれるよう冷たく頼んだ。彼女の厳しい顔つきに当惑しながらも、彼は話を続けた。

「こういうことだよ、お嬢さん」彼は再び話しはじめた。「老婦人、年増の話し相手、そして黒人女の三人がベドフォード・ガーデンズに住んでいた。幸せな家族のように。アリーフォード夫人は西インド諸島の、とある紳士の未亡人で、ソロモン王のような金持ちだった。この琥珀のネックレスもジャマイカからもってきたものだ。ローザはこいつを欲しがっていた」

「どうして？　このネックレスは彼女の身分には不釣り合いでしょ」

「もっと安いものだと思っていたんじゃないか」ホーヴァルは顎をなでながら言った。「しかしこのネックレスは信仰の対象とか、お守りとか、持ち主に幸運をもたらすものに見えないこともない。アリーフォード夫人は幸運に執着していたからこのネックレスが必要だった。ローザはお守りとしてネックレスをくれるよう女主人に頼んでいた。夫人はローザ同様このネックレスの迷信を信じていたから断った。それで結局ローザは夫人を殺して手に入れたんだ」

「どうしてローザがやったってわかったの？」ヘイガーは疑わしげに尋ねた。

「どうしてわかったか、だって？」刑事は驚いて繰り返した。「私が馬鹿じゃないからだよ、お嬢さん。先週、アリーフォード夫人はベッドの中で心臓に肉切り包丁を突き立てられて死んでいるのを発見された。そしてネックレスがなくなっていた。ライル嬢は何も気がつかなかった。そしてローザは自分の部屋から一歩も出なかったと証言した。それで一体誰がアリーフォード夫人の息の根を止めたのか、まったくわからなくなっていた。しかしローザがこのネックレスを質入れしたというなら、彼女の犯行に間違いないってことさ」

「どうしてネックレスが質入れされるかもしれないって、思ったの？」

「ああ、それはライル嬢のアイデアだ。なかなか頭の切れるオールドミスだよ、お嬢さん。ライル嬢はアリーフォード夫人を敬愛していた。そりゃ夫人は金持ちで、ライル嬢のことをお姫様みたいに扱ってくれていたんだから当然だな。ローザがネックレスを欲しがるのを何度も聞いていたから、アリーフォード夫人が殺されてネックレスがなくなっているのなら、ローザの仕業にちがいない、と私に言ってきたんだ」

「じゃあ質入れについては？」

「まあまあ、お嬢さん」ホーヴァルは顎をかきながら言った。「それはこういうことだよ。ライル嬢の考えでは、殺人事件のほとぼりがさめるまで、ネックレスを手元に置かず、質入れするかもしれないというんだ。私もそう思ったから、注意書きを作ってロンドン中の質屋に配った。すると君が琥珀のネックレスを保管していると手紙を送ってきてくれたんだ。やっぱりライル嬢の言う通りだったようだな」

「そうだね。ところで誰がアリーフォード夫人の遺産を受け取るの？」

「フレデリック・ジェヴォンズだ。ライル嬢の甥だよ」

「ライル嬢の甥！」へイガーはびっくりして繰り返した。「どうして自分の親戚じゃなくて、そんな人に、アリーフォード夫人は遺産を残すことにしたの？」

「まあ、それはこういうことだよ、お嬢さん」ホーヴァルは言いながら立ち上がった。「彼女には身内が一人もいない。それにジェヴォンズはハンサムな若者で、いつも家におばを訪ねてきていた。そんな彼を気に入って、遺産をやることにしたんだろう」

「ライル嬢はアリーフォード夫人とまったく血縁関係がないのは確かなの？」

「それは確かだ。夫人の単なる話し相手だ」

「アリーフォード夫人は、ぼけていたのかなあ？」

「そんな話は聞いたことがないな」ホーヴァルはじろじろ見ながら言った。「確かめたかったら、ライル嬢に聞けばいい」

「ライル嬢に！　どうやったら会える？」

「そりゃあ」刑事は帽子をぽんぽんと叩いて、「ローザと、琥珀のネックレスを質入れにきた黒人が同一人物か確認しにきてもらうときだな。店を誰かに任せて、今、私と一緒に来てくれないか」

純粋な女性特有の好奇心から、ヘイガーは即座に刑事と一緒にカムデン・ヒルに行くことにした。店のほうは体に障害のある十六歳の少年、ボルカーに任せることにした。彼はこの数ヶ月、ヘイガーの悩みの種だった。長い胴体と長い腕、そして短い足と短気の持ち主で、非常に目つきが悪く意地悪な性格をよく現していた。いくつかこの少年に指示を与えると、ヘイガーはホーヴァルと一緒に乗合馬車で出かけた。そして午後早くにベドフォード・ガーデンズに到着した。

趣のあるかわいらしい小さな家が、とても美しい庭の中に建っていた。かつて、今は亡きアリーフォード夫人の心を慰めていたこの家は、高い鉄製のフェンスで道路と分けられ、暗緑色に塗られた板塀で周りを囲まれていた。刑事とジプシー娘は、上品で居心地のよさそうな部屋に通された。その部屋の家具の趣味からは、老嬢であるライル嬢の趣味が感じられた。そこに座って、彼らの来訪を知らされたライル嬢を待っているとき、ヘイガーは突然ホーヴァルに重要な質問をした。

「ローザは口がきけないの？」

「まさか、そんなわけはない！」ホーヴァルは答えた。「口数が少ないが、黒人なまりでちゃんと話せるぞ。どうしてそんなことを聞くんだ？」

「ネックレスを質入れしたときに、話せないって言っていたから」

「ああ、それは声で正体がばれるのを恐れていたからだ」ホーヴァルは答えてにっこり笑った。ヘイガーが何気なく話すたわごとがおかしかったのだ。しかしこの事件の捜査に役に立ちそうだと思ったので、そんなことを言うとへそを曲げるかもしれないと、口にはしなかった。

ライル嬢が姿を現すと、ヘイガーは女性の常として、彼女の見た目や立ち振る舞いにすぐに注目した。この老嬢は背が高くやせていて、顔は黄色かった。冷たい灰色の目と薄い唇、への字形の気難しそうな口元をしていた。鉄灰色の髪の毛は狭い額から後方にひっつめられ、きっちりと後ろで結っていた。黒くて地味な光沢のないドレスの、カラーとカフスは白いリネンで、布製のスリッパを履いていたので足音を立てなかった。要するに未来の見通しが暗い身持ちの堅い女性で、辛辣で狭量であり、美人のヘイガーを気に入らないように、にらみつけた。そして空咳とともに値踏みを終え、この少女は一目でだめだと決めつけたようだった。

「このお若い方は、事件の捜査に必要なのかしら？」ヘイガーのことは無視してライル嬢はホーヴァルに言った。

「それはもう」ホーヴァルは、二人の女性がお互い敵意を抱いているのに気がつきながら答えた。「ローザが例のネックレスを質入れした質屋を経営しているんですよ！」

ライル嬢はいかにもわざとらしく怖がり、そして薄い唇に意地の悪い笑みを浮かべた。「あの悪人がわたくしのお友達を殺したのよ」柔らかな声で言った。「思っていた通りだわ！」

「彼女は琥珀のネックレスを質入れしました、ライルさん。でも――」

「あの悪魔はわたくしの気の毒なお友達を殺していない、なんて言わないでちょうだい」ライル嬢は言葉をさえぎり、呼び紐へ近寄った。「でもとりあえずあの女を呼びましょうか。たぶんこのお若い方が、ネックレスを質入れした本人だと確認してくれることでしょう」

「そうだといいんですけど」ヘイガーは何の興味もなさそうに、冷たく言った。「あの黒人のお客は顔を背けていたし、もしかしたら――」

「確認するのがあなたの義務なのよ」ライル嬢は初めて彼女へ向かって直接、大きな声を上げた。「ローザが凶悪な犯罪者なのは間違いないのよ。さあ、やってきたわ――この黒い悪魔め！」

この最後の言葉を言い終わると同時に、ドアが開き、ローザが部屋に入ってきた。とたん、ヘイガーは驚きの声を上げた。この黒人はあの客より背が低く、がっしりしていた。黒いビーズで飾られた黄色いドレスを着て、銀の装飾品を首や腕につけていたのは同じだった。あの派手な帽子はかぶっていなかった。それでも、ヘイガーは驚き思わずこう叫んでいた。

「この女の人は、ネックレスを質入れした人じゃない！」立ち上がって証言した。

「違う女ですって?」ライル嬢は敵意に満ちた声で繰り返した。「そんなわけはないわ！　これがローザなのよ！」

「そう、そう、私、ローザ」黒人女性は言いながらすすり泣きはじめた。「でも私ご主人様殺してない。そんなの嘘」

「お嬢さん、別人なのは間違いないのかい？」ホーヴァルは落胆しながら尋ねた。

ヘイガーは前に進み出て、すすり泣いている黒人女性を上から下まで鋭いまなざしでじっくりと観察した。そして彼女の手を見、頭を振った。

「法廷で別の女性だって証言してもかまわないよ」彼女は静かに答えた。

「嘘、嘘よ！」ライル嬢は真っ赤になって叫んだ。「ローザはあのネックレスが欲しかったのよ。下劣なアフリカの迷信のせいで。それに――」

「あれお守りだよ」ローザは遮った。彼女はぎらぎら輝く目で、老嬢をにらみつけた。「ご主人様は私にくれるつもりだった。でもあなたじゃました」

「そんなことないわ！」ライル嬢は胸を張って言った。「あのネックレスはあなたには似つかわしくないのよ。だからわたくしは、アリーフォード夫人におまえには与えないよう忠告したのだわ。おまえが殺したのよ、この悪人！　さあ、ひざまずいて罪を告白しなさい！」

「告白しないよ！」激高した黒人女は叫んだ。「ご主人様、殺してない！　あの琥珀のネックレス、お金にかえない。ネックレス私のもの、なったら、ずっと持ってる。とっても強いお守りだから！」

「ちょっと待ってください」ホーヴァルは、再び話し出そうとしたライル嬢を押しとどめた。「まずは落ち着いて話を聞きましょう。容疑者にも弁明のチャンスを与えないと」彼は言って、ヘイガーを見た。

「あのネックレスが質入れされたのは、いつ、何時頃だったんだ？」

ヘイガーは急いで計算して、すぐに答えた。「八月二十三日の晩、午後六時から七時のあいだだよ」

「まあ！」ライル嬢はうれしそうに叫んだ。「その晩はローザは出かけていたわ。戻ってきたのは九時だった！」

「私、あなたに言われてジェヴォンズ旦那のところ行った」ローザは反論した。「あなたの命令」

「わたくしが行かせたですって！　なんて嘘を言うの！　それにジェヴォンズさんの家は、セント・ジェームズのデューク街にあるのよ。おまえが行ったランベスのね」

「その男の人の家、行っていない。あなた、私にウォータールー駅の汽車に行かせた！」

「ウォータールー駅だって！」ホーヴァルはローザを鋭い目でにらみながら言った。「本当に行ったのか？」

「はい、旦那。私、七時から八時までそこにいたよ」

「ランベスの近くにいたなら、質屋に行くこともできるな」ホーヴァルはつぶやいた。

「行ったに決まっているじゃないの！」ライル嬢は執念深く叫んだ。「そして殺されたお友達の琥珀のネックレスを質入れしたのよ！」

「そんなことはしていないよ！」ヘイガーは一生懸命言いはった。「誰かが質入れしたのは間違いないけど、この人じゃないよ。それに、どうしてローザがアリーフォード夫人を殺したって決めつけるのよ」

「あのネックレスを欲しがっていたからよ、娘さん。だから殺して自分のものにしたのよ」

「ちがう、ちがう！　そんなの嘘！」

「あたしは信じる！」ヘイガーは顔を紅潮させながら言った。「あなたは無実だよ、ローザ。ホーヴァルさん」彼女は刑事に向かって、「この人を逮捕しちゃだめだよ。何の証拠もないんだから」

「うーむ、ローザがネックレスを質入れしていないとしたら――」

「やってないって言ってるでしょ」

「やったのよ！」ライル嬢は怒声を上げた。「あんたもこの女とぐるなんでしょう！」

ちょうどこの瞬間、一人の青年が部屋に入ってきたので、ヘイガーは言い返すことができなかった。整った顔立ちをしておしゃれな服装をしていたが、だらしない生活をしているのを物語るように、顔はやつれきっていた。

「この子は」ライル嬢が紹介した。「私の甥で、亡くなったお友達の相続人ですわ。相続人として、遺産を残してくれた彼女を殺した犯人を見つけて、厳しく罰してやるって決めてるんですの。わたくしとしては、ローザが犯人だと思いますわ」

「あたしは」ヘイガーは力いっぱい叫んだ。「彼女は無実だと思う！」

「ローザだったらいいんですけど」ジェヴォンズは手袋を外しながら弱々しい声で言った。「もうこの事件にはうんざりですよ」

「あなたは犯人を罰する義務があるのよ！」ライル嬢は厳しい声で言った。

「でも無実の人間を罰しちゃいけないよ」ヘイガーは立ち上がって言い返した。

「なんて生意気な子なのかしら」

ヘイガーはライル嬢を上から下まで冷たい目で見た。次いで軟弱な相続人ジェヴォンズへと、視線を移した。そして彼を見て言葉にならないほど驚いた。しばらく観察したあとに、感情を押し殺したので、顔は真っ青になった。前に進み出て話そうとした瞬間、自制心が働いて、ホーヴァルに合図をしてドアへと歩み寄った。

「あたしの用事は済んだよ」彼女は静かに言った。「ホーヴァルさん、一緒に帰ってくれる？」

「ローザも連れていってちょうだい」ライル嬢は少女へさげすみの眼差しを投げかけながら、怒りの声を上げた。「もうここは甥の家なんだから、私が女主人よ。殺人犯と同じ屋根の下にいるわけにはいかないわ！」

「落ち着いてよ」ヘイガーはドアのところで立ち止まって言った。「ローザも一緒に来るから。今度ホーヴァル刑事と一緒に会うときには、誰がどうしてアリーフォード夫人を殺したのか、わかるよ」

「なんて失礼な！」ライル嬢はつぶやいて、ヘイガー、ホーヴァルそして黒人女性を閉め出した。

歩き出した三人は、すぐにランベスの質屋へと戻る乗り合い馬車に乗った。ヘイガーはホーヴァルにずっと熱心に話しかけていた。そして刑事も一生懸命耳を傾けていたところを見ると、かなり興味をそそられているらしかった。意気消沈していたローザは下を向いたまま、ときおり黒い頬をつたう涙をぬぐっていた。この気の毒な黒人女性は窃盗と殺人の容疑をかけられて、家から追い出されて孤立無援で途方にくれていた。あの琥珀のネックレスは不幸しかもたらさなかったわけだ。

店に戻ると、ヘイガーはローザを裏の居間へと案内した。そしてさらにまた話し合いをしたあと、刑事は帰っていった。

「ここに一週間いていいよ」彼女はローザに言った。

「で、あなた何をする？」

「もちろん」ヘイガーはにっこり笑った。「一緒にご主人様を殺した犯人を捕まえるんだ」

その週ずっとローザは質屋の裏に寝起きして、料理や掃除に活躍した。ヘイガーは、ベドフォード・ガーデンズの家で殺人が起きた晩にどんな出来事があったのか、根掘り葉掘り聞き出し、十分な情報を得て、大いに満足した。ホーヴァルに連絡をすると、彼はあわててやってきた。事実を聞かされて、ホーヴァルは彼女を賞賛の眼差しで見つめ、帰り際にこういってほめ称えた。

「そんな知恵があるんだから、男に生まれればよかったな」彼は言った。「女にしておくのはもったいない！」

「男になるほどの悪人じゃないよ」ヘイガーは笑いながら反論した。「それじゃあね、ホーヴァルさん。あそこに一緒に行くんなら、知らせてよ」

さらに四日たち、ホーヴァルは再び姿を見せた。今回はかなり気負っていた。彼はヘイガーと一時間以上なにやら密談をし結論が出ると、非常にあわてた様子で出て行った。昼過ぎ、ヘイガーは店をボルカーに任せて、帽子とマントを身につけると、ローザに一緒に来るよう命じた。突然出かける理由を黒人女性にすぐに教えなかった。しかし目的地に着く前に、ローザはすべてを知り、とてもよろこんだ。

ヘイガーがローザを連れていったのは、セント・ジェームズのデューク街だった。そしてある家の玄関先で、刑事がいらいらしながら待っていた。

「で、ホーヴァルさん」合流したヘイガーは言った。「あいつは中にいる？」

「大丈夫だ！」ホーヴァルは答えながら、上着の胸ポケットをどんと叩いた。「わかった以上は、踏み込むか？」

「いえ、まだ。まずあたしが一人で先に会う。ドアの外で待っていてよ。そしてあたしが呼んだら、ローザと一緒に入ってきて」

ホーヴァル刑事は自分の役どころを心得てうなずいた。三人は暗い階段を上っていった。三階のとあるドアの前で立ち止まると、ヘイガーは連れに暗がりに身を隠すよう合図した後に、ドアをノックした。ドアはすぐに開き、フレデリック・ジェヴォンズが顔を出し、ヘイガーを見ていぶかしげな表情をした。階段の窓のくもりガラスを通して差している明かりのほうにヘイガーが顔を向けると、彼女が誰かわかったようで、うろたえたように後ずさった。

「あの質屋の女の子か！」彼は驚いて声を上げた。「何の用だい？」

「あなたに会いに来たんだ」ヘイガーは落ち着いて答えた。「二人っきりで話をしたかったの」

「どうしてだ。人に聞かれて困るような話なんてないはずだぞ！」

「あたしがここに来た理由を聞けば、考えが変わるかもよ」ヘイガーは冷たく言った。「ここで立ち話をしたいんなら別にいいけど」

「いや、いや、中に入ってくれ」ジェヴォンズは言って、脇に寄った。「誰にも聞かれたくないと言うなら、そうしよう。こっちだ」

彼は大きいがあまり家具が置かれていないがらんとした部屋へと案内した。ジェヴォンズは、アリーフォード夫人の遺産を相続するまで、あまり豊かではないのは明らかだった。

「もうすぐベドフォード・ガーデンズの家に引っ越すんでしょ?」ヘイガーは、大きな肘掛け椅子に落ち着き払って座りながら言った。

「そんなことを聞きに来たのか?」ジェヴォンズは無礼な口調で聞き返した。

「そうじゃないよ。あなたって短気らしいから、さっそく用件を話したほうがいいみたいだね」

「用件か! あんたと話す用なんてあるのかい?」

「うん」ヘイガーは静かに言いながら、じっと彼を見つめた。「あなたが質入れした琥珀のネックレスについてね」

「ぼくが?」どもりながら、ジェヴォンズは真っ青になって後ろによろめいた。

「それから」ヘイガーは厳しい声で、「あなたのやった犯罪について」

「は、は、犯罪だって!」すっかり動揺した彼は息をのんだ。

「そう。それもこの世でいちばん重い犯罪、殺人だよ!」

「な、な、何を言っているんだ?」

ヘイガーは椅子から立ち上がり、青年に向かって腕を伸ばして指を突きつけた。「何のことを言っているのか、十分わかっているよね!」厳しい声で言った。「あなたがアリーフォード夫人を殺したんだ!」

「嘘だ!」ジェヴォンズは叫びながら椅子に倒れ込んだ。もう自分の足で立っていられなくなったのだ。

「嘘じゃない。真実だよ! 証拠だってある!」

「証拠だって!」彼は乾いて震える唇で言いかけた。

「そうよ。あなたのおばさんは、アリーフォード夫人に働きかけて、あなたを相続人にさせた。あなたはお金に困っているし借金もある。老婦人が自然に死ぬのを待っていられなくなったんだ。殺人の夜、あなたはあの家に行った」

「ちがう、違う！　誓って――」

「無駄だよ。家から出てくる姿を目撃されているんだから。ローザに疑いをかけるために、あなたは黒人女性に変装して、あの琥珀のネックレスをうちの質屋で質に入れた。あのときの黒人女性には、右手の小指がないのを覚えていたんだよ。ジェヴォンズさん、あなたと同じだね。それにあなたに渡した五ポンド札の番号を控えておいた。札の番号を追っていけば、あなたに払った紙幣だってわかるはず――」

ジェヴォンズは真っ青で震えながら飛び上がった。「嘘だ！　嘘だ！」しわがれ声で言った。「アリーフォード夫人を殺してない。ネックレスを質入れしていない。ぼくがやったのは――」

「両方ともあなたがやったんだ！」ヘイガーは相手にしなかった。「あたしの言っていることが真実だと証言してくれる証人が二人もいる。ローザ！　ホーヴァル刑事！」

彼女は玄関ドアを大きく開け放った。ジェヴォンズは真っ青になって再び肘掛け椅子に倒れ込んだ。

「ローザとホーヴァル刑事！」彼はつぶやいた。「もうだめだ！」

ローザと刑事はヘイガーの呼び声にこたえて素早く室内に入ってきた。そして身を縮めている容疑者を見下ろした。

「彼らが証人よ」ヘイガーはゆっくり言った。「ローザ！」

「私、見たよ。この人、家でご主人様死んだときに」黒人女性は言った。「あの晩物音した。降りてきてみると、ジェヴォンズ旦那がご主人様の部屋から走って出て行った。ライルさんが脇のドアから出してやった。あいつがご主人様、殺した、そう、そうだ」

「聞いたよね」ヘイガーは恐れおののいている男性に言った。「さあ、こんどはホーヴァル刑事だ」

「私はあんたがある男に渡した五ポンド札の流通経路を、紙幣番号で追いかけた」刑事は言った。「そう、こいつはクラブでその札を使っていた。ウエイターに証言させることもできるぞ」

「聞いたよね」ヘイガーは再び言った。「それに指が一本ないってことからも、あなたが黒人女性に変装して、アリーフォード夫人を殺したあと、琥珀のネックレスを盗んで質入れしたってことがわかるんだ。アリーフォード夫人は、そのネックレスを一日中身につけていたってローザも言ってるしね。殺さなくちゃ奪えるはずがない。あんたが殺して琥珀のネックレスを盗んだんだ」

ジェヴォンズは飛び上がった。「ちがう、ちがう、ちがう!」大声で叫んで絶望したように手を打ち鳴らした。「ぼくは無実だ!」

「だったら」ホーヴァル刑事は手首に手錠をかけながら、「そいつを判事と陪審員の前で証明してみろ」

ジェヴォンズは無実を叫びながら、拘置所へと連れていかれた。ヘイガーと黒人女性は、カービーズ・クレッセントに戻った。ヘイガーがジェヴォンズが犯人だと解明するのは簡単なことだった。ネックレスを質入れした黒人女性には小指がなかったが、ローザと直接会ってみて、彼女は指を失っていないことがわかった。そしてジェヴォンズが手袋を外したとき、彼の右手が、質屋にやってきた問題の黒人女性と同じ障害を負っていたことに、気がついたのだ。それでもまだ確信が持てなかったが、ローザがこの男性がベドフォード・ガーデンズの家に真夜中、姿を見せていたと証言し、さらにホーヴァル刑事が、番号を控えておいた五ポンド札の行方を突き止めてくれたおかげで、ジェヴォンズが殺人犯であるという確信が持てた。そして告発、さらに逮捕に至ったのだった。こうして彼の有罪が明らかにされた。アリーフォード夫人の遺産を手に入れるために、この悪人は罪を犯した。そして罪から逃れローザに容疑をかけるために、琥珀のネックレスを質入れしたのだ。しかしその琥珀のネックレスが原因で彼は絞首台に上ることになった。犯罪がうまくいったと思って有頂天になった瞬間、天罰が与えられたというわけだ。

この逮捕の一報と琥珀のネックレスの顛末は、翌日のありとあらゆる新聞で記事になった。そしてその日、ライル嬢がヘイガーのところにやってきた。真っ青な険しい表情で、店の中を一瞥《いちべつ》すると、ヘイガーを見て苦々しい笑みを浮かべた。

「小娘のくせに！」彼女は荒々しく言った。「なんて悪知恵が回るんだろう！」

「あたしがあなたの共犯者を告発したことですか」ヘイガーは平然と答えた。

「共犯者ですって。いいえ、ちがうわ。わたくしの息子よ！」

「息子なの！」ヘイガーは驚いて後ずさりした。「あなたの息子なの、ライルさん？」

「ライル夫人、と呼んでちょうだい」このやつれて真っ青な顔の女性は答えた。「フレデリック・ジェヴォンズは最初の夫とのあいだにできた子よ。あの子は有罪だと思っているんでしょう。ちがうわ。無罪よ。あの子が絞首刑になると思っているんでしょう。おあいにくさま、無罪放免になるのだから。この書類を読んでごらんなさい」彼女は言いながら、一通の封筒をヘイガーに押しつけた。「どんな間違いを犯したかわかるでしょう。もうあなたとは二度と会わないわ。でもずっと呪ってやる！」

　ヘイガーが気を取り直すまえに、ライル嬢——いや、自称ライル夫人は、素早く店から出て行った。ライル夫人の振る舞いは乱暴で、不吉な言葉を残していった。ライル夫人を追いかけ、このあとに彼女が自暴自棄な行動に出るのを止めたかった。ヘイガーはドアへ急いだが、ライル夫人の姿はもう見えなかった。誰も店番がいなかったので、ヘイガーはそのあとを追いかけるわけにはいかなかった。運のいいことにちょうどそのとき、ホーヴァルが角に姿を現した。彼女はただちに彼を呼び寄せた。

「ライルさんを見た？」

「ああ」ホーヴァルはうなずいた。「ウエストミンスター橋を渡っていたぞ」

「すぐに追いかけて、急いで！」ヘイガーは大声を上げた。「あの人おかしくなってる。向こう見ずなまねをしないうちに早く！」

　ホーヴァルは一瞬わけがわからずに固まっていたが、事態を把握すると振り返り、何も言わずに全速力でライル嬢のあとを追った。急いで走り去る彼の後ろ姿が角で消えるまで、ヘイガーは見守っていた。そして裏の居間にひっ込むと、急いで封筒を開けた。中に書いてあったのは、次のような告白書だった。

「わたくしは独身ではなく、未亡人でした」とこの文書は唐突に始まっていた。「二回結婚の経験があります。最初の夫とのあいだに生まれたのがフレデリック・ジェヴォンズで、表向きは甥ということにしましたが、自分の命よりも大切な存在なのです。二人目の夫のライルが死んで、貧しかった私は就職口はないかと探しまわりました。アリーフォード夫人が未婚女性の話し相手を募集していました。誰でもいいのではなく、未婚女性限定でした。なにしろアリーフォード夫人はお金持ちでしたから、この絶好の機会に仕事を得るため未婚だと嘘をついて採用されました。アリーフォード夫人には身寄りがなく、多くの財産がありました。そこでわたくしは彼女の遺産を、甥として紹介した自分の息子に残す計画を立てたのです。黒人メイドのローザは、気の弱い女主人に強い影響力を持っていました。そしてどういうわけか、私の企みに気がついていました。これは二人のあいだの戦いでした。ローザは、アリーフォード夫人の遺産は私の息子に渡るべきでないと信じていました。結局わたくしが勝利して、フレデリックは老婦人の全財産を受け継ぐ唯一の相続人になりました。するとローザは盗み聞きをして、わたくしとフレデリックの本当の関係を知りました。彼女はそれを女主人に告げたのです。アリーフォード夫人は激怒して、遺言状を書き直してわたくしと息子に何も渡さず放り出すと宣言しました。わたくしは許しを請い、哀願しましたが、アリーフォード夫人はあのいまいましいローザを味方につけて、意思を変えませんでした。息子も呼び寄せて夫人をどうにか懐柔しようとしましたが、運の悪いことに町にはおらず、やってきたのは夜遅くになってからでした。ようやくやってきた息子に、わたくしはアリーフォード夫人を殺してしまったと言いました。遺言状を書き換えさせないため、愛している息子のため、遺産を失わないためだと言いました。フレデリックは驚いて、家から飛び出しました。そのとき脇のドアから彼を外に出したところを、ローザに見られたのでしょう。ローザに罪を着せようと決心しました。なにしろ彼女を憎んでいましたから。彼女が琥珀のネックレスを欲しがっていたのは知っていましたから、それを死体から盗み、翌日息子に渡しました。ローザに変装してこのネックレスを質入れすれば、彼女が疑われるはずだと提案しました。息子はわたくしを助けようとしてやってくれたのです。ローザの好きな黒いビーズの縁取りのある黄色いシルクのドレスを手に入れ、さらにあの女が好きそうな装身具も手に入れました。フレデリックは顔を黒く塗り、ランベスの質屋でネックレスを質入れしました。ちょうどフレデリックがネックレスを質入れする時間を狙って、ローザをだましてウォータールー駅に行かせました。そうすれば彼女がその近辺にいたという不利な証拠になるからです。そして私はホーヴァル刑事にネックレスが質入れされたかもしれないと示唆しました。刑事は店を見つけ、わたくしは自分の計画が成功したと思いました。ローザが逮捕されて絞首刑になると思ったのです。しかし運の悪いことに質屋の女が抜け目なく、フレデリックのことを、右手の障害から追い詰めました。なんて嫌な女！　フレデリックは今、殺人罪で拘留されていますが、無実です。わたくしが犯人です。わたくしがアリーフォード夫人を殺しました。フレデリックは何も知りません。わたくしを助けようと、容疑をローザにそらそうとしただけです。でも無駄でした。わたくしは有罪です。そしてわたくしの罪で息子を苦しめるつもりはありません。警察当局は直ちに息子を釈放して、わたくしを逮捕してください。わたくしがアリーフォード夫人の殺害犯であることをここに告白します。

ジュリア・ライル

証人　アメリア・タイク（メイド）、マーク・ドリュー（執事）」

ヘイガーはこの哀れな女性が気の毒になって、書類を手から落とした。

「息子のことを本当に愛していたんだね」少女は思った。「そのために親切で善良な夫人を殺したんだ！　恐ろしい！　これで彼は釈放されて、母親が計画した通りに遺産を受け継ぐんだろうな。でもローザに迷惑をかけたんだから、その埋め合わせをしてもらわないと。年金を与えて、それからあの琥珀のネックレスもあげないとね。あれのおかげで事件が解決したようなものだから。ライル夫人は――」

そのとき、真っ青になって息を切らしたホーヴァルが店内に駆け込んできた。ヘイガーは驚いて立ち上がり、心配そうに彼を見つめ、嫌な予感が当たったとわかった。彼女は正しかったのだ。

「お嬢さん」ホーヴァルはしわがれ声で言った。「ライル嬢は死んだ！」

「死んだのね」ヘイガーは言った「そうじゃないかと思った」

「ウエストミンスター橋から身投げをしたんだ。ちょうど今、引き上げたところだ――死んでいたよ！」

「死んだ！」ヘイガーは繰り返した。「死んだのね！」

「完全に死んでいた！」刑事は当惑したように答えた。「しかしどうして――どうして自殺なんかしたんだ？」

ヘイガーはため息をつき、黙って刑事に死んだ女の告白書を手渡した。

第四章　三人目の客と翡《ひ》翠《すい》の偶像

ヘイガーは抜け目のない頭の切れる少女だった。ジェイコブ・ディックスの厳しい教えのもと、金のありがたみと商取引の妙というものを叩き込まれていた。彼女は教育を受けておらず教養もなかったが、絵画と陶磁器、宝石や銀器に関するかなりの知識があった。しかし本から得られる知識は、小学生に負けていた。地理について無知で、科学はジプシーのキャンプでもランベスの質屋でも、まったく習ったことがなかった。シナとは彼女にとって東洋の大帝国ではなくて、食器のことを意味していた［「チャイナ」は英語で「陶器」の意味がある］。しかし三人目の客が海緑色の翡翠の偶像を質入れにやってきたおかげで、この神聖なる帝国のことをヘイガーは学んだのだった。

その男性は船乗りで、海風と塩水で赤くなった粗野な顔をしていた。そして二つの青い目は輝き、もじゃもじゃの眉毛の下から抜け目なく彼女を見ていた。白くて丈夫そうな歯が太い口ひげの下でぴかぴか光り、髪は豊かな巻き毛で、がっしりした体が屈強な脚の上にのっていた。粗末な青サージのズボンをはき、真鍮のボタンがついた黒い船乗りの上着を着て、派手なスカーフをまいている姿は、海のうねりを思い起こさせた。大きくて赤い耳には金の耳輪をしてさらに独特な雰囲気をかもしだしていた。ゆらゆら揺れてばかりいる船から、固い地面に降りたって、まだ足元がふらついているような足取りで、店の中に入ってきた。

この船乗りは店の中に入ってくるときに、不安そうに肩越しに後ろを見ていた。そしてまるで船が錨《いかり》を下ろすように、客の入るボックスに落ち着いた。ここで彼は金のバンドをまいた帽子を脱ぎ、シナの絹製の真っ赤なハンカチで額の汗をぬぐった。カウンターに軽く手をついているヘイガーは、彼が口を開くのを待っていた。しかしずっと黙ったままなので少し驚いた。いまだに肩越しに後ろの入り口のほうばかりを見ていたのだ。とうとう彼女はしびれを切らした。

「で、何かご用ですか?」厳しい声で言った。

船乗りはカウンターに身を乗り出し、うねる波のようなしわがれ声でささやくように言った。「おれはナサニエル・プライムだ、嬢ちゃん。ナットって呼んでくれよ。紅茶を積んだ船で香港とロンドンを行ったり来たりしてる三等航海士だ」

「で、プライムさん」ヘイガーは彼が話を止めたのでこう言った。「何かご用?」

プライムは青いチェックのハンカチにくるまれた包みをポケットから取り出し、カウンターの上に置いた。「ちょっとしたものがあるんだが、こいつを安全のために預けておきたいんだ」

「ああ」ヘイガーはこの言葉を自分なりに解釈して、「つまり何か質入れしたいんだね。これは何?」

「こいつは関帝ってやつだ、嬢ちゃん」

ヘイガーは後ずさりし「なんて言ってるの」と尋ねた。

「シナ語だよ」プライムは即座に答えた。「関帝はシナの戦争の神様だよ、嬢ちゃん。こいつは」彼はハンカチを開き、非常に醜い偶像を見せた。「その像だ。広東の水龍街にある、こいつを祀《まつ》っている寺で手に入れた。この翡翠を見てくれ、嬢ちゃん――いや、ちょっと待て」彼はドアのほうに戻り、歩道に出て左右をきょろきょろと見回した。確認して安心したようで、安堵《あんど》の口笛を吹くと戻ってきて再び会話を続けた。「あのいまいましいシナ人野郎がついてきたかと思ってな」彼は言いながら、嚙み煙草を口の中に放り込んだ。「こいつを狙って、俺をナイフで刺し殺そうとしてやがる」

「刺し殺すって、どういうこと?」

「そりゃあ」プライムは言った。「そのシナ人はユーインってやつだが、この像を欲しがってるんだよ。俺だってずぶりとやられたくないからな、こいつをあんたの金庫の中にしまってもらえりゃあいいんだって思ってよ」

ヘイガーは像を下に置いて後ずさり、冷たく言った。「そしたら代わりにあたしが危ないじゃない。だめだよ、お断り。このへんてこなのを持って、さっさと帰って!」

「おいおい、誤解するなよ、嬢ちゃん」プライムは像を押し返しながら言った。「ユーインは、俺がここに預けるのを知らねえ。ただここで関帝像を一週間ばかり預かってもらいたいだけなんだよ。危なくもなんともねえよ」

ヘイガーは再び像を手に取り、考えた。緑色の翡翠から彫り出した、とても醜い彫刻だった。両目はダイヤモンドで、両足を組み、まるで扇のような両手を突き出た腹の上に置いている。好奇心はそそるものの、決して欲しくなるようなしろものではなかった。しかしアーモンド形の目をしたユーイン「西洋では東洋人の目の形をこう表現する」にとっては、なんらかの宗教的な意味合いがあり、だからこそ人間の命を奪ってまで手に入れたがっているのだろう。関帝像を質草として受け入れるかどうか、ヘイガーは迷った。しかし別に危険に直面しているわけでもないし、何も起こらないかもしれないのだから、彼女は取引に応じることにした。商売のチャンスを決して逃さないという点では、ヘイガーはユダヤ人的だった。とは言え一説では、ロマ族とは失われた十支族［旧約聖書で紀元前七七二年にアッシリアに滅ぼされたあと行方がわからなくなったユダヤ人たちのこと］のうちのひとつだそうだ。

「三十シリングだね」彼女はぶっきらぼうに言った。

「三十だな」プライムは即座に同意した。「俺は安全のために像を質入れしたいだけだからな。質に入れてくれるなら、その値段で十分だ。この翡翠の値段は、二百ポンドはすると思うがな！」

「翡翠の市場価格は知らないね」ヘイガーはいらいらしながら反論した。「あたしの仕事は、かたを取ってお金を貸すことだよ。三十シリングかお断りかのどっちか」

「承知したって言ったろう？」プライムは言って、噛み煙草を口の反対側に寄せた。「さっさと関帝像を質入れしたっていう書類を作ってくれ」

「名前と住所は？」ヘイガーは質札を作りながら尋ねた。

「ナサニエル・プライム、船乗り。ドックスのオールド・クロエ街二〇番地」プライムは言った。「パブなんだよ、嬢ちゃん。〈ネルソン〉って店だ。店に来てくれたら一杯おごるぜ。あんたみたいな美人におごれるんなら、自慢できるな！」

「質札とお金だよ、プライムさん。取引はおしまい。さっさと帰って！」

「急ぐよ、急ぐよ」従順な船乗りは言いながら、三十シリングをポケットに入れた。「それからユーインがここいらへんをうろついているのを見つけたら、錨を上げて〈ネルソン〉にいる俺に教えてくれ。

あの外国人がやってきたら、さっさと逃げ出すからな！」

プライムはヘイガーに愛想よく挨拶すると、店のドアから出て行った。彼がカービーズ・クレッセントを歩きながら楽しそうに歌っているのが聞こえた。彼の銅鑼《どら》声が聞こえなくなった頃、彼女はこのダイヤモンドの目をした偶像のことを改めて考えていた。関帝は非常に醜い神だった。しかしそれなりに珍しく魅力的でもあった。だから商売繁盛のために、そしてプライムが語ったユーインの話が本当かどうかを確かめるためにも、少女はこのシナの神像を店のショーウインドウに飾った。像はほこりだらけのがらくたの中で、アーモンド型の目で満足げに笑っていた。それはかつて広東の水龍街で信者に向かって投げかけていた笑みと同じだった。

さて、女性を滅ぼす悪徳の筆頭と言えば、それは好奇心である。ヘイガーはこの関帝像について奇妙な逸話を聞き、プライムの話が本当かどうか確かめることにした。この神像をショーウインドウに飾り、ユーインの目にもとまる機会を与えたのだ。そしてもしシナ人が神像を手に入れたいなら――まず間違いないだろうが――店内に入り売ってくれと言うはずだと考えていた。彼に殺されるとか、命を狙われるなどと少しも疑っていなかったのだ。プライムが奇妙な話を大げさにふくらませているのだと信じていた。

「あんな話なんか信じないんだからね！」ヘイガーは疑っていた。「でもこの像を店のショーウインドウに飾っておけば、これからどうなるかわかるはずだよ」

彼女にとっては驚きだが、その愚かな行いのせいで、すぐさま面倒に巻き込まれることになった。翌日の昼、裏の居間で彼女は質素な食事をしていた。店に通じるドアは開け放していた。そうすれば客がやってきてもすぐわかるからだ。この通りの住人のほとんどは昼食で家にいて、小さな広場には人気《ひとけ》がなかった。すると突然ヘイガーはガラスが割れる音を聞いた。一瞬この聞き慣れない音にびっくりして、座ったまま体が硬直してしまった。我に返り体が動くようになると、彼女は急いで店へと出た。そして船乗りのプライムの警告が事実になってしまったことがわかったのだ。店のショーウインドウの真ん中の板ガラスが割られ、神像が盗まれていた。驚きの声を上げてヘイガーはドアから飛び出し、青い作業着姿の男が大通りに通じる狭い通りを走り去る姿を見た。

「シナ人だ！　シナ人だ！」ヘイガーはそのあとを追いながら叫んだ。「泥棒！　待て、待て、泥棒！　ユーイン！　ユーイン！」

彼女の叫び声にこたえてわらわらと集まった群衆を従えて、ヘイガーはまるでシカのように裏道を走ったが、敏捷《びんしょう》なシナ人にはかなわなかった。混み合った大通りに出ると、ユーインは——間違いなく彼だろう——姿を消していた。彼女は通りがかりの人間や警邏《けいら》をしていた巡査、辻馬車の御者などに聞いてまわったが、何の成果も得られなかった。彼らはもちろん袋小路になっているカービーズ・クレッセントからシナ人が飛び出してきたのを目撃していたが、とりたてて注目していたわけではなかった。ヘイガーはあちらこちらに駆けまわり、目を配り、聞き込みをし、考え込んだが、すべて無駄だった。ユーインはまるで大地に飲み込まれたかのように姿を消した。そしてプライムの神像も道連れになった。自分の不注意と関帝像をショーウインドウに飾ってしまった愚かさを責めながら、ヘイガーはしょんぼり質屋へと戻った。割れたガラスのところをとりあえずふさぎ、ガラス屋に使いを出して修理を頼んだ。ヘイガーは座りこんで、この盗難事件がこれからどうなるか考えた。

まず間違いないのは、プライムが週末に再びやってきて神像を請け出すだろうということだった。ヘイガーは紛失をどう弁解したらいいかわからなかった。前日、ユーインはプライムのあとをつけて店まで来ていたのは間違いない。そして質入れしたと確信したのだろう。正々堂々と店で買うのではなく、こんな違法手段に訴えたということは、神像を盗む機会をずっと狙っていたにちがいない。シナ人らしく抜け目ないユーインは、ヘイガーがこの品を売る気もなく売ることもできないことがわかっていたのだろう。だから店のショーウインドウを破ったのだ。とにかく神像は盗まれてしまったので、ヘイガーはプライムにただちに盗難を報告したほうがいいと判断した。彼だったらユーインの行方を知っているかもしれず、だとしたら窃盗でユーインを捕まえられるかもしれない。この状況ではこの方法が最善だと判断して、ヘイガーは教えられた住所にプライムあての手紙を送った。そして返事を待ちつつ、彼を迎え入れ、失敗に終わった取引を少しでも挽回する準備をしていた。手紙の中では盗難については触れなかった。

プライムが姿を現したのは二日たってからだった。遅れたのはブライトンの友達を訪ねていたからだ、と弁解していた。そして神像が無事かどうかこの目で確かめたいと言った。ヘイガーがユーインによって盗まれたと言うと、彼は激怒した。優に十分は悪態をつき、そのあいだ、同じ単語を繰り返すことがなく、汚い言葉をたくさん知っているということがわかった。しかしそのあとの会話では、彼はその才能を発揮することはなかった。

「やっぱりあのシナ人野郎は、俺のあとをつけていたか！」彼は少し冷静になって言った。「俺がちゃんと後ろを気をつけていればな。あいつは角からこっそり見ていたにちがいねえ。こんちくしょう！」

「神像を盗まれてしまってごめんなさい、プライムさん――」

「いやいや、嬢ちゃん、もういいんだ。あんたみたいな娘っ子がシナ人野郎をどうやってやっつけるっていうんだ？　だって、ユーインはあんたがナイフを出す前に丈夫な歯で頭に噛みついてくるようなやつだからな！」

「でも、あたしの責任です」ヘイガーは言い続けた。「あたしがショーウインドウに神像を飾らなければ」

「飾っていてもいなくても、同じだろうよ」プライムは憂鬱そうに答えた。「ユーインは、神像が簡単に手に入らなかったら、店に押し込んでいただろう。そうすりゃ嬢ちゃん、喉をかっ切られていたぜ！」

「なんであの神像をそんなに欲しがるのかなあ？」

「俺と同じだ。なにしろ五万ポンドもするんだから！」

「五万ポンド！」ヘイガーは繰り返してたじろいだ。「あの像がそんなに高いわけないよ！」

「あの像自体はな、嬢ちゃん。しかしそれだけの金になるんだ。こいつが俺のものになったら、船乗りなんてもうやめるつもりだった。けどあのシナ人野郎にまんまと盗られちまった」

「ユーインを探しだして窃盗罪で訴えたらどう？」

「どうせ言い逃れるだけさ、嬢ちゃん。見つけようとしてももう姿をくらましているさ。でもあとを追いかけてやる。じゃあな、嬢ちゃん。もう二度とシナ人なんか信用するんじゃないぜ」

　こう言うと、プライムは達観した様子でふらりと出て行った。残されたヘイガーは自分の不注意と愚かな行動のせいで神像を失うことになって、後悔していた。しかし同時に、五万ポンドという話を信じていなかった。それについて問いつめてみてもよかったのだが、そうしなかった。ユーインがあの神像を欲しがる理由について、プライムが真実を話していたのなら、その価値についても本当のことを教えてくれてもよかったのではないだろうか？　結局、ヘイガーはこの話の裏付けとなる詳しいことはまったくわからなかった。そこで、彼女はプライムもユーインも関帝像も忘れ、三十シリングの授業料でいい経験をさせてもらったと思うことにした。

一方ナット・プライムは、ドックスから少し離れたところにある〈ネルソン〉という酒場で、パイプを口にくわえ、ビールの大ジョッキを前にして座っていた。この数日間というもの、彼はこうして一人で座って——その期待に満ちた態度から——誰かを待っているようだった。神像が盗まれてから四日後、彼には連れができていた。すぐそばの椅子に座っていたのは、黒い洋服を着た、しわだらけの油断のない男だった。目はぎらぎら輝き、鋭敏な印象だった。この男は紳士、それも医者で、プライムが待ちに待った相手だった。

「一週間前に来てくれたら、像を質入れしなかったのにな」プライムは暗い声で言った。「そうすれば盗られねえですんだ」

「ああ、わかった、わかった。しかしどうして質入れしたのかね？」医者は不機嫌に尋ねた。

「そりゃあ」プライムは平然として言った。「俺だってユーインに喉をかっ切られたくなかったからな。像を持っていたら、いつ殺されるかわからねえだろう！」

「どうしてユーインはあの神像の価値を知ったんだろうか？」

「あいつはあの戦争の神を祀る寺の坊主だったんだ。あそこでぺこぺこお祈りしているところを、何度も見たことがある。あいつがハヴロック号にボーイとして乗り込んできたんで、神像を追いかけてきたんだとわかったね。けど俺はずっと寝てるときも気をつけていたぜ」プライムは勝ち誇ったように言った。「だから俺が関帝像をあのいまいましい質屋に預けるまで、あいつは手出しできなかったんだ！」

「しかしやつがロンドンでどうやって、あの鉄箱のことを知ったのかわからない」医者はいらいらしながら言いつのった。「それにポアの財宝のことも」

プライムはビールを少し口にすると、身を乗り出し、パイプの柄を振りまわし自分の言葉を強調しながら言った。「ところでだ、ディック先生」彼はゆっくり話しはじめた。「俺がシナへ行く一年前、なんて言ったっけな？」

「ああ」ディック医師は考え考え言った。「私のおじが北京の夏の宮殿から戦利品を略奪していたときのことだ［一八五六〜六〇年のアロー号戦争のこと］。フランス人やイギリス人だけでなく、シナ人も宮殿の略奪に手を貸していた。そのなかにポアという僧侶がいた。やつは五万ポンドもの価値がある黄金の関帝像をたくさん集めていて、それを持ってイギリスへ逃げたんだ。奴は像を鉄の箱に入れ、ロンドンにいる同国人に預けた。そのうちのいくつかの像を売り払って国に戻り、広東の関帝廟《びょう》の僧としての勤めに戻った。いずれはその鉄の箱を送らせて、自分の寺の神として祀るつもりだったようだ。しかし病気になってその計画を実行できなくなってしまった。

もし真実を告白したら冒瀆者《ぼうとくしゃ》として拷問を受けるかもしれないと怖くなったポアは、この財宝がロンドンのどこにあるかシナの文字で書き記し、その紙をダイヤモンドの目をした小さな関帝像のなかに隠したんだ。その像は水龍街の関帝廟に祀られていた。私のおじはポアにいろいろ便宜を図っていたので、そのお礼としてポアは秘密をもらした。そのあとすぐやつは死に、おじも寺に侵入して神像を奪うわけにはいかなかったので、そのままイギリスに戻らざるをえなかった。おじはハンプシャー州クライストチャーチに住み、そこで死んだ。しかしこのポアの財宝のことを書類にして残してくれた。私はそれを二年前に発見し、おまえが広東と貿易をしているのを知って、連絡をとったというわけだ」

「うむ」プライムは話のあとを受けて、「そしてあんたが俺に神像を寺から盗んでくるよう頼んだんだっけな。で、俺がそいつを盗ったが、ユーインの野郎に見られちまった。ともかくやつはハヴロック号にまで乗り込んできて、どうやったのかわからないが、ともかく俺たちの話を全部知って、俺から神像を取り戻そうとしていた。俺は航海のあいだにやつをどうにか始末しようとしたんだ。上陸したらすぐにあんたに会って、例の鉄の箱を手に入れるもんだと思っていたんだが——」

「病気だったんだ」ディックはいらいらした様子で遮った。「だから会いに来られなかった。おまえが宝物を発見して、私と山分けしてくれると思ったんだがね」

「無茶言うなよ、先生！ 俺は像の中にあった紙に書いてあるシナ語は全然読めねえ。あんたはおじさんに教えてもらってシナ語が上手なんだろ。言ってたじゃないか、持ってきたらすぐに読んでやるって。ずっとあんたが読んでくれるのを待ってたんだぜ。安全のために、神像を質屋に預けたんだ。そしたらユーインの野郎が、俺のあとをつけてきやがって、盗み出したんだ。おそらく今頃あいつは金ぴかの神様の像を全部独り占めしているだろうよ」

「おそらくそうだろう。しかし像があることをどうやってやつは知ったんだろう。それにポアの財宝を手に入れるにはあの神像が必要だということも」

「わからねえよ、先生。もしかしたらポアは坊主仲間にそのことを話していたのかもしれねえ」

「ポアが死んだのは十五年前だ」ディックは厳しい声で言った。「彼が死の床で告白したのなら、それから仲間たちがずっと財宝をそのままにしておくわけがない」

「うーん、今回こっちに行くついでって思ったんじゃないか」プライムは気のない調子で言った。

こうして話しているところに、〈ネルソン〉の亭主が酒場に入ってきて、女性がプライムに会いに来ていると告げた。少し驚きながら——なにしろ彼には女性の知り合いなど一人もいなかったのだ——彼は客を招き入れた。そこに姿を現した女性を見て、彼はさらに驚いた。それはヘイガーだったのだ。

「あの質屋の嬢ちゃんじゃないか！」彼は立ち上がりながら言った。「何の用だい？」

「あの神像を取り戻したよ」ヘイガーは言って、関帝像をポケットから取り出した。

「なんてこった！」プライムは叫んで彼女からひったくった。「一体どうやって？」

「今朝店を開けたら、ドアノブに紐でつるしてあったんだ」

「ユーインのやつ、何もわからなかったにちがいねえ。さあ先生、紙が中にあるかどうか見てくれ」

ディック医師はかなりの興奮状態で、かつておじが書いた書類の取り出し方に従い、像の頭を回転させた。頭を取り外すと空洞が現れた。その中には一枚の薄紙が入っていて、朱色のシナの文字が書きこまれていた。

ディックがそれを解読しているあいだ、プライムはヘイガーに向かいあった。

「ありがとうよ、嬢ちゃん」うれしそうに言った。「もしお宝が手に入ったら、一ポンドくらいはあげるよ」

「いらないよ」ヘイガーはぶっきらぼうに答えた。「あたしが渡した質札と、元金と利息として三十一シリングちょうだい。それであたしは帰るから」

プライムは金と質札をポケットから取り出し、彼女に渡した。「でもあの像を取り戻してくれたんだから、何かお礼をしたいぜ」彼は残念そうに言った。

「じゃあ、プライムさん」ヘイガーはドアのところで立ち止まってにっこり笑った。「こないだ言っていた五万ポンドが手に入ったら、一度店に来て。そして詳しい話を教えてよ。どうしてユーインが神像を盗んだのか、そしてどうして返してきたのか知りたいんだ」

「よしわかった、話してやるよ、嬢ちゃん。何か飲まないか？　いらない？　じゃあ、あばよ！　元気でな、ありがとう」

ヘイガーが去り、プライムはテーブルに戻った。ディック医師はシナ語の意味を読み取っていた。そこにはホワイトチャペルのヴェッシー街でアヘン窟を営んでいるエーという男の住所が書いてあった。

「そこに行かざるをえまい」と言って、ディックは立ち上がった。「そしてこのエーと話すんだ。こいつが問題の鉄の箱を持っているんだろう」

「どこかのシナ人がその箱を持っているんだろうが」プライムは言った。「しかしエーじゃないんじゃないか。たとえポアがその箱をそいつに渡したとしても、もう今は死んで墓の下だろう。シナ人だって不老不死のわけはねえ」

「エーかそれともほかの誰かは、問題ではないだろう、プライム？　この箱を管理している者に関帝像を見せて、こちらに引き渡してもらえばいいだけだ」

「そりゃあそうだ」プライムは答えて、時計をちらりと見た。「こいつに午後いっぱいかかっちまったみたいだな。さあ、腹ごしらえをしたら、すぐにホワイトチャペルに出発だ」

食事のあいだ、プライムは考え込んでいる様子で、財宝の行方が判明してうれしそうなディック医師が陽気に話しかけても反応が芳しくなかった。ディック医師はそれに言及した。

「あまりうれしくないようだな、プライム」腹立たしげに言った。「おまえの取り分は二万五千ポンドにもなるのに。さぞ満足して喜ぶと思ったが。何が不満なんだ？」

「ユーインですぜ、先生。あの野蛮人は信用ならねえ。どうして神像を返してきたりしたんだろう？」

「どうやって開けるかわからなかったからだろう」ディックは答えた。「それにこの像は醜いからな。だから本来の持ち主に返したんだ」

彼は首を振った。「寺の坊主のユーインが、あの神像の本来の持ち主ですよ」疑わしげに言った。「俺は盗んだほうだ。だから俺のものじゃない。いや、先生、何かがおかしい。あのシナ人野郎は何かたくらんでやがる」

「どういうことだ？」

「だから」プライムは冷静に答えた。「もうユーインは金の関帝像を手に入れて国に送っちまって、俺たちが行ってみたら、ただの空の箱しかないかもしれねえってことですよ。シナ人野郎のやりそうなことだ」

「そんなことはないだろう、そんなわけはない！」ディックは真っ青になって叫んだ。「しかしどうなっているか確かめないと。来い、プライム。今すぐホワイトチャペルへ出発だ」

シナ人とは長い付き合いで、決してこの連中に気を許してはいけないとわかっていたプライムは、それでも頭を振りながら勘定を済ませ、ディック医師とともにホワイトチャペルへと出かけた。

「俺の言うことを信じてくれ、先生」彼は列車の中で言った。「向こうに着いたら、とんでもないことが待ってる。あいつが正直者だから神像を戻してきた、なんてありえないんだ」

ホワイトチャペルに到着して、二人の男はヴェッシー街を見つけるのに苦労した。そして一時間近くかかって、ようやくその場所がわかった。細くて汚く短い裏道で、その真ん中にエーの住処があった。赤く塗られた金色のシナの文字が踊る看板には、この家は〈百幸亭〉であると書いてあった。そしてエーはこの華麗なる国から輸入された品物を扱う商人だった。ディックはこれを、シナ語を話せるが読めないプライムに訳してやった。すると彼はこう答えた。

「エーがまだ生きているのか、それとも息子かもしれないな」プライムは不平を言いながらも、二人はこの家の玄関前に立った。この中にはポアの財宝、清朝の黄金像があるかもしれないのだ。

ノックに答えて、つるつるした顔の、猫のように足音をたてず、青い藍染めのシャツを着て弁髪をたらしたシナ人の少年が姿を現し、二人を中に招き入れた。プライムのほうがシナ語会話には慣れていたので、エーに会いたいと説明した。しばらく躊躇していたが、少年は二人を、長く暗い廊下を案内して比較的大きな部屋に通した。そこにはたくさんの品物が山となって積まれていて、三、四人のシナ人が動きまわっていた。これらの品物はエーの表向きの商売を偽装するものであり、この店の別の裏の暗い廊下を抜けていくと、アヘン窟があった。少年は眼鏡をかけたシナ人商人に、二人のイギリス人のことを話した。すると彼は前に進み出て、母国語で話しかけてきた。

「このみすぼらしい店にようこそいらっしゃいました、旦那様。いかなるご用でございましょうか？」人当たりのよさそうなシナ人はシナ語でお世辞をまくしたてた。こんなお世辞には慣れているプライムは、同じように「誠に恐れ入りますが、かの博学で尊敬されるエー様にお会いしたいのです」と言った。「わが素晴らしき父のことであります」シナ人は一礼して言った。「優れた紳士方が、わが尊敬する父に何用でございましょうか？」

その返事の代わりに、プライムはポケットから神像を取り出し、エーにその緑色の神の像を見せた。彼は即座にひざまずいて、額を床に三度すりつけた。その後、何の説明もせず、二人のヨーロッパ人をアヘン窟へと案内したのだった。そこの一段高くなったところ、笑みをたたえたとりわけ醜い神像の下に、エー老人が座っていた。非常に年老いたしわだらけの男で、分厚いレンズのべっこうぶちの眼鏡をかけ、金糸の刺繍が入った赤い絹の綿入りの上着を着ていた。息子と同じようにこの関帝像を見て衝撃を受け、同じように這いつくばって拝んだ。

「あの学識深いポア師は、わしがもっとも尊敬する友人ですじゃ」彼はヨーロッパ人たちに一礼して言った。「わしに鉄の箱を残していった。この戦争の神の像を見せた人物に渡すように命じてな。しかしポア師は、この聖なる像が二度も現れるとは言わなんだ！」

「おおっ！」ディックはうんざりして叫んだ。「ユーインだ！」

「その名前をご存じじゃな」エーはわずかに顔をゆがめて言った。「水龍街にある寺の僧で、そなたたちの敬愛する友人ではなかろうか？」

「そう、そうだ！」プライムは熱を込めて言った。「俺たちがユーインに神像を渡したんで、あいつはここにポアの鉄の箱を見に来たんだよ。でも俺たちはやつに箱を持ってこいとは言わなかったんでね」

「彼はその命令に従いましたぞよ、旦那様方」エーはぎくしゃくと立ち上がりながら言った。「箱を検分したが、持ち去りはしなかった」

ディック医師は安堵の叫びを上げて飛び上がり、喜んだ。「するとまだ箱はここにあるんだな！」彼は興奮して叫んだ。「すぐに見せてくれ！」

「あちらの部屋で、いらっしゃるのを待っておりますですよ」

そう言いながらエーは、わくわくしている二人を従えて、小さなドアを通って一種の金庫室のようなところへと入っていった。鉄格子のはまった小さな窓から差してくる光だけの薄暗いなか、老シナ人が指し示す隅に、大きくて黒く塗られた鉄箱があった。その蓋の上には白いペンキで何かシナの文字で書いてあった。その上の釘にかかっていた小さな銅の鍵をエーは取り、一礼しながらディック医師に渡した。そして彼は背を向けて去った。「旦那様方は余人を交えずポア師の秘宝をごらんになりたいでしょう」彼は言って何度も礼をしながらドアへ向かった。「関帝様の御心に従った行いを、じゃまするわけにはいきませぬ」

二人だけが残されて、彼らは驚きと少しの疑いを抱いて顔を見合わせた。「思っていたよりうまくいったが」プライムはいったん黙った。「それでも俺は、ユーインが何か罠を仕掛けている気がしてならねえ」

「そんなわけがあるか！」ディック医師は答えて、箱の前にひざまずいた。「鍵はここにある。そしてこの中には、清朝の黄金の神像が入っているんだ」

「じゃあ」プライムはうなずいた。「大丈夫だっていうなら、もうあのシナ人野郎のことは言わねえよ。箱を開けてくれ、先生」

鍵は錠の中で簡単に回り、ディックは蓋をはねあげた。その瞬間すさまじい音とともに火柱が立ち上った。二人の男も、この部屋も、エーの家の大部分も吹き飛んでしまった。箱の中に入っているとばかり思っていた宝は、実際にはダイナマイトと恐ろしい死だった。

それから二ヶ月後、ホワイトチャペルのヴェッシー街で起きた謎の爆発事件のことをロンドンの人々がほとんど忘れ去った頃、一人のシナ人が広東の関帝寺の僧侶たちに向かって、次のように報告をしていた。

「お師匠様方」と言いながら、彼は目の前の漆塗りの机の上に置かれたたくさんの黄金の神像を指さし、「清朝の関帝神像を、僕《しもべ》たるユーインが野蛮人の暗黒の国より取り戻してまいりました。あの邪悪な僧ポアが神像を盗んだと告白し、関帝像の行方の秘密を打ち明けたときに、身分卑しいこの私めに、像を探して見つけ、水龍街の寺に取り戻さねばならぬとお命じになりました。しかしこの卑しき私めが暗黒の地へと旅立つ前に、ある外国の悪魔もポアの秘密をかぎつけ、隠し場所の名前が入っている神像を盗み出したのです。愚かなるユーインは野蛮人を追って茶貿易船に乗り、やつらめの国へとまいりました。しかし神像を手に入れるまでは何日も何日もかかりました。するとの外国の悪魔は聖なる戦の神の像を、なんと質入れしたのです。私は窓を破りました、尊敬すべきお師匠様方。そして神像を盗み、エーの家へと行きました。そこで取り戻した黄金の神像が、今お目にかけているものです。しかしポアと謀って関帝様を汚した冒瀆者エーを罰しなくてはいけません。さらに神像を盗んだ外国の悪魔の命も奪わねばなりません。そのため私は黄金の神像を箱から出し、かわりに野蛮人の危険な粉、ダイナマイトと呼ぶものを入れたのです。そして箱の蓋を開けたときにまるで火龍のように爆発し、神像を盗もうとするやからを吹き飛ばすように手はずを整えました。そして意図した通りになったと、後から聞きました。外国の悪魔とその仲間は粉々になり、エーの家も崩れ落ちました。関帝像を質屋から盗んだ目的はこれで達せられました。そして外国の悪魔も死に絶えました。これで誰も真実を知るものは、関帝の忠実な弟子たるわれわれ以外にはおりません。私めの首尾はいかがでしょうか？」

するとつやつやした顔つきの僧侶たちはこう唱和した。「ユーイン、よくやった。そなたの名は関帝廟で長く記憶されるであろう」

この説明がされていた一方、遥か離れたロンドンのヘイガーは、ナット・プライムが神像の話をしてくれるのを楽しみに待っていた。しかし二度と彼は現れることはなかった。

第五章　四人目の客と謎の十字架

　ボルカーのことは前にも話したが、この不格好な若者は、ヘイガーの雑用係であると同時に頭痛の種でもあった。彼女の明晰《めいせき》な頭脳と強固な意志をもってすれば、ほとんどの人間に対処することができた。しかしこの障害を持つ人間のいちばん悪いところを寄せ集めたような性格をしていた宿なし児は例外だった。思うがままに嘘をつき、何もすることがなければ店からすぐにいなくなった。さらには用心深い女主人に見つからないと思えば、ちょっとしたものを盗んだりした。しかし悪事を働いていても、ヘイガーは彼を召使いとして雇い続けていた。なぜなら彼にはそんな欠点を埋め合わせる三つの才能があるからだった。彼は優秀な番犬だった。厳しい値段交渉ができた。そして自分が首にならないよう悪知恵が働いた。この抜け目のない召使いは、よくわからない資質が理由で、油断ならない女主人に雇い続けられていたのだ。

　ヘイガーが仕事で外出するときには、ボルカーが店番をし、やってくる客の相手をすることがよくあった。そんな連中相手には、彼は質草に対してできるだけ安い金額を提示した。ヘイガーが戻ってくると、いつも彼は店のためにどんなに抜け目のない取引をしたか、報告するのだった。するとヘイガーは小遣いをくれるので、ボルカーはそのあと仕事をさぼってどこかへ遊びに行ってしまう。いつもこういう調子だった。

ある日ヘイガーが夜遅く戻ってきた。「銅の鍵」に関連して田舎へ出かけたのだ。この事件はまた別の機会にお話しすることにしよう。これからお話しするのは銀の十字架に関する奇妙な事件である。彼女が八時頃帰ってきたときに、ボルカーが見せようとしていたのが、この品物だった。

「見てくださいよ、ご主人！」ボルカーは言いながら、店の後ろの壁を指さした。「あのきれいなの、おれが手に入れたんですよ、それも格安で！」

ボルカーは体に障害があったが頭脳は明晰だったので、もし学校に通っていたらかなりの成果を上げていたことだろう。それに話し方、言葉遣いやアクセントも、彼の階級にしては平均以上だった。この優秀さを鼻にかけ、彼はいつも洗練された会話をしようと、ゆっくり話していた。

「めっちゃくちゃ安かったんだよ、ご主人！」ボルカーは興奮したときには下品な言葉遣いになるのだが、それがちょうど今だった。「これで十ポンド貸したんだ。銀だけでもそれ以上の価値があるって！」

「うん、いつもあんたの鑑定は信頼しているよ」ヘイガーは笑いながら、十字架を下ろしてさらに詳細に調べた。

一フィート以上の長さの純銀製だったが、ずっと放置され空気にさらされていたので、少し黒ずんでいた。細工はとても美しく繊細だった。茨の冠をかぶったキリスト像はこのうえなく素晴らしかった。十字架の腕にもアラベスク模様がちりばめられ、芸術的観点からも申し分なかった。抜け目のないボルカーが、本来の価値よりもずっと安値の十ポンドで手に入れたこの銀の十字架は、ルネサンス時代のチェリーニ様式の作品の傑作だった。黄色い薄暗いランプの明かりの下でも、ヘイガーは一目でその真価を見抜いた。彼女はボルガーの赤毛の頭をぽんぽんと叩いてほめてやった。

「よくやったね！」彼女はうれしそうに言った。「あたしが出かけているとき、いつもよくやってくれるじゃない。半クラウンあげるよ。さあ、遊んでおいで。でもこないだみたいに、パイプを吸って具合を悪くするんじゃないよ。ところで」彼女は付け加えた。「誰がこれを質入れしたの？」

「ジェンマ・バルディ、サフロン・ヒル一六七番地」

「イタリア人の女性だね。このルネサンス時代の十字架と同じか」ヘイガーは考え込みながら言った。

「どんな感じの人だったの、ボルカー？」

「きれいなかわいい女の子だったよ」ボルカーは遊び人のような嫌らしい目つきで答えた。「ご主人みたいな黒髪に黒い目だったよ。二人を比べたらご主人のほうが美人だけどね——耳を殴らないでくださいよお！」彼は叫びながら、つかみかかったヘイガーから逃れようとした。「じゃないと見つけたことを教えないですよ」

「この十字架のこと？」ヘイガーは手を離して言った。

「うん。あれは十字架じゃなくて、本当は短剣なんです」

「短剣って、お馬鹿さん！　何を言ってるの？」

「落ち着いてよ、ご主人、いつものおれみたいに。ほら、信じられないなら見てくださいよ」

ボルカーは一見十字架のように見えるこの品を、細くて小さい手で取り、器用な指で十字架の四本の腕をつなぐ隠しバネを押した。一瞬にして、キリスト像がついている下の長いほうの腕が滑り落ち、なんと！　十字架は細くて切っ先の鋭い短剣に変わったのだ。十字架を逆さまにすると上の腕が持ち手になった。平和と信仰の象徴キリスト像が、恐ろしく危険な人殺しの武器になった。ヘイガーが驚いているのを見て、発見者のボルカーはにんまりした。

「すごいでしょ？」彼は言いながら、光る刀身を見つめた。「これだったら人間を刺すのも楽しいだろうな！　たぶんたくさんの人に刺さったことがあると思いますよ。いやあ、おもしろいなあ」

　少年の喜びようがあまりに薄気味悪く不自然だったので、ヘイガーは十字架を――今は短剣と言ったほうがよいが――彼の手からひったくった。そして店の鎧戸を閉めるよう命令して、外に追いやった。彼は言いつけに従い、その晩は何事もなかった。彼は半クラウンをもって遊びに出かけ、ヘイガーはこの新しく質入れされた品物を、裏の居間で質素な食事を取りながら、あらためて検分していた。平和と戦い両方を象徴するこの十字架に、なぜか彼女は引きつけられた。

　どうしてこのように二つの特質を与えたのだろうか？　この人殺しの武器を仕込んだ十字架を、どうして職人は神父たちの手に渡したのだろうか？　キリストの両手は横木に固定されていなかったので、短剣をさやから像ごと簡単に抜くことができた。このキリスト教の象徴が死者の上でかすかに光ったり、無力な人間の心臓に刺さる様を、ヘイガーはぼんやりと想像した。カービーズ・クレッセントの古本屋の老人から、イタリアのルネサンス時代の奇妙な話をいろいろ聞いたことがあった。野蛮で矛盾する時代だ。当時宗教は異教信仰と手を結んでいた。サヴォナローラ［ジロラモ・サヴォナローラ（一四五二～一四九八）。フィレンツェの修道士、政治家。メディチ家を批判し神権政治を行った］がメディチ家と並び力を伸ばし、歴代教皇は和平を命じる一方で、各国を戦争に導いた。友人の笑顔が死への前奏曲となることも珍しくなかった。このようにいろいろな面がある罪深い時代を、この十字架の短剣は象徴している。その時代の芸術、宗教、暴力への欲望を表していた。ヘイガーは薄汚い居間のなかで、この奇妙な銀製品から引き起こされる空想に遊んでいた。

そのあとは、仕事も忙しかったので、ヘイガーも十字架にまつわる空想など忘れてしまい、持ち主が質入れした単なる質草であり、いずれは引き取りにやってくる品物だ、としか考えていなかった。一ヶ月後、ジェンマ・バルディ名義で発行された質札を持った同国人の男がやってきた。この背が高くてやせた、しなやかな、楕円形のオリーブ色の顔と鋭い眼差しをしたイタリア人は、十字架を請け出しにきたのだ。彼は質札と現金を差し出したのだが、ヘイガーは品物を渡すのをためらった。

「これはジェンマ・バルディさんが質入れしたんだけど」と言いながら、薄暗がりにかけてあった十字架を下ろした。

「俺の妻だ」男は簡潔に答えた。

「奥さんに頼まれて請け出しに来たの？」

「そうだ、だから何だ？」彼は激しく叫んだ。「俺はカリーノ・バルディ、あいつの亭主だ。オルガンを持って田舎に行って留守をしているあいだに、俺にだまってあいつは十字架を質入れした。俺は戻ってきたので、質札と金をもって請け出しに来たんだ。〈フィエーゾレの十字架〉を失うわけにはいかない」

「〈フィエーゾレの十字架〉」ヘイガーは繰り返した。「それが名前なの？」

「その通り、セニョリータ。かなりの貴重品だ」

「十ポンド以上はするのはわかってるよ」ヘイガーは言って、カリーノがカウンターにおいた紙幣を黙って手にした。「まあ、この十字架を渡さない権利はあたしにはないもんね。質札、元金、利息をくれるんだから、これで適法、きちんとしている。十字架をどうぞ」

「俺の十字架《クロス》だ！」カリーノは繰り返し、大きな目が輝いた。「ジェンマは俺の苦悩《クロス》だ！」

「奥さんが！　大事な人を、変な風に言うんだね」

「大事な人、か、セニョリータ！　そうかもしれない。しかしあいつはピエトロ・ネリも大事にしている。あの男に呪いあれ！」

「どうして？　その人が何をしたっていうの？」

「ジェンマと駆け落ちした」カリーノは厳しい声で言った。「ジェンマも喜んで行った。おれに恥をかかせる元手づくりに、この十字架を質入れしたんだ」

「あら、じゃあ奥さんに頼まれて請け出したわけじゃないんだね？」

「ちがう」カリーノは落ち着いて横柄な態度で答えた。「穏便に俺の財産を取り戻すため、嘘をついた。しかしもうこれは俺のものだ」彼は銀のキリスト像を必死に胸にかき抱いた。「ジェンマとピエトロには、必ずこの礼はしてもらう！」

「あなた、外国人にしては英語がうまいね」

「当然だ」彼は冷淡に答えた。「もうイギリスに来てから十年になる。すっかりトスカーナ語も忘れてしまったよ。しかしトスカーナの夫が、不貞な女とその愛人をどうするかは、ちゃんと覚えている。二人まとめて殺してやる！」彼は鋭い怒りの声を上げた。「あの男と女を殺してやる！」

怒りに震えるラテン人気質に驚いて、ヘイガーは思わず後ずさった。男はカウンターに身を乗り出し、帰る気配がなかった。それに彼女にしてもまだ帰ってほしくなかった。この〈フィエーゾレの十字架〉の由来をぜひとも聞きたかったのだ。前屈みになって、彼女は十字架にそっと指を触れた。

「どこでこんなものを手に入れたの?」彼女は尋ねた。

「フィレンツェにいる画家から盗んだ」

「盗んだ!」ヘイガーは繰り返し、あっさりそんなことを言われたので混乱した。

「そうさ。俺は画家のモデルだったんだ。――シニョール・アンチロッティという、アルノ川にかかるサンタ・トリニタ橋の近くにあるサント・スピリト広場に、アトリエをかまえていた画家だった。この十字架は部屋の中に飾ってあった。あるとき、俺がモデルとしてポーズを取っていると、〈フィエーゾレの十字架〉の由来を話してくれた。その話を聞いて俺は盗む気になった」

「でもどうして? どんな話なの?」

「よくある話さ」カリーノは苦々しげに言った。「男の愛情と、女の夫への不貞。豪華王［ロレンツォ・デ・メディチ（一四四九～一四九二）。フィレンツェの支配者。正確には王ではなかった］が治めていた時代のフィレンツェに、グイードという名前の銀職人がいた。その男には美人の妻がいて、心から愛していた。けれど妻のほうは夫の愛情を嫌がり、名家出身の青年伯爵のもとに走った。ルイージ・ダ・フランチャという名前だ。わかるだろう、フランスからきている名前だ。共和国だったときに一族がフランスからフィレンツェに来たんだ。ルイージはハンサムで金持ちだった。グイードは醜くて貧乏だったが、頭のいい職人だった。だから、ビアンカが、それが妻の名前だが、宮殿に逃げたのは不思議ではないだろう。グイードは復讐を決意して、この十字架を作った」

「でもどうやって――」

「やることは一緒だ」バルディは遮った。「グイードはこの十字架を作りあげると、司祭に変装してフィエーゾレのルイージ伯爵の宮殿に会いに行った。その後、貴族とビアンカは短剣で心臓を刺されているのが発見された。グイードは行方をくらました。二つの死体のあいだにこの銀の十字架が置かれていた。だがどうやって殺されたか、誰にもわからなかった」

「どうして？　グイードが刺し殺したんだよね」

「いいや」カリーノ・バルディは言って、頭を振った。「グイードはそのとき武器を持っていなかった。ルイージ伯爵は敵が多く、いつも暗殺におびえていた。だから面会客はすべて武器を隠していないか身体検査をしていた。僧侶に変装したグイードも調べられたから、銀の十字架以外身につけていないことがわかっていた。だからこの〈フィエーゾレの十字架〉を持っている男には、不貞を働く妻とその愛人を罰する不思議な力が備わるという伝説が生まれたんだ。グイードが裏切った二人を罰したように。だから」と言って、バルディはにやりと笑った。「俺はジェンマと結婚したとき、あいつが不貞をしたら罰してやろうと、シニョール・アンチロッティから十字架を盗んだ。やはり俺は正しかったようだな」

「奇妙な話だね」ヘイガーは考え込み、言った。「それにグイードがどうやって殺したかずっとわからないのも、奇妙じゃない」

「どうやって殺したのか、わかるのか？」

「もちろん。あの十字架を使ったんでしょ」

バルディはこの十字架をじっと見つめた。その目にはぞっとするような光が宿っていた。「どうやったんだ？」大声で尋ねた。「教えてくれ、セニョリータ」

しかしヘイガーはあの秘密を教えなかった。

この男性が妻に逃げられた話は、グイードがビアンカに裏切られた話にそっくりだったので、ヘイガーは、もしカリーノがあの仕込み短剣の秘密を知ったら、ルネサンス時代のフィエーゾレの悲劇を繰り返すのではないかと恐れたのだ。彼女はそう考えると、このイタリア人には恐ろしい十字架の秘密を知らぬまま帰ってほしいと思った。しかし運命は彼女の思う通りにはならず、カリーノはこの恐ろしい秘密を知ってしまった。ボルカーが話してしまったのだ。

「やあ！」彼は店に入りながら言った。そしてカリーノが十字架を手にしているのを見て、「その短剣を請け出しにきたんですか？」

「短剣だって！」カリーノが驚いて言った。

「ボルカー、この馬鹿、黙って！」ヘイガーは怒って言った。

「どうして？　おれはしゃべりたいときにしゃべるんだよ。この人が、十字架をどうやって短剣にするのか知りたければ、教えてあげないと。ほら、見てくださいよ！」ヘイガーが止める間もなく、ボルカーは十字架を手にすると、ばねを指さして、「ここを触れば下側が――」

「なるほど！」カリーノは叫んで十字架を奪い返し、この恐ろしい仕掛けを調べた。「どうやってグイードが敵を殺したのか、やっとわかった。ジェンマはこのことを知らない。ピエトロも知らない。だが二人とももうすぐ思い知る――この俺が――裏切られた亭主が目に物見せてやる」

「バルディさん！」ヘイガーは言って、彼の腕をつかんだ。「だめだ――」

「これは俺のだ――俺のものだ！」彼は狂ったように遮った。「俺はあの悪党どもを探し出す！　グイードの作った〈フィエーゾレの十字架〉を使うんだ！　新聞をよく読んでくれ、セニョリータ、すぐグイードをだましたルイージとビアンカの話が載るだろうからな！」

カリーノはヘイガーがつかんだ袖をびりびりと破き、猛烈な勢いで店から飛び出し、裏道から人通りの多い表通りへと走っていき、やがて姿を消した。ヘイガーはドアまで走りよったが、猛り狂った男を止められなかった。彼女はこの騒ぎの張本人であるボルカーを叱ることしかできなかった。彼はイタリア人がどうしてあんなに興奮したのかさっぱりわからずに、口を開けたままつったっていた。

「この馬鹿！　役立たず！」ヘイガーはののしりながら彼の大きな耳を殴りつけた。「あの人に人を殺せと言ったのと同じだ！」

「人を殺す！」ボルカーは彼女が殴りつけてくるのを素早くかわしながら聞き返した。「どういうこと？」

「あの人は奥さんに逃げられたんだよ。あの短剣で殺してやるって！」

「へーっ！」若者は言って、何もかも理解した。「十字架で奥さんを殺すんだって！　なんておかしな殺人なんだろ！　新聞に注目、注目！」

そう言って、彼はそれ以上お仕置きをされないように、店から逃げていった。一方ヘイガーは、あのおしゃべりが余計なことをカリーノに言わなければ、こんな大事にならなかったのに、と嘆いていた。しかしカリーノが運命を左右する知恵を得てしまったのは、彼女のせいではない。それにたとえ彼があの十字架の短剣を使ってジェンマとピエトロを殺害しても、彼女の責任ではない。そう良心をなぐさめながら、ヘイガーは毎日、イタリア人が言っていたように、新聞を読んでこの悲劇の顛末がどこかに掲載されていないかと探した。しかし何週間たってもそんな記事は見つからず、ヘイガーは、あの男性は妻を見つけられなかったのか、それとも見つけても裏切りを広い心で許したのだろうと結論づけた。そんなことを考えるヘイガーは、トスカーナ人の激しく情熱的な気性をまったく理解していなかったのだ。

一方、復讐に燃え上がったカリーノは、妻とその愛人を根気強く追跡していた。その追跡行にはほとんど金はかからなかった。彼の仕事は街頭オルガン弾きだったので、箱形オルガンさえ持っていれば、路上で生活費を稼ぐことができたのだ。長いあいだ二人を見つけることができなかったが、ようやく行方を突き止めた。二人はイングランド南部にいたのだ。ピエトロも流しのオルガン弾きで、ジェンマと一緒に村から村へと放浪しながらわずかな金を稼いでいるのは間違いなかった。十字架を質に入れて得た十ポンドがいつまでももつはずはなく、二人はオルガンで暮らしを立てるようになっているだろう。カリーノは二人が一緒にいることを思い、二人を呪った。そして追跡を始めてから胸のところにしまってある銀の十字架が無事であることを確かめた。グイードの作った忌まわしい武器で、自分をだました連中を殺して、フィエーゾレの悲劇を十九世紀の現代に再現しようとしていたのだった。

数週間、彼は二人を見つけられなかったが、さまざまな噂から、彼らの行方が判明した。ところが彼らがいると言われた町や村にようやく到着してみると、もうすでに二人はどこかへと旅立ったあとだった。二人が彼に追いかけられていることを知っているのかいないのか、カリーノもわからなかった。しかしあともう一息というところで、実に腹の立つことに彼の手をすり抜けて逃げ出してしまうのだ。復讐に少しでもためらいがある者なら、あきらめるところだったろう。しかし強い憎悪に凝り固まったカリーノは、まるでブラッドハウンド［猟犬、警察犬によくつかわれる犬］のようにかすかな匂いを追いつづけた。裏切られた夫、だまされた友人の死の手を、すんでのところでこの二人はかわし続けているようだった。

　彼が二人を発見したのは、デールミンスターだった。そして一人には不貞の、もう一人には裏切りの代価を払わせた。デールミンスターは静かでさびしい大聖堂のある町で、古風で美しく、ミッドランド地方のトウモロコシ畑の中央にあった。古く赤い屋根の家々が巨大な聖ウルフをまつる聖堂の周りに寄り集まっていた。イングランドのかすんだ青空にそそりたつ中央の巨大な石づくりの建物は、まさに一篇の詩だった。数々の聖人や天使や醜悪な顔の悪魔の像で飾られた建物の正面は、まるで奇妙な天国と地獄の寄せ集めのようだった。聖堂の前には小さな広場があり、中央に宗教的な図柄が彫られた古い十字架が立っていた。この中世の信仰の遺物の近くで、カリーノは妻を発見した。

　その日はどんよりして雨が降り――嵐とときおりきつい日差しが差し込む四月の天気だった。わびしく人通りもない広場では、すりへった敷石のあいだから雑草が伸びていた。ナポリ風の派手な色合いの衣装を着たジェンマは、オルガンの取っ手を回してイタリア風のメロディをかなでていた。ピエトロは一緒ではなかった。カリーノは一瞬、銀の十字架で得た金を使い果たして彼女は捨てられたのではないかと思った。彼女は悲しげで、お金を恵んでくれる人がいないか、周りを見回していた。「ああ、なんと死はいつでも」〔ヴェルディのオペラ『イル・トロヴァトーレ』第四幕のアリア〕の憂鬱な曲は、じめじめした空気の中まるでため息のように流れていった。そのときだった。宙を泳いでいた彼女の視線が、かつて裏切った男の姿をとらえた。腕を組んだカリーノが彼女をじっとにらみつけていると、音楽はとぎれとぎれになり、止まった。しばらく彼は無言だった。女も同じだった。彼女はあまりの驚きで、二人を見下ろしている不気味な聖人像のように固まってしまった。

「あいつはどこだ？」カリーノはイタリア語で問いただした。

ジェンマは褐色の首にまかれた青いビーズのネックレスに手をやり、何か話そうとした。顔はこわばって真っ青になり、唇は恐怖のあまり乾き、カリーノを恐怖の目で見つめることしかできなかった。男は歩み寄り、促すように白いリネンのシャツの袖に手を置いた。彼女は身震いをして後ずさった。

「おまえの愛人はどこだ？」カリーノは猫なで声で尋ねた。「別れたのか？」

「いいえ」ようやく声が出て、彼女はしわがれ声で答えた。「病気なのよ」

「ここに――この町にいるのか？」

「ええ。風邪をひいて、肺をやられて、とても具合が悪いの」

ジェンマは機械仕掛けのように切れ切れにつぶやいた。まるで自分の意志とは無関係に、男ににらまれて催眠術にかかったような話し方だった。思いがけなくカリーノが現れて驚き、混乱し、まったく頭が働かなかった。しかしカリーノの要求を聞くと、彼女を動けなくした魔法の催眠術から、目が覚めた。

「あいつの所へ連れていけ」彼は静かに言った。「あいつに会いたい」

ジェンマは心臓から顔へとさっと血が流れるのを感じ、後ろに飛び退き大声を上げた。その声はさびしい広場と荒涼とした通りに響き渡った。

「嫌、嫌、嫌よ！」彼女は激しく叫んだ。「あの人を殺すつもりでしょう！」

「殺す？　もっと罪深いおまえを殺していないのに。おまえがそのきれいな顔で誘惑するまで、あいつは俺の大親友だった。ピエトロを殺すだって！」男は嘲けるように笑った。「女は生かしておいてやるよ」

「ああ、あんたが嫌い！　大嫌いよ！」ジェンマは言いながら黒い眉をひそめ陰鬱な瞳を光らせた。

「愛しているのはピエトロなのよ！」

「知っているさ。だからあいつと出て行ったんだろう。そして銀のフィエーゾレのキリスト像を質入れして、旅費にした」

「質札はおいていったわ」彼女はふてくされた様子でつぶやいた。

「わかっている。十字架はここにある！」、カリーノは胸から取り出して、彼女の目の前につきつけた。

彼女は信仰の象徴を目の前にして縮みあがり、低い叫びを上げ、それを見た夫は嘲った。

「神様だ！」彼は冷笑した。「おまえにもまだ信仰心が残っていたんだな。俺を裏切ったときに何もかも捨てたのかと思ったが。どうして十字架を売って逃げたんだ、ジェンマ？　俺がおまえを殴ったり、飢えさせたりしたか？」

「お金をくれなかったじゃないの！」叫ぶジェンマの目から涙が流れた。「リボンや銀のブローチが欲しくても、あんたはお金をくれなかったじゃない」

「どうしてだかわかるか？」彼は即座に答えた。「全部貯金していたからだ。イタリアに戻って小さな葡萄《ぶ どう》畑を、俺が生まれたラストラ・ア・シーニャ近くの村に買うためだ。モシャーノにそういう物件が一つあるのを知っている。親父が手紙で教えてくれた。かなり安い値段で売りに出ているんだ。金も貯まり、その話をしようと思って戻ってみると、おまえは恥知らずのピエトロと逃げていた」

ジェンマはすすり泣いていた。ほとんどの女性のように彼女も現実的な面を持っていた。葡萄畑は、シーニャに戻れるという喜びを別にしても、かなりいい話だった。もしこの計画を聞いていたら駆け落ちはしなかっただろう。実は彼女はピエトロをそれほど愛していたわけではない。それに彼には殴られ、金は底をつき、オルガン弾きではほとんど稼げなかった。ほんの数ヶ月の不倫のせいで、すべてを失うのは恐ろしいことだった。

「ああ、カリーノ、私を許して！」彼女は両腕を伸ばしながらうめいた。

「ピエトロの所に案内しろ。会いたいんだ」彼は答えて、彼女の――というよりもピエトロの――オルガンを力強い肩にかついだ。

何も言わず、ジェンマは先に立って広場から出た。まがりくねった通りを行き、町の貧しい地域へと入っていった。彼女はカリーノが恐ろしかったが、彼がピエトロをどうしようとしているのか、あまりよく理解していなかった。おそらくカリーノはピエトロを殺すだろう。そして逮捕されて絞首刑になる。そうすれば、彼の遺産が手に入り、葡萄畑も彼女のものになる。もしかしたらカリーノはピエトロを許し、彼女を連れて帰るかもしれない。ジェンマは抜け目ない女性だった。そして自分の手腕で、困難から抜け出せると信じていた。もっとも彼女はカリーノの暴力的な気性はわかっており、最悪の事態を恐れてもいた。彼女が愛人と一緒に住んでいるぼろぼろの家の玄関の前で立ち止まり、意を決した様子で彼女はカリーノと向かい合った。

「ピエトロは中にいるわ」彼女は早口で言った。「病気で寝ている。でも彼に危害を加えないって誓わない限り、会わせるわけにはいかない」

「この十字架に誓う」内心これは十字架ではなく短剣だが、と思いながら、バルディは言った。

「ナイフを持っている？」ジェンマは疑いながら尋ねた。

「いいや」カリーノはにやりと笑い、昔のフィエーゾレの悲劇がまた繰り返されていることを感じた。「この十字架以外何も持っていない」そしてそれでも彼女が疑いの色を隠さないので、さらに「なんだったら自分で確かめてみろ」と言った。

いつもの気難しそうな様子とは違って、にっこり笑う彼の態度の裏に何があるのかも知らず、ジェンマは彼の体を洋服の上からなでて武器を隠し持っていないことを確かめた。心配は杞憂《きゆう》だった。カリーノは薄着だったので、武器を持っていないと彼女は納得した。ピエトロの命を奪うようなものはない。もちろん素手で挑むかもしれないけれど、それは敵を倒すときのトスカーナの男のやり方ではない。たぶんピエトロを許してくれるんじゃないかしら。

「わかったか」カリーノは、彼女が手を離すと言った。「俺は丸腰だ。この銀の十字架以外何も持っていない。ピエトロが病気だったら、これに祈りたいかもしれないじゃないか」

そう言う彼の表情は陰気で、それをひと目見ていたら彼女も用心したかもしれない。しかしすでに彼女は背中を向けて、急な階段を上っていたので機会がなかった。カリーノはオルガンを広い背中にかつぎ、まるで司祭が死に瀕している人間に向かって聖餐《せいさん》を捧げるように、両手で銀の十字架を持ってそのあとに続いた。ジェンマは最上階のわびしい屋根裏部屋に案内した。そこでカリーノはオルガンを置き、あたりを見回した。

窓の近くの隅にピエトロがいた。一週間はひげをそっていない乱れた姿で、わらを積み重ねた上に目の粗い袋をかけただけのベッドに横たわっていた。やせ衰え、高熱のせいで顔が紅潮していた。ときおり寒々とした部屋に響く乾いた咳をして、痛みの発作でこの貧しいベッドに倒れ込んだ。ジェンマの言っていた通り、見るからにとても重い病気で命も長くないと思われた。彼が死にかけているとわかっても、カリーノの決心はゆるがなかった。彼がここにやってきたのは十字架でピエトロの命を奪うためだ。そして目的をとげるべく前に進み出た。

「カリーノ！」病人は叫び、肘をついて身を起こし、驚きと恐怖が入り交じった眼差しを投げかけた。

「なんでここに？」

「来たのよ」ジェンマは愛人の前に進み出た。「あなたを許して、私を連れて帰るんだって」

「そうだ」カリーノは答えながら十字架をかかげた。「この十字架に誓ったんだ、ピエトロ」彼は付け加えてベッドへと歩みよった。「おまえが誘惑されたのはわかってる。それに――」

「来るな！　来るな！」ピエトロはたじろいで叫んだ。「嘘をつくな！　おれを殺しに来たんだろう。目を見ればわかる！」

「いいえ、違うのよ」ジェンマはなだめるように言った。「武器は持っていないわ」

「ああ、持っていないさ！」カリーノは繰り返しながら、十字架のばねを押した。「この短剣以外はな！」銀のキリスト像が床に落ち、十字架が細身の短剣に変わり、裏切られた夫が右手に短剣を握っているのを、ジェンマは見た。恐怖の叫び声を上げて、彼女は病人にすがりついた。

「先に私を、私を殺して！」

「いいや、おまえはあとだ！」カリーノは叫び、彼女を引きずり下ろした。「まずは――」

「カリーノ！」短剣が振り下ろされる瞬間ピエトロは叫んだ。「愛のために――」

叫びはごぼごぼという音で終わり、胸から鮮血が吹き出して、ベッドを汚した。

「人殺し！　殺し屋！」ジェンマはあえぎながら、四つん這いでドアへ向かった。「私は――」

「死ぬんだ！」カリーノは怒鳴った。「死ね！」

すべてが終わり、彼は二つの死体を見下ろしながら、無事に逃げる方法を考えていた。すぐに計画はできあがった。

「自分で傷をつけて、けんかをしたと言おう」彼はつぶやいた。「二人が俺を殺そうとして、正当防衛をした。小さな傷をつければ命は助かるだろう」

彼は短剣を喉に当て、歯を食いしばった。自分からナイフに押しつけて軽い傷をつけた。そして格闘の証拠として自分の洋服を破った。さらに血のついた短剣を死んだ女性の手に握らせた。

「俺が正当防衛でピエトロを殺したから、こいつが俺を殺そうとした」彼は自分で自分に向かって繰り返した。「だから俺は――ああ！　何なんだ？」

まるで氷水のような冷たい感覚が血管を上ってきた。目の前に灰色の霧がたちこめ、自分でわざと傷をつけた喉に、彼を窒息させるふくらみが下から上がってきた。もがきながら四つん這いになって倒れるとき、部屋の向こう側に銀のキリスト像を叩きつけた。部屋がぐるぐる回り、目の前が暗くなり、苦しみの声を上げながら、自分が殺した二人の死体のほうへ倒れ込み――そして死んだ。


一週間後、〈フィエーゾレの十字架〉の悲劇の結末に関する記事を探していたへイガーが報われるときがきた。三人の死体が発見され、凶器は短剣兼十字架だったという記事を見つけたのだ。さらに記事によれば、男性一人と女性一人は心臓を刺されて死亡していた。しかし三人目の死体には喉に軽い傷があるだけだという。「決して致命傷にはならない傷」であると、知ったかぶりの記者は書いていた。「この三人目の男性は、氏名はカリーノ・バルディであると判明したが、彼の死因は謎である」

新聞にとっては謎かもしれないが、ヘイガーにはよくわかっていた。少し前、ボルカーが、あの十字架の謎を発見したときに、薄い紙で刃の先端をつつんであったと告白したのだ。彼がその紙をとっておいたのは、価値があるからでも、女主人に見せたくない理由があったからでもなく、単に生まれつきの盗癖のせいだった。すっかり忘れていたのだが、ある日ポケットの中に入っているのを見つけて、ヘイガーに渡したのだ。イタリア語で書かれていたため、その言葉がわからない彼女は、前にも触れた古本屋の老人のところに持っていって翻訳を頼んだ。その店の客の一人に訳してもらい、その内容を翌日、ヘイガーは教えてもらった。

私、フィレンツェのグイードは、銀の十字架に短剣を仕込んだ。フランスから来たルイ伯爵と、私をだました不貞の妻ビアンカを殺すためである。万一心臓を貫けなかったときのために、この刃には毒を塗っておく。かすり傷でも命を奪うことができる毒だ。この警告書を十字架の中に入れておく。そうすればこの警告書を読んだ者は切っ先に触れぬよう注意するであろう。そして、私と同じように不貞の妻を殺せるであろう。

――トスカーナ、フィレンツェにて　グイード事件の記事を読んだあと、ヘイガーはこの紙をじっと見つめた。そしてつぶやいた。「つまり、カリーノは奥さんと愛人を殺したんだね。でもどうして自分で自分を傷つけて、毒で死んだんだろう?」

この疑問に対する答えは見つからなかった。カリーノが傷をつけることで助かろうとし、結局は法律通り自分を処刑してしまったことなど、ヘイガーには知りようがなかったのだ。

第六章　五人目の客と銅の鍵

いくつかの事件に関係したことで、ヘイガーは何にでもロマンスを探し求めるようになった。たくさんの質草にはそれぞれ奇妙な逸話がある。そんな過去をあばき、そのあとの未来を見守る、そんなことがこの少女にはとてもおもしろく、少し退屈な人生に彩りを与えてくれた。当世の懐疑論者が思っている以上に、この現代には数多くのロマンスがあると、彼女は気がついた。南国の風景や古い宿屋、お城の廃墟からロマンスが生まれるのではない。必要なのは人間の心なのだ。このみすぼらしいランベスの質屋にさえ、不毛の都市の敷石のあいだから珍しい花が生えて育ち花を咲かせるように、ロマンスが生まれていた。毎日の平凡な生活の中でも、このジプシーの少女はロマンスと出会っていたのだ。

巨大な歯、発掘された骨、大きな足跡から、キュヴィエ［ジョルジュ・キュヴィエ（一七六九～一八三二）。フランスの博物学者、古生物学者］は驚くべき先史時代を再現してみせた。同じようにして、お金のかたにとったがらくたから、ヘイガーはアラビアン・ナイトや『ジル・ブラース』［フランスの小説家アラン＝レネ・ルサージュ（一六六八～一七四七）の作品］の冒険のような幻想的な話を引き出す。そんなロマンスのもとになったのが、質入れされた銅の鍵だった。

鍵を質入れした男性は、どこか東洋的な風貌をしていた。そして鍵そのものは、奇妙な仕事がしてあって、緑青をふき、ドン・ロデリック［ウォルター・スコットの詩「ドン・ロデリックの幻影」（一八一一）のこと］の塔の錠を開けるために長年使われてきたように思えた。持ち主が店にやってきたのは、午前中、正午少し前だった。しわだらけの顔に胸までたれた立派な白い顎ひげを見て、一筋縄ではいかない客だと、ヘイガーは感じた。老人はしわがれ声で挨拶をすると、紙包みを放り出した。カウンターの上でがたんという音がした。

「これを見てくれ」彼は鋭い声で言った。「質入れしたい」

無礼な態度を気にせず、ヘイガーは包みを開けた。その中には亜麻布の包みが入っていた。さらにそれを開けると、あまり大きくない細身の銅の鍵が出てきた。鍵の突起は柄の下のほうまであり、丸い柄から不規則な間隔で五、六個の歯が突き出ていた。持ち手には奇妙な装飾がほどこされ、まるで司教杖のようだった。この司祭杖の屈曲部には「C・R」という組み合わせ文字が刻み込まれていた。要するにこの鍵はかなりの年代物であり、美しい職人芸のたまものだが、商売人にしてみれば、珍しいだけで何の価値もないものだった。ヘイガーは慎重に値踏みしたが頭を振り、カウンターの上に放り出した。

「五シリングでもいいほうだね」彼女は軽蔑したように言った。「何の価値もないよ」

「おい、娘！　何を言っているのかわかっているのか。この職人技を見ろ」

「すごいのは確かだよ。でも――」

「それにこの頭文字だ。目が見えないのか！」老人はさえぎった。「『C・R』はチャールズ国王［チャールズ一世（一六〇〇～一六四九）。イギリス王。清教徒革命で処刑された］を表している」

「へえ」ヘイガーは再び鍵を手に取って、窓の光にかざした。「じゃあ歴史がある鍵なんだ？」

「そうだ。この鍵は、チャールズ一世が、反逆の証拠になる書類を収めていたという箱の鍵だ。その書類のせいで斬首されたのだ。よく見なさい！　この鍵は由緒正しいものだ。なにしろ二百五十年近くデーントリー一族が保管していたのだからな」

「あなたはデーントリーっていうの？」

「いや。私はルーク・パーソンズ、一家におつかえする家令だ」

「へえ！」ヘイガーは言いながら、鋭い目でにらんだ。「じゃあどうしてこの鍵があなたのものになったのよ？」

「おまえにそのようなことを聞かれる筋合いはない」パーソンズは怒って言い返した。「この鍵は正真正銘、私のものだ」

「まあそうかもしれないけど、どうやって手に入れたか知りたいんだ。怒らないでよ、パーソンズさん」ヘイガーはあわてて付け加えた。「あたしたち質屋はとっても慎重にならないといけないんだ、わかるでしょ」

「わからないね」客は鋭く言った。「しかし知りたいのなら教えてやろう。この鍵が私のものになったのは、デーントリー家の先代の家令だった父のマークから受け継いだからだ。当時の一族のご当主様から、およそ六十年前にいただいたのだ」

「この柄に彫ってある文字は何？」ヘイガーは、象形文字のようなたくさんの文字のことを聞いた。

「ただのアラビア数字だ」パーソンズは答えた。「私にもその意味はわからない。わかったら大金持ちになれるだろう」彼は独り言のように付け加えた。

「へえ！　この文字には秘密があるんだ？」ヘイガーはそれを聞き逃さずに言った。

「あったとしてもおまえにわかるわけがない」老人は不機嫌に答えた。「それにおまえには関係ない！この鍵で金を貸してくれるのか、くれないのか、どちらだ」

ヘイガーはためらった。この品物は、精巧な職人技で作られた歴史あるものだったが、価値はほとんどない。何の興味もわかなければ彼女は質受けしなかっただろう。しかしこの謎の文字で心を決めた。この老人の言葉によれば、おそらく隠された財宝にかかわる謎の文字なのだ。フィレンツェ版のダンテの暗号を解読した経験を思い出し、ヘイガーはこの鍵を手元においておく気になった。そしてできるなら秘密を解いてやろうと決心した。

「もし本当にお金がいるなら、一ポンドでどう？」彼女は着古した洋服の客をじろりと見た。

「金が必要でなければ、わざわざこんな蜘蛛《くも》の巣の中にまで来るわけがない」彼は答えた。「一ポンドなら結構。質札の名義はルーク・パーソンズにしてくれ。住所はケント州バックトン、デーントリー・ホール、ザ・ロッジ」

黙ってヘイガーは手続きをし、黙って質札と現金を渡した。すると彼も黙って店から出て行った。一人になった彼女は鍵を手にして、すぐに文字を調べはじめた。たくさんの謎を見聞きした彼女は、さらに知りたいという欲望に駆られていた。工夫と忍耐で解けるものなら、ヘイガーはこの銅の鍵の秘密を解明しようと決めていた。

この謎めいた品物は緑青で覆われていたので、文字を読み取ることができなかった。彼女はいつものように迅速に、必要な品物を用意した。そして徹底的に鍵をきれいにした。パーソンズがアラビア数字だと言っていた文字は、きれいにすると、銅の柄の端から端まで続いていることにヘイガーは気がついた。紙と鉛筆を手にすると、彼女は慎重に書き写した。すると次のようになった。

202118141115251256205255—H—38518212.

「一体どういう意味なんだろう」

「奇妙な数字の寄せ集めだね！」ヘイガーは言いながら、努力の結果をじっと見つめた。

暗号解読の技術に精通しているわけでもない彼女は、自分の質問に答えることはできなかった。そして一時間も無駄な調査をしたあげく、頭が痛くなり、この鍵に質札の番号をつけてしまい込んでしまった。しかしあまりに奇妙な出来事と、数字の中に「H」の文字だけがある不思議な形式に彼女は考え込んだ。あらゆる大発見の母とも言うべき好奇心に心奪われ、この鍵の文字は何を意味するのか、と何度も考えてみた。しかしいくら考えてもまったく見当がつかなかった。彼女にとってこの鍵の秘密は、スフィンクスの謎と同じぐらい不可解で解決不可能だった。

この奇妙な鍵には何かいわれや伝説や言い伝えがあるのではないかと、ふと彼女は思い付いた。それがこの謎を解く手がかりなのではないだろうか。もしその言い伝えを教えてもらえれば、もしかしたらヒントが得られるかもしれない。いずれにせよパーソンズはこの暗号を解読すれば隠された財宝が見つかると言っていたのだ。この鍵に文字が刻まれた理由がわからないのに謎を解こうとするのは、要するに本末転倒なのだ。ヘイガーは順番通りにやることにした。つまりこの鍵の言い伝えを教えてもらい、そのあと謎を解こうと思ったのだ。真実を明らかにするには、パーソンズに会う必要があった。

ヘイガーはこう決心すると、すぐさま行動に移った。ボルカーに店番を任せると、ケント州のバックトンにあるザ・ロッジという、パーソンズが質札に書かせた住所へ向かったのだ。彼女は万一必要になったときのために鍵を持ち、昼少しすぎに小さな田舎の駅に到着した。

ああ、しなるハシバミがアーチを作る並木の小径を散歩し、ケントの果樹園のかぐわしい香りを嗅ぎ、金色のハリエニシダに囲まれた荒れ野のふかふかな芝生を駆けまわれるなんて、なんて田舎は楽しいのだろう！　そんな美しい風景が駅の裏からずっと広がっていた。そしてその向こうには——親切なポーターがヘイガーに教えてくれた——デーントリー・ホールが見えた。ホールの門のところに建っているかわいらしい古風なロッジが、パーソンズの住まいであり、ヘイガーの目的地だった。しかし実際は、この田舎の美しさに彼女はほとんど目的を忘れていた。

緑の草地を走り抜けていると、彼女のジプシーの血が騒ぎ、胸の奥の心臓がどきどきした。あのうんざりするようなランベスの質屋のことは忘れ去った。ユースタス・ローンのことも頭になかった。ゴライアスに戻ってもらい相続権を放棄することも消え去り、ただ心を占めていたのは自分はロマ族の少女であり、流浪の民であり、再び自分の王国に戻ってきたのだという喜びだけだった。そんな感激に浸っていた彼女の目に、デーントリー・ホールの赤い屋根が森の木々の向こう側にそびえ立っているのが映った。そしてすぐに巨大な鉄の門の前に到着し、その先の広い道の片側に、パーソンズが住むロッジを見つけた。

彼は戸外に座ってパイプをふかしていた。きらきら光る日の光の中で、花の香りが鼻腔をくすぐり、鳥のさえずりが耳を楽しませているというのに、むっつり黙りこんでいた。ヘイガーが門の柵のあいだからのぞき込んでいるのを見て驚き、すぐに彼女に駆け寄ってきた。

「質屋の娘だな！」彼は怒った熊のようにうめいた。「何の用だ！」

「まずは礼儀正しく、そして落ち着いて！」ヘイガーは冷静に言った。「中に入れてよ、パーソンズさん。あの銅の鍵のことで来たのよ」

「なくしたのではないだろうな？」ぶっきらぼうな男は大声を出した。

「ううん。ポケットの中に入っているよ。鍵のいわくを知りたいんだ」

「どうして？」パーソンズは尋ねながら、嫌そうに門を開けた。

　返事をせずにヘイガーは彼の脇を通り過ぎ、庭へと入り、彼の家のポーチへと向かい、最後にパーソンズがさっきまで座っていた椅子に座った。老人は彼女のぶしつけな態度をむしろ喜んでいるようだった。彼本人と似ていたからだ。そして門を閉めると戻ってきて、彼女の美しい顔をじっと見つめた。

「おまえは、なかなか見られるな。それに大胆だ」彼はゆっくり言った。「さあ、中に入りなさい。そしてどうしてこの鍵のいわくを知りたいのか、教えてもらおう」

　礼儀正しく招待を受け入れて、ヘイガーはこの少し変わった男性のあとに続いて、初期ヴィクトリア朝様式の醜い家具が並んだ、堅苦しい飾りつけの応接間に入った。椅子やソファはマホガニーと馬巣織［馬の尾の毛などをつかった織物］でできていた。へりに金が塗られた本が載っている丸テーブルが同じ間隔で並べられ、この部屋の中心を占めていた。さらに暖炉の上に飾られている金縁の鏡は緑色のガーゼでくるまれていた。ヴィクトリア女王陛下とアルバート殿下の銅版画が、適当に貼られた壁紙にかけられ、ずいぶんすり切れた暗緑色のカーペットの模様は赤い花束だった。要するにかなり醜い部屋であり、美術に関心のある人間をぞっとさせ、美意識の訓練を積んだヘイガーも当然身震いした。ヘイガーは醜い椅子の中でも、いちばん座り心地がよさそうな椅子を選んで座った。

「どうしてこの鍵のいわくを知りたいのだ？」パーソンズはソファに大きな体を投げ出し尋ねた。

「だってこの鍵の暗号文を解きたいんだもの」

パーソンズは立ち上がり、怒りで顔を真っ赤にした。「だめだ、だめだ！　そんなことをしてはいかん！　あの女を金持ちにするわけにはいかないのだ！」

「誰を金持ちにするって？」ヘイガーはいきなりの激怒に驚きながら聞いた。

「マリオン・デーントリーだ。あの偉ぶった女だ！　私の息子が愛しても、相手にしなかった。息子が傷ついても、嘲笑うだけだった。あの絵が見つかったらあの女は金持ちになり、うちのフランクはさらに傷つく」

「あの絵？　何の絵のこと？」

「隠された絵のことだ」パーソンズは驚いて言った。「隠し場所の手がかりは鍵の文字に隠されていると言われている。その絵が見つかったら、三万ポンドで売れるだろう。その金は全部あの残酷なデーントリーの娘のものになるのだ」

「さっぱりわからないや」ヘイガーは混乱した様子で言った。「最初から説明してくれないかな？」

「いいだろう」老人は不機嫌に言った。「できるだけ簡単に説明してやろう。現在の女当主の祖父にあたるデーントリー様は一族の長であり、非常に裕福だった。そしてジョージ四世陛下の友人でもあらせられた。デーントリー一族の常で、やはりデーントリー様にもやんちゃなところがおありで、摂政時代に遊興で一族の財産を浪費された。屋敷にあった絵画は一枚の絵を残して全部お売りになってしまった。残ったのが『キリストの降誕』という題名の、ルネサンスの有名なフィレンツェの画家アンドレア・デル・カスターニョ［イタリアの画家（一四二一頃～一四五七）］の作品だった。国王陛下はこの名作を三万ポンドで買おうとおっしゃった。国家財産にしようと思われたのだ。デーントリー様はそれを断られた。さすがに息子に残すべき財産を勝手に浪費してしまったことに良心がとがめ、すっかり貧しくなってしまった一家の唯一の宝として、この絵画を息子に残そうとお思いだったのだ。しかし時がたつにつれて蓄えも底をつき、この最後の財産を売り払うことをお決めになった。ところがこの絵が行方不明になってしまったのだ」

「どういう状況でなくなったの？」

「私の父親が隠したのだ」パーソンズは冷静に答えた。「当時はわからなかった。しかし年老いた父が死の床で告白したのだ。一家を破滅から救うために、デーントリー様がロンドンで享楽にふけっているあいだはこの絵を隠しておこうと決意した、とな。父が告白したのは、浪費家の大旦那様がお亡くなりになったときで、旦那様、つまり今のデーントリーの娘の父上に、絵を見つけて売却し、一族の財産を取り戻してもらいたかったのだ」

「で、その絵の隠し場所を教えてくれなかったの？」

「そうだ、秘密を明かそうとしたそのときに、死んでしまったのだ。『鍵だ！　鍵だ！』とだけ言って。だから私は隠し場所が、この銅の鍵の柄に彫り込まれている数字で示されているとわかった。どうにか解読しようとした。息子もだ。旦那様とその娘もだ。しかしすべて無駄だった。誰もこの謎を解けなかった」

「じゃあどうしてこの鍵を質入れしたの?」

「金のためではない。それはわかってくれ!」老人は厳しい声で言った。「たった一ポンドのためではない。これを質入れしたのは息子の手に届かない場所に隠すためだ。息子はいつもこのことばかり考えている。だからもしかしたら解読して絵を見つけるのではないかと思ったのだ」

「どうしていけないの? 見つけたくないの?」

パーソンズの顔は憎悪でゆがんだ。「だめだ!」厳しい声で言った。「そんなことをしたら、あの愚かなフランクはデーントリーの娘に、絵を渡すに決まっている。自分を軽蔑しているあの女に。たとえ暗号が解けても、息子には言うな。あの高慢な女が金持ちになる姿は見たくない」

「あたしも暗号が解けないよ」ヘイガーは絶望して答えた。「あなたの話は全然手がかりにならなかった」

そうやって話しているあいだ、彼女の目はこの陰気な老家令の後ろの壁を見つめていた。そこに飾ってあったのは、祖母の世代に人気だった、下手な刺繍練習品を入れた黒い額縁だった。黄色い四角い布に、いろいろな色でアルファベットが刺繍され——というよりただ縫っただけにも見える——数字も二十六まで並んでいた。ヘイガーはどうして作者はこの番号で止めてしまったのだろうかと不思議に思った。そして数字がアルファベットの下に並べられていることにも気がついた。その瞬間、鍵の暗号の解読方法が頭にひらめいた。単純きわまりない暗号だ。ただ単に文字を数字に置き換えただけだったのだ。

ヘイガーは思わず声を上げ、パーソンズを驚かせた。

「どうしたのだ?」彼は言って後ろを振り返った。「何を見ている? ああ」彼は、彼女の視線を追って言った。「あの刺繍は、私の母親の作品だ。針仕事が実に上手だろう！　しかし母のことは関係ない。知りたいのはあの暗号のことだ」

「まだわかんないよ」ヘイガーは発見した事実を自分の胸にしまった。事実を明かすのは、いろいろな理由からあとにした。「鍵を返してほしい？　ここにあるよ」

「いいや。息子に渡したくない。暗号を解いてあの女を金持ちにしたくもない。必要になるまで鍵は預かっておいてくれ。何？　帰るのか？　牛乳でも飲んでいかないか？」

　愛想よく誘ってもらったのだが、この悪意に満ちた老人と食事をともにしたくなかったので、ヘイガーは断った。ぶっきらぼうに別れの言葉を告げて、ロンドンまで戻る一時間ほどの道中、彼女は暗号の手がかりをずっと考えていた。あの刺繍の練習品に秘密が隠されていた。六十年前、先代のパーソンズが妻の刺繍から暗号の解読法を考えついたのは、間違いない。刺繍には数字と文字がこのように縫い取られていた。

A	B	C	D	E	F	G	H	I	J	K	L	M	N	O
1	2	3	4	5	6	7	8	9	10	11	12	13	14	15
P	Q	R	S	T	U	V	W	X	Y	Z				
16	17	18	19	20	21	22	23	24	25	26				

先代のパーソンズは単純に数字と文字を置き換えたのだ。あまりにも単純だったので、ヘイガーは手

がかりを目の前にしながら、なぜあの家令は暗号を解けなかったのか不思議に思った。

質屋に戻り、この方法を鍵の数字に当てはめて、暗号を解読した。そして彼女はこれからどうするのが最善か考えた。パーソンズに伝えるのは賢明ではないのは明らかだ。彼はデーントリー嬢を嫌っており、ヘイガーの助けを借りて絵画を発見しても、再びどこかに隠してしまうか破棄してしまうだろう。それともデーントリー嬢本人か、彼女にふられたフランク・パーソンズに言うべきだろうか？　しばらく考えて、彼女はフランクに手紙を書き、質屋に来てほしいと頼んだ。父親の話を聞いて、彼の苦しい立場に同情を覚えたのだ。そして彼がデーントリー嬢に手をさしのべるのにふさわしい求婚者であってほしいと願っていた。彼のことを気に入り、ふさわしい人物だと判断したら、ヘイガーは彼に絵画をどうやって見つけるのか教えるつもりだった。そうすれば彼は尊大な美人の愛を勝ち取ることができるかもしれない。反対に彼のことが気に入らなかったら、ヘイガーはこの発見をデーントリー嬢に直接打ち明けるつもりだった。彼女はそう決心して、家令の息子がやってくるのを静かに待っていた。

彼が現れ、ヘイガーはとても気に入った。それには理由が三つあった。まず第一に彼はハンサムだった。女性に気に入られるには、まずはこうでなくてはならない。第二に彼はとても親しみやすく、しかもかなり頭もよかった。第三に、彼はマリオン・デーントリーを心から愛していた。この最後の理由がヘイガーに何よりも強い影響を与えた。なにしろ彼女はロマンチックなお年頃で、恋と恋人に興味津々だったからだ。

「父があの鍵を質に入れたなんて信じられない」フランクはヘイガーから、暗号を解読したという以外の話を聞くと、そう言った。

「信じられないかもしれないけれど、パーソンズさん、あなたにとっては幸運だったよ」

「よくわかりません。どうしてですか」フランクは眉を上げて言った。

「どうしてって」ヘイガーは繰り返し、鍵をポケットから取りだした。「あたしがこの謎を解いたから」

「なんですって！　あの数字の謎を解いたんですか？」

「うん。あなたのお父さんの家へ行ったときに、お父さんの部屋に謎を解く手がかりがあったの。あの暗号を解いて、どこに絵が隠してあるのかわかったよ」

パーソンズ青年は飛び上がり、目を輝かせた。「ど、どこにあるんです？」彼は叫ぶように言った。

「早く教えてください！」

「あなたはデーントリーさんに教えるんだよね」ヘイガーは冷静に言った。あっという間に彼の熱狂はさめ、顔をしかめ再び椅子に座った。「デーントリーさんについて、何を知ってるんですか？」彼は鋭く尋ねた。

「お父さんが教えてくれたよ、パーソンズさん。あなたはデーントリーさんが好きだけど、彼女のほうは相手にしていないって。だからお父さんは彼女のことが大嫌いなんだ」

「わかっています」青年はため息をつきながら言った。「でもそれは間違っているんです。あなたには正直に話します、スタンリーさん」

「そうするのがいちばんいいよ。だってあなたの運命を握っているのはあたしなんだから」

「あなたが——運命を握っているって！　どういう意味ですか？」

彼があまりに鈍感なので、気の毒になってヘイガーは肩をすくめた。彼女は静かに言った。「この絵は三万ポンドの価値があって、デーントリーさんには荒れ果てたお屋敷以外何の財産もないんだよね。もしあたしがあの絵のありかを教えたら、あなたは彼女の財産を取り戻して、かなりの金持ちにしてあげられる。でもあなたはこの暗号を解読できない。ところがあたしはできる。そういうこと！」

パーソンズ青年は、彼女が状況をすっかり把握しているのを聞いて無遠慮に笑ったが、同時に少し恥ずかしくなり、ヘイガーの言葉の中でほのめかされた動機を、怒って否定した。「僕は宝探しをしているんじゃありません」ぶっきらぼうに言った。「カスターニョの『キリストの降誕』のありかがわかれば、もちろんマリオン――いやデーントリーさんに教えます。でもそれを条件にして、無理に結婚を迫るなんてことはしない。そんな卑しいことをするなら、死んだほうがましだ！」

「それじゃあ、商売人にはなれないね。気の毒に」ヘイガーは皮肉げに言った。「彼女のことを愛しているんだね」

「あなたの言う通りです。ああ、僕は彼女を愛している」

「彼女も愛してくれている？」

フランクはためらい、この露骨な質問に再び赤面した。「ああ。彼女も――多少は」ようやく言った。

「ふーん！　つまり彼女も深く愛してくれているってことかな」

「まあね」青年はにこりとして、「あなただって女性なんだから、女性の気持ちがわかるでしょう。そうじゃないですか？」

「かもね。でも忘れているみたいだけど、あたしは会ったことがないんだよ、その女の人に――。いや、天使なのかな。そう呼んでいるんでしょ」

「あなたは変わった人ですね！」

「あなただって。あなたは恋愛病患者だね！」ヘイガーは彼の声音をまねて言い返した。

「時間を無駄にしちゃった。どんなふうにお付き合いを申し込んだの」

「あまりたいしたことはない」フランクは悲しそうに答えた。「父は、知っての通りデーントリー一家にお仕えする家令です。でも一家は摂政時代に没落して、今はほとんど仕事はありません。デーントリー嬢は一族の最後の一人で、残されたものは屋敷と数エーカーの周りの土地、辺鄙《へんぴ》な場所の農場の賃貸料という少しの収入だけなんです。僕はマリオンと一緒に子供の頃から育ちました。あえてこの名前で呼ばせてもらいます。いちばん言いやすいので。そしてずっと彼女のことを愛していた。彼女も僕を愛してくれていた」

「じゃあどうして彼女は結婚してくれないの？」

「だって彼女も僕も貧乏だから。ああ、それに家令の息子という地位も、彼女を妻に迎える障害になっている。でも父はずっと、僕が商売を学ぶのも、自分で自分の暮らしを立てることさえ反対する。僕にデーントリー家の家令としてあとを継いでもらいたがっているんです。昔はこの仕事も悪くなかったけど、今じゃ何の価値もないよ」

「そして、お父さんはデーントリー嬢が嫌いなんだね」

「そうです。彼女は僕のことを軽蔑していると思い込んでいる。本当はそうじゃないのに。でも結婚できるチャンスがあるまでは、彼女は、僕に本当のことを言わせないつもりなんです」

「じゃあ」ヘイガーは数字が書かれた紙を取り出しながら言った。「そのチャンスをあげようじゃない。

この暗号はかなり簡単だよ。文字を数字に置き換えたものなんだ。ただそれだけ。たとえばAだったら1、Bだったら2、という具合に」

「よくわかりません」

「やってみせるから。数字を二つずつに分けて、一つの数に一つの文字が対応しているんだ。で、最初の数は『20』。アルファベットの二十番目は『T』。二十一番目の文字は『U』、そして十八番目と十四番目の文字は何になる？」

フランクは数えた。「『R』と『N』だ」彼は少し間を置いて言った。「なるほど！　最初の単語は『T、U、R、N』、『回せ《ターン》』という意味だ！」

「その通り。20、21、18、14の意味だね。これでわかったでしょ。もう詳しい説明はいらないね。これが暗号を書き写したものだよ」

パーソンズ青年は紙を手にして、以下のように解読した。

T u r n k e y l e f t e y e
20 21 18 14 11 5 25 12 5 6 20 5 25 5
8 c h e r u b
H 3 8 5 18 21 2

「『鍵を回せ《ターン・キー》　左の眼《レフト・アイ》　八番目《8》の智天使《ケルビム》』だって！」フランクは当惑した声を上げた。あなたが正しく解読してくれたのに、どういう意味だかさっぱりわからない」

「うーん」ヘイガーは少し冷たく言った「たぶん、智天使《ケルビム》の頭像の左目が鍵穴になっているんじゃないかな。その鍵穴に暗号が刻まれた銅の鍵を差すんだと思うよ。そうすれば壁が開いて、絵が発見されるんだ」

「あなたは本当に頭のいい人ですね！」フランクは叫んでほめ称えた。

「頭を使っているだけだよ」ヘイガーは冷静に答えた。「悪いけど、あなたはそうじゃないみたい。ところでデーントリー・ホールにはたくさん智天使像《ケルビム》があるんでしょ？」

「はい。『智天使《ケルビム》の間』と呼ばれる部屋があって、たくさん頭部像が飾られています。どうしてたくさんあるってわかったんですか？」

「だって『H』の文字は数字の『8』に対応するから。だから少なくとも八つはあるって思ったんだ。あとはこの銅の鍵を持っていって、八番目の天使の左目の鍵穴に差しこんで、絵を見つけるだけだよ。そうすればデーントリーさんとも結婚できる。三万ポンドあれば二人で暮らしていけるよ。彼女もあなたと同じぐらい賢ければ、あとは何もいらないね」

ヘイガーの皮肉に少しも気がつかず、フランク・パーソンズは賞賛と感謝の言葉をたくさん投げかけながら帰って行った。絵が見つかったら、ヘイガーにも連絡してデーントリー・ホールに招待し、見てもらうと約束した。彼が帰り、一人残されたあと、ヘイガーは鍵を質草にして貸した一ポンドをまだ返してもらっていないことに気がついた。しかし絵が発見されたあかつきには、請求することもできるだろうと自分を慰めた。元金と利息をもらわないわけにはいかない。なにしろヘイガーは仕事には几帳面なのだ。

その晩、フランクはあの堅苦しくて狭い応接間で、気難しい父親と座っていた。彼は屋敷に行き、問題の絵画を発見してヘイガーの解読が正しいことを証明した。さらにマリオン・デーントリーとも会い、多額の財産が手に入ると告げた。彼女は一族が失った土地を買い戻し、古い屋敷の修理や改装をし、この土地での地位を取り戻し、デーントリー・ホールの女主人として君臨することができるようになるのだ。フランクはすべてを父親に告げた。すると老人は深刻な顔つきになった。

「あの女を金持ちにしてしまったのか！」彼はつぶやいた。「おまえをごみのように見下している高慢なあの女を」

フランクはにっこり笑った。マリオンと会って出した結論を話していなかったし、今はまだ言うつもりもなかった。

「マリオンや彼女の高慢については明日話そうよ」彼は言って立ち上がった。「もう寝るよ。でもどうやって僕があの絵を見つけたか、そしておじいさんの希望通り、デーントリー一族の復興のためにどう使われるかは、わかったでしょう」

息子が部屋から出て行くと、ルーク・パーソンズは腕組みをして座ったまま、苦々しく思っていた。あのフランクを拒絶した女が、軽蔑する男のおかげで金持ちになり、かつての地位を取り戻すなど、不愉快で我慢がならなかった。ああ、もしあの絵を再び隠せたら、それとも破棄できたなら！　あの高慢なマリオン・デーントリーが高い地位からうちのかわいい息子を見下すのに比べたら、ずっとましだ。再び発見された財産、あの絵を盗みだしてやりたい。パーソンズは罪を犯すのもいとわない気分だった。

だったらやってみたらどうだ？　フランクはテーブルの上に鍵を置いたままだった。天使の目の鍵穴に差し込むあの銅の鍵だ。パーソンズは息子の説明のおかげで、どうやってその鍵を使うのか、どのようにして自分の父親がカスターニョの絵の隠し場所を作り上げたのかわかっていた。かつてチャールズ一世のものだった錠と鍵は、主人から先代の老家令へと与えられていた。彼はまず絵を天使の後ろに隠し、鍵穴を左目にあけた。こうして羽目板や壁を元通りにした。次に彼はそのありかを示す数字を彫ったのだ。パーソンズは立ち上がり、手を伸ばして銅の鍵を取った。触れた瞬間に、罪の意識は消え去った。彼は決心した。屋敷へ行って絵を破壊するのだ。そうすればマリオン・デーントリーが金持ちになることも、フランクが発見した秘密で利益を受けることもないだろう。パーソンズは、暗号解読にヘイガーが協力したことなど、思いもつかなかった。

家令である彼は屋敷のすべてのドアの鍵を持っていた。だからいつでも好きなときに、簡単に中に入ることができた。侵入を決意した今、ランタンを手に、折りたたみナイフをポケットに隠し持ち、破壊のために赴いた。大きなテラスの下の脇玄関の鍵を開け、暗い地下通路を抜けていった。そして上の階へと上がり、ほどなく「智天使《ケルビム》の間」へと到着した。そこは大きくて堂々とした部屋だった。壁のオークのパネルは年代を重ねて黒ずみ、グリンリング・ギボンズ［イギリスの彫刻家（一六四八～一七二一）］の様式にならった果物、花、枝葉が彫刻されていた。パネルとパネルのあいだに、巻き毛の、顎の下に交差するように羽がついた美しい天使の頭部の彫刻があった。大きな、カーテンもかけられていない窓から月光が差し込み、老人の興奮した目にもはっきりとすべてが見えた。月が沈んで暗闇の中に取り残される前に、急いでやるべきことをやった。ランタンをあちらこちらに向けると、黄色い明かりが壁を照らした。パーソンズはパネルのあいだにある天使の頭を数えた。ドア側から始め、目的の像を発見した。その顔の左目には穴が開いていて、その中に細い銅の鍵の先を入れた。回すとかちりという音がして、左側のパネルが左の方向に外側に開いた。その後ろにアンドレア・デル・カスターニョの絵があった。その光景が思いがけないものだったので、彼は叫び声をあげ飛びのいた。取り落としたランタンの明かりはすぐ消えてしまった。しかし、夏の夜の月光が十分差し込んでいたので支障はなかった。白い明かりのなか、再びろうそくに明かりを灯した。黄色い燭光と冷たい月光に照らし出されるなか、誤った自尊心のせいで破壊しようとしていた芸術品をじっと見つめた。それは言葉にできないほどの美しさだった。

低いわらぶき屋根の下、御子イエス・キリストが聖母マリアに向かって小さな手を伸ばしていた。聖母マリアは両腕を胸の前で組み合わせ、腰をかがめて恍惚とした表情で祈りを捧げ、一方でこの小屋の薄暗い一角には背の高いヨゼフの尊い姿も描かれていた。上に広がる群青色の夜空に、黄金に輝く光が走り、羽を広く伸ばした束を見つめる天使たちの神々しい姿があった。絵のいちばん上には、神が四方に発する光が描かれ、それに乗って聖なる白い鳩が下へ向かって飛び出していた。この絵が非常に美しいのは、さまざまな光線の分散と処理がなされていたからだった。幼児のイエスから発されるおだやかな光、聖母マリアのうつむいた頭の周りを取り巻く光背、天使を包む黄金色の輝き。中でも最も気高く素晴らしいのは、目に見えない神から注がれる、恐ろしいものを覆い隠す、鮮烈な白い光だった。この絵は荘重で崇高だった。信仰の夢の結実、美術の傑作だった。

一瞬パーソンズも、自分が破壊しようとしていたこの傑作の前で躊躇した。その悪事をやめ、この美しい傑作をそのままにしておこうかと考えた。しかしマリオンがフランクの愛情を一顧だにせず冷笑を浴びせたことを思い出し、決意を固めた。憎しみに満ちた表情で、彼は折りたたみナイフを開いて、絵を切り刻もうと腕を振りあげた。

「やめなさい！」

その叫び声でパーソンズはナイフを取り落とし、横柄な命令をしたのは誰かと振り返った。部屋の向こうに、ろうそくを手にした背の高い女性の姿があった。彼女は急いで化粧着を肩にかけ、髪の毛はたらしたまま、足は裸足で、家令の所へ音も立てずにさっと近寄ってきた。マリオン・デーントリーだった。彼女の瞳は怒りに満ちていた。

「こんな夜中に、何をしているの？」彼女は黙り込んだ老人に堂々と問いただした。「叫び声と何か落ちる音がしたから来てみたのよ」

「この絵に傷をつけようと思ったのです」パーソンズは食いしばった歯のあいだから、ようやくうめくように言った。

「カスターニョの『キリストの降誕』に傷を？　一族の財産を取り戻す唯一のチャンスを？　気が狂っているとしか思えない」

「いいえ、私はフランクの父親だ。お嬢様は息子を軽蔑し、嫌った。あの子はこの絵をお嬢様に渡したがっていたが、やはり――」彼は再びナイフを構えた。

「待ちなさい！」マリオンはパーソンズの動機を理解して言った。「この絵を破壊したら、私とフランクの結婚もだめになるのよ」

「なんですって？」ナイフは床に落ちた。「うちの子と結婚するおつもりですか？」

「まだフランクから聞いていないの？　今日の午後二人でこの絵を見つけたときに、結婚を申し込まれたのよ。私は大喜びで承諾したわ」

「でも――息子を軽蔑されているとばかり思っていたのですが！」

「軽蔑ですって？　この世界のすべてよりも愛しているのよ！　もう戻りなさい、パーソンズ。そして神様が私をつかわして罪を犯さずに済んだことを感謝しなさい。私はこの絵を、フランクと結婚するときの持参金にします。彼はわたしの姓を名乗り、再びデーントリー家はこの屋敷で復興するのです」

「ああ、デーントリー様――マリオン様――どうかお許しください！」パーソンズは叫んでその場に崩れ落ちた。

「許しますよ、フランクを愛しているからこそ、こんな愚かなことをしたのでしょう。でも、今は戻りなさい！　こんな真夜中にここにいるべきではないわ」

パーソンズは黙ってパネルを閉め、鍵をかけて、帰りかけた。しかし彼女とすれちがいざまに、手をさしのべた。

「何かしら？」マリオンは微笑みながらきいた。

「私からの贈り物でございます――結婚祝いの――お嬢様に夫と財産をもたらした、銅の鍵をお受け取りください」

第七章　六人目の客と銀のティーポット

ランベスの質屋を経営していたときに出会ったさまざまな人々の中でも、ヘイガーがよく思い出したのはマーガレット・スノウだった。顔色が悪い盲目の年老いた女性の悲しい話と忍耐強さは、彼女の心から消え去ることはなかった。彼女が心ならずも、必要に迫られて質入れした銀のティーポットにまつわる悲しいエピソード、うちひしがれた女性の語る悲しい話と、ヘイガー自身が関係した結末。ヘイガーが六番目の客と呼ぶこの気の毒な女性に関するすべてが、いつまでも忘れられない思い出だった。この事件には滑稽なところがあり、また恋愛のとても単純ななかに見られる純真で無邪気なところもあった。しかしヘイガーはそれを嘲笑うことはなかった。彼女にとってマーガレットは殉教者であり、聖人以外のなにものでもなかった。彼女の話を知らない世間は大切な物を失っている。その話をこれからお話しすることにしよう。

古いタオルでしっかりと結んだ包みを持ってマーガレットが質屋に入ってきたのは、ある十一月の夕暮れのことだった。カービーズ・クレッセントのいちばん奥の家の、最上階の屋根裏部屋に住む盲目の女性の顔を、ヘイガーはよく見知っていた。外の通りの角にある大きな店に、わらで編んだ手提げかごを作って納め、非常に貧しい生活を送っていることもわかっていた。そのかごは、立派な店の特別品で、小さな商品の持ち帰り用に無料で提供されていた。常に需要はあったのだが、品物の供給量はいつも同じだった。マーガレットは編めば編むだけ手提げかごを買い取ってもらえたが、彼女の巧みで素早い長い指を駆使しても、せいぜい週に十シリングしか稼げなかった。これで彼女は家賃、着るもの、食費をまかなっており、それは奇跡に近かった。それでも誰にも施しを求めることなく、誇り高く控えめに生きていた。長年カービーズ・クレッセントに住んでいたが、質屋に来たことは一度もなかった。それを知っていたからこそ、ヘイガーは彼女が店にやってきて顧客用ボックスに入り、包みをカウンターの上に置いたのを見て驚いたのだ。

「スノウさん！」ヘイガーはとても驚き、声を上げた。「どうしたの？　用件をうかがいますよ？」

彼女の細面の青白い顔は、名前で呼ばれるのを聞いてさっと赤らんだ。返事をする前にほっそりとした指を包みの上に置き、低くおずおずとした声で答えた。

「ずっと病気なのよ、スタンリーさん」彼女はそっと答えた。「だから最近は仕事もあまりできなくて。ほとんど収入がないの。わ、わたしはだから――家賃を払うのに――」彼女はここで一気にあきらめて言った。「どうかこれでお金を貸してください」

ヘイガーはただちに商売人に変身した。「何なんです？」と言いながら、手際よく包みを広げた。

「こ、これは――銀のティーポットよ」ためらいながらマーガレットは言った。「わたしの持ちもので価値があるのはこれだけなの。三ヶ月間、質で預かってもらえれば――その頃には請け出せるはずだから――わたし、わたしは――その頃にはお金が手に入るはずなの。さ、三ポンドあれば――」彼女の言葉は最後まで続かなかった。背けた顔に流れる涙をそっと細い手でぬぐうのを、ヘイガーは見た。

そのティーポットはジョージ王朝時代の四角いデザインで、側面には縦溝が彫られ、注ぎ口は優美な曲線を描き、象牙のつややかな取っ手がついていた。要求された三ポンドだったら喜んで貸そう、とヘイガーは思った。なにしろ銀だけでも価値はもっとあった。しかし彼女は奇妙な発見をしてしまった。ポットの蓋はきっちり閉まり、決して開かないように周りをハンダ付けしてあったのだ。変に手を加えてあるせいで、このティーポットは用に耐えないものになっていた。密閉したポットなど使えるわけがない。

「どうしてこのティーポットはふさいであるの？」ヘイガーはびっくりして尋ねた。

「三十年前、わたしがさせたの」盲目の女性は冷静な声で答えた。そして少し間を置いて、かすかに口ごもりながら、「その中には手紙が入っているのよ」

「手紙？　誰の手紙？」

「わたしと――あなたには関係ない人の。どうかそれ以上詳しいことは聞かないで、スタンリーさん。お金をください。もう帰りたいの。三ヶ月のあいだにこのティーポットは請け出しますから」

ヘイガーはためらい、いぶかしげに見た。「密閉してあるから、このティーポットは使い物にならないよ」彼女はしばらくしてから言った。「持って帰っていいよ、スノウさん。三ポンドは貸してあげるから」

「いいえ、けっこうよ」老女は冷たく答えた。「施しは受けないわ。ティーポットが質草にならないなら、わたしの財産を返してください」

「そう、わかったよ。じゃあ言う通り質草として預かっておく」ヘイガーは肩をすくめて答えた。「はい、三ポンド。すぐに質札を作るね」

盲目の女性の手は金をしっかりと握り、後悔と安堵が入りまじったため息をついた。ヘイガーが質札を持って戻ってくると、マーガレットは別れを惜しむように銀器をなでていた。ヘイガーがやってくる足音を耳にすると、頬を赤らめ後ろに下がった。そして黙ったまま質札を受け取り、やつれた頬に涙を流したまま帰りかけた。ヘイガーはこの無言の悲劇に心を動かされた。

「暗くなったけど自分の家に帰れるかな?」彼女は呼びかけた。

「あら」老女は威厳を込めて言った。「昼も夜も私にとっては同じよ。わたしの目が見えないということを忘れたのね。それに」彼女はつとめて明るく振る舞い付け加えた。「この近所は隅から隅まで知っているわ」

彼女が去り、ヘイガーはティーポットをしまった。そしてラブレターを中に密封したこの奇妙な話に思いを巡らせた。その手紙には、マーガレットが口ごもってしまうような愛の言葉が書かれているのだろうと思った。そこには彼女自身だけでなく「関係のない人」のも入っているからなのだろう。

この盲目の女性が最後に言った言葉から、彼女には本当の不屈の精神と誇りがあるのだ、とヘイガーは感じた。彼女は、この奇妙な入れ物――ティーポットがラブレターの入れ物になっているのだから奇妙と言っていいだろう――女性の若き日の破れた恋の思い出の証《あかし》を質入れするほど、生活に困っているにちがいない。三十年前に、あのティーポットは封印された。その三十年前にあの盲目で目立たない老女の心は傷ついた。これは本当の、そしてあまりにも変わった、気の毒なロマンスの思い出の品なのだ。

「質屋って本当に変わったところだ！」ヘイガーは哲学者ぶって、こう独り言を言った。「人生のありとあらゆるがらくたが流れ着く。傷ついた心、台なしになった経歴、破れた恋――そんなものの吹きだまり。この封印されたティーポットにはどんないわれがあるんだろう」

彼女はとても好奇心をかき立てられたので、老女のところに行って話を聞きたい気持ちもあった。しかしヘイガーは、かつては貧しい放浪の民、今はロンドンの下町の質屋の女主人だが、思いやりを持ち合わせていたので、無理矢理秘密を聞き出すようなまねはしなかった。

ミス・スノウは良家の生まれで、プライドが高いことも、カービーズ・クレッセントの誰もが知っていた。ティーポットの中に収められている手紙について、ヘイガーが聞いたときにもらした、わずかな言葉からほのめかされたロマンスは、決して話題にしてはいけないものだとわかっていた。だからヘイガーはティーポットを店で預かり、所有者を訪問するのは差し控えた。

数週間、マーガレットはずっと手提げかごを編み続け、雇い主のところまで届けた。習慣通り、毎日曜日の午前中は教会に行ったが、それ以外は、ずっと凍えるような屋根裏部屋にこもりっきりだった。その年の冬は特にロンドンでは厳しく、クリスマス前には雪が厚く積もった。マーガレットはティーポットを請け出すため、暖炉に火を入れず、食べるものも食べず、できる限りの節約をした。薄い洋服とすりきれた靴で、雪が降りしきり震えそうな風が吹くなか、店や教会へ行った。洋服も食事も暖房もなく、加えて長年の負担と弱りきった身体では、当然病気になってしまった。ある朝彼女が姿を見せなかったので、その家の女主人が様子を見に行ったところ、ベッドから起き上がれないでいた。

それでも彼女は、強い意志と生来のプライドで、施しを断り、ゆがんだベッドに半身を起こして、痛みと苦しみの合間にかごを編んだ。死んでもおかしくない苦難のなか、神様はこの孤立無援の悩める女性に助けの天使を遣わした。その天使とはヘイガー、とても実際的な天使だった。

近所の噂でマーガレットが病気だと聞き、銀のティーポットのことを思い出すと、ヘイガーは凍えるような屋根裏部屋に行って老女を引き受けた。マーガレットは弱々しく抵抗したが、この心温かいジプシー少女が己の義務と信じる行動を、思いとどまらせることはできなかった。

「あなたは病気で誰も面倒をみてくれないんだからさ、あたしがみてあげる」彼女は言って、もってきた肩掛けを弱った彼女にかけてやった。

「でもお金が払えないわ。わたしの持ち物で価値があるのは、あの銀のティーポットしかないのよ」

「そうだね」と言いながら、ヘイガーは暖炉の火をつけようと進み出た。「ちゃんとうちの店で保管してあるから大丈夫。支払いは元気になってから相談しようよ」

「絶対によくならないわ」マーガレットはうめき、壁のほうを向いてしまった。そして実際、ヘイガーも内心はそう思っていた。長年寒さと飢えに苦しんだマーガレットの体は弱り、もう病気に抵抗できなくなってしまっていたのだ。彼女が次にこの屋根裏部屋を出るときは、棺桶に入っているだろう。そしてあまたの人知れず亡くなるロンドンの貧しい人々が、また一人増えるのだ。マーガレットに残された時間はほとんどなかった。

ヘイガーはまるで妹のように接した。彼女は暖炉の火、食事、毛布を与え続け、ワインを飲ませた。店を留守にできるときには、よくやってきて貧しい部屋の枕頭に座って見守っていた。そんなときに、彼女はマーガレットの恋愛の話を聞き、どうしてラブレターが——それは本当にラブレターだった——

銀のティーポットに封じ込められたのか知ったのだ。

十二月の末頃、地面は雪に覆われていた。カービーズ・クレッセントであっても、商店はクリスマスを祝うヒイラギとヤドリギで飾り付けられていた。店を閉めたあと、ヘイガーはマーガレットを一時間ばかり見舞おうとやってきた。暖炉の火は赤々と燃え――故ジェイコブ・ディックスが見たら、激怒しただろう――マントルピースの上に置かれた二本のろうそくがあたりを照らし出していた。その晩はマーガレットは元気で、陽気と言ってもいいほどだった。そしてヘイガーの親切に感謝し、手を握った。

「いくら感謝しても足りないわ」盲目の女性は言った。「あなたは空腹のときに食べさせ、裸だったときに着せてくれた。三十年間他人を信用できなかったのに、また信じられるようにしてくれたわ」

「どうして信じられなくなったの？」

「ある男性のせいなの。わたしを愛しているといったのに、何の理由もなく婚約を破棄したのよ」

「変な話だね。どうして理由を聞かなかったの？」

「できなかったの」マーガレットは言ってため息をついた。「彼はインドにいたから。話すと長い話よ。それでもかまわないのなら――」

「喜んで聞かせてもらうよ」ヘイガーは意気込んで言った。「特にどうしてティーポットに手紙を封印することになったのか、その理由をね」

「そうね、話しましょう。あのティーポットは、ジョン・マスクがくれた唯一のプレゼントだったの。あの中に三十年前、残酷な手紙をしまったわ。私が彼に送った手紙も一緒にね。彼が送り返してきたから」

「どうして手紙を送り返してきたのかな?」ヘイガーは尋ねた。

「わからないわ、全然。でもとにかく送り返してきたのよ。ああ!」彼女は苦悶《くもん》の叫び声を上げた。「ひどいわ! ひどい! 彼のことをあんなに愛していたのに――彼を愛していたのに! でもわたしのことなんか忘れて、彼はジェーン・ロリマーと結婚した。今頃二人はお金持ちで健康で、幸せなんでしょうね。それに引き替え私は――貧乏で死にかけている。銀のティーポットを質入れまでして」彼女は痛ましい様子で言った。

寝具をぎゅっとつかんでいる彼女の手を優しくヘイガーは叩き、「話してちょうだい」となだめるように言った。「話すのがつらいなら無理にとは言わないけど」

「つらいなんて」マーガレットは辛辣な調子で繰り返した。「心が壊れてしまったらもうつらいなんて感じないわ。三十年前にジョン・マスクのせいで私の心はすでに壊れてしまったのだもの」彼女はしばらく黙ったままだった。そして続けた。「わたしはハンプシャー州のクライストチャーチに住んでいたのよ。町の郊外の小さな家にね。そこは両親から相続したもので、財産もあったわ。多くはなかったけれど、生きていくには十分だった。父も母も亡くなって、わたしは二十歳のときにひとりぼっちになった。だからわたしはその家にルーシー・ダイクとお手伝いの女の子と住んでいた。ルーシーはわたしと年が近くて、わたしが目が見えないから家の管理をしていたの。だって」マーガレットは優しい声で言った。「自分では何もできないから。でもそれから私は自分で生計を立ててきたのよ」

つらい思い出を克服するために、彼女はしばらく間を置いた。ヘイガーはあえて沈黙を破ろうとしなかった。やがてマーガレットは再び話を始めた。

「それから、ジェーン・ロリマーという親友がいたわ。近所に両親と一緒に住んでいて、よく家に遊びに来ていた。わたしたちはまるで姉妹みたいで、ジョン・マスクがクライストチャーチに来るまでは、彼女がほかの誰よりも好きだった。彼が教区牧師を訪ねてきたとき、初めて会ったの。一度も彼の顔を見たことはないけれど、かなりハンサムだと聞いたわ。それに甘くて低い声をしているのにとても惹かれたの。わかるでしょう、目の見えない人間は感じのいい声が好きなのよ。わたしはジョンに恋したけれど、相手にしてもらえるかわからなくて、途方にくれていたわ。だって目の見えない女の子が、そんなハンサムな青年に振り向いてもらえるなんて――それに」マーガレットは憂鬱にこう付け加えた。

「ジェーンはかなりの美人だったのよ?」

「でも彼が好きになったのは、ジェーンじゃなかったんでしょ」ヘイガーは強調した。

「そうなの」盲目の女性は自慢げに言った。「彼が愛してくれたのはわたしだった。知り合ってから一年後、彼は告白してくれた。わたしたちは婚約して、あの頃は人生でいちばん楽しいときだったわ。でも、彼は茶農園主になろうとインドへ行ってしまった。そこで成功してお金をもうけたら、わたしを呼び寄せると言ってくれた。でも！　でも！　その約束は守られなかったの」

「どうして?」ヘイガーは直裁に聞いた。

「わからないわ」マーガレットは悲しげに言った。「わたしも、ジェーンもわからなかった。わたしたちが別れて、彼女もわたしと同じくらい驚いていた。わたしは、目は見えなくても、かなり上手に字は書けるのよ。それにジョンも文通を続けてくれるって約束していたの。一年以上続いていて、彼もちゃんと返事を送ってくれていた」

「誰に手紙を読んでもらっていたの？」

「ジェーンのときもあったし、ルーシー・ダイクのときもあったわ。ああ、二人ともわたしが困っていたとき本当に親切にしてくれたわ。最初ジョンの手紙はとても優しかったの。でも何ヶ月かたったら、どんどん冷たくなっていった。ジェーンは手紙を読み上げたくないと、よく言ったわ。ジョンにどうして変わってしまったの、と手紙で尋ねてみたけれど、満足する返事はもらえなかった。そしてついに彼が出発してから十八ヶ月後に、わたしの手紙全部が送り返されてきたの」

「本当に！　ジェーンかルーシーが持ってきたの？」

「いいえ。ジェーンはロンドンの友達のところに遊びに行っていたわ。それからルーシーはそのときは留守だった。お手伝いの女の子がその包みを持ってきたの。ジョンからのプレゼントかもしれないと思って開けてみた。もらったものは、出発する前にくれた銀のティーポットだけだったから。お手伝いの子に、箱を開けるまで待ってもらって、中に入っていたジョンの手紙を読んでくれるよう頼んだの」

「その子は読んでくれた？」

「ええ、つらかったわ！」マーガレットは叫んだ。「彼は、もう婚約は破棄したほうがいい、もらった十三通の手紙を全部返す、と書いてきたの。弁解も嘆息も後悔もなかった。婚約破棄と手紙を返すという、たった二行のそっけない残酷な内容。悲しすぎて取り乱して、胸の中に手紙を抱いたまま泣いていたわ」

「ルーシーは帰ってきて、なんて言ったの？」

「お手伝いの子が手紙を読んで私を悲しませたのに、かなり怒っていたわ。わたしが書いた手紙は捨ててしまいなさいと言われたけれど、断った。昼も夜もずっと離さずにいたわ。ジョンの手が触れたものだもの。彼に縁があるものといったらそれしかなかったのよ。わたしの恋もこれで終わりだとわかったから、自分が書いた手紙と彼からもらった手紙を束にして、自分でこの銀のティーポットの中に入れたわ。そして宝石屋へ行って蓋をハンダ付けしてもらったの。それから一度も開けてないわ」

「ルーシーやジェーンに、そのことを言った?」

「誰にも言っていないの。自分だけの秘密にしたから、誰もこのティーポットの中にわたしの幸せだった時間が封じ込めてあるなんて知らないわ。それからすぐ、わたしは不幸に見舞われた。遺産管理人の悪巧みのせいで財産を失い、家を手放しルーシーやお手伝いの女の子を解雇したの。ジェーンはインドのおじさんのところに行き、そのときルーシーをメイドとして連れていったわ。彼女が出発してから六ヶ月して、ジョン・マスクと彼女が結婚したと聞いたのよ」

「彼女は手紙でそのことを知らせてきた?」

「いいえ。一通も手紙をよこさなかった。彼もよ。あの残酷な二行の手紙と一緒に、わたしの手紙が戻ってきてから、ティーポットに封じ込めて、彼のことは忘れようとしたわ。彼には一行も手紙を書かなかったし、口にも出さなかった。わたしをこんなにひどい目にあわせた彼は、自分の中ではもう死んだも同じだった。これがわたしの恋の終わりよ」

「なぜロンドンに出てきたの?」

「すべてを失ったって言ったでしょう」マーガレットはぽつりと言った。「豊かに暮らしていた場所で貧乏な暮らしをするのは耐えられなくて、クライストチャーチを離れてロンドンに来たのよ。ああ、どうしてこんな悲しい話ばかりしているんでしょう！　目が見えず、貧しくて友達もいない。わたしはとてもつらかった。でもジョンがわたしの心を打ち砕いたときに比べたら、たいしたことではなかったわ。ようやくわたしはここに流れ着き、かごを編んで生き延びてきた。そして死んでいくの。ああ、マーガレット・スノウはみじめな女ね！」

「ジョン・マスク夫妻はどうなったの？」

「ウエストエンドのバークレー・スクエアで豊かに暮らしているわ。息子や娘も生まれたそうよ。ルーシーが家政婦をしている。クライストチャーチの友達から聞いたの。ああ！　あの人たちはとても幸せなんでしょうね！」

「会ったことはあるの？」

「いいえ。そんなことができるはずないでしょう？　過去の亡霊のようにつきまとっても、相手にされないわ。二人はお金も名誉も幸福も手にしているのだから」

「そしてあなたはここで貧しく死にかけているんだね！」ヘイガーは辛辣に言った。

「そう。つらい、つらいわ。でも不平は言わない。神様があなたをお送りくださって、最期の時を幸せにすごせるのだから。あなたって本当にいい子ね。とっても親切にしてくれて。でもあと一つだけお願いできるかしら。あのティーポットを開けてほしいの」

「えっ！」ヘイガーは驚いて叫んだ。「三十年も封印してある、あれを開けるの？」

「ええ。死ぬ前に、あなたにジョンの手紙を読んでほしいの。もう一度だけ彼がわたしを愛していたことを知って安らかになりたいの。明日、お願いできるかしら。約束して」

「約束するよ」ヘイガーは言って、彼女に毛布をかけた。「明日、ティーポットを開けて、手紙を持ってくるよ。あなたのと、ジョン・マスクの両方をね」

約束をして彼女はその晩帰った。初めてマーガレットが元気で安らかな姿を見た。自分のベッドの中で、彼女が語った悲しい話をヘイガーは思い返した。一人の男性の、盲目の女性への激しい恋が奇妙にも消えてしまった。彼のマーガレットへの愛情が冷めたのはよくあることだろう。男性は、特に遠く離れているときは、故郷においてきたものを忘れがちだ。しかし彼がジェーン・ロリマーと結婚したというのがおかしい。マーガレットはだまされていたのではないかという疑いが、ヘイガーの心の中にわき上がった。恋愛が突然終わりを告げた理由がほかにあるのではないだろうか。疑いはしたが、ヘイガーが判断するだけの根拠は何もない。だがどうしても彼女はその疑いを捨てきれなかった。おそらく手紙の束を見れば解決するだろう。すべてはマーガレットの言った通りに起きたのかもしれない。それでも、ヘイガーは早く明日にならないかと気をもんだ。あのティーポットを開けて手紙を読んでみたかったのだ。そうすれば裏切りと女性の策略が恋人たちを引き裂いたのか、それともマーガレットが信じているように、単に不誠実な男性と恋に破れた女性の話にすぎないのか、わかるのだ。

翌日、ヘイガーは質屋をボルカーに任せ、近くの大通りにある宝石商に銀のティーポットを持っていった。宝石商は簡単にハンダを溶かして蓋を開けてくれた。その中には、乾燥したバラの葉の下に、青いリボンで結ばれた手紙の束が見つかった。想像力豊かなヘイガーには、すでに結末がついた恋愛の思い出を再び掘り起こすことは冒瀆的行為に思え、敬虔な気持ちを抱いて、ティーポットとその中身をカービーズ・クレッセントの家へ運んだ。バラの葉の下に三十年間埋められていた手紙は、黄色く変色して色あせていたが、再び日の目を見ることになった。まだ若くて美しいときにそれらの手紙を書いた女性は、いまや人生の終末を迎え、やせ衰え死にかけていた。昔のラブレターを膝の上にのせて、粗末なベッドの脇に座るとき、ヘイガーは深く感動した。

「全部読んでちょうだい」マーガレットは頬に涙を伝わせながら言った。「三十年前、ジョンが私に愛をささやいた手紙を読んで。三十年よ！　ああ、神様！　わたしはまだ若くて元気だった！　ああ、ああ、ああ！　若さと愛情なんて！」彼女はすすり泣きながら震える手で寝具を叩いた。「若さと愛情なんて！　もうなくなってしまったわ！――そして私は死ぬのよ！」

そんな悲しみを前にして、どうにか自分の声の動揺を抑えたヘイガーは、今はもういない恋人がインドから送ってきた手紙を読んだ。そのうち十から十二通は――愛情あふれる手紙で、純粋で永遠の愛を語っていた。最初から最後まで、感傷的なところはなかったが、献身と信頼に満ちていた。書き手は、目の不自由な恋人へやさしく語りかけ、バラの小径を造ると約束し、さまざまな方法で愛情を表現していた。十二通目までは別れや婚約破棄をうかがわせるようなところはまったくなかった。十三通目だけが――マーガレットが語ったようにそっけないたった二行――唐突で予期できない通告だった。「婚約はもう解消したほうがいいと思う」ジョンは冷たい調子で書いていた。「だから君が書いた十三通の手紙は返す」それで終わりだった。十二通の愛情あふれる手紙のあとの、この想像もできない手紙に、ヘイガーは息をのんだ。

「最後の一通以外、手紙には残酷なところや冷たいところはないように思うよ、スノウさん」ヘイガーは、読み終わったあとに言った。

マーガレットはやせた片手を頭にあてて、「いいえ、いいえ」混乱したように口ごもりながら「それでもわたしはジョンが残酷なことを書いていたと思っていたのよ。あまりに昔のことだから、もしかしたら忘れてしまったのかもしれないわ。でも彼の最後の手紙は冷たくて、別れようと言っているじゃないの。ジェーンとルーシーがわたしに読んでくれたのを思い出すわ」

「そんな風には思えないな」ヘイガーはいぶかしげに答えた。「実際、最後の二、三通は、さっき読んだけど、彼のほうからどうして結婚を延期しなくちゃいけないんだと、尋ねてきているじゃない」

「そんなことを言った覚えはないわ!」マーガレットは当惑して反論した。「ジョンと結婚してずっと一緒にいたいと思っていたのよ。彼への手紙の中でそんなことを書いたことは絶対にありません。それだけは確かよ」

「すぐにわかるよ」ヘイガーは言って、もう一つの手紙の束を手にした。「ここにあなたからジョンさんあての手紙が全部ある。これも読んでいい?」

ぜひ、という同意を受けて、少女は手紙を日付順にゆっくり読み上げた。それは書いたというよりもむしろ殴り書きと言ったほうがいいようなもので、大きくて子供っぽい盲人の手書き文字だった。ほとんどは短かったが、最初の六通は愛情に満ち、ジョンの近くにいたいという希望が書かれていた。七通目はそれまでのものよりもきれいに書かれてはいたものの、冷たい調子になっていた。遠距離の恋人は足手まといになる盲目の少女と結婚しないほうがいいのではないか、とほのめかしてあった。

「待って、待って!」マーガレットは息を切らして叫んだ。「わたしはそんな手紙は書いていないわ!」

彼女はベッドの上に体を起こし、灰色の髪の毛をやせて鋭い顔からかきあげ、見えない目をヘイガーのほうに向けた。まるで強く念じることで少女の驚いた顔が見えているようだった。

「そんな手紙は書いていないわ！」マーガレットは興奮した口調で繰り返した。「読み間違いよ」

「ちゃんと書いてあることだけを読んでいるよ」ヘイガーは言った。「続けさせてよ。あと五通あるから、全部読み終わってから話をしよう。でももしかしたら――」

「もしかしたら？」

「あなたはだまされたのかもしれない。待って、待って、読み終わるまで何も言わないで」

マーガレットは灰色の顔を枕に埋めて息をのんだ。これから読まれる内容が恐ろしかった。それはヘイガーもわかっていたので、じゃまが入らないよう、続けて残りの手紙を一気に読み上げた。後半の五、六通は、すべてみなその前の手紙よりも上手な筆跡で書かれていて、どんどん冷たい調子になっていたのだ。静かなイギリスの家を離れて遠いインドに行きたくない。婚約は間違いだったかもしれない。結婚を承諾したとき、本当の自分の心がわかっていなかった。ジェーン・ロリマーがあなたを愛している。彼女は――。

「ジェーンですって！」マーガレットは叫び声を上げた。「わたしとジョンに、ジェーンは関係ないわ。そんな手紙は絶対に書いていない。全部偽物よ！」

「そうみたいだね」ヘイガーは手紙を調べながら言った。「この筆跡は目の見える人のものだよ。最初のころの手紙よりずっと上手だ」

「わたしは字が下手なの」マーガレットは興奮して告白した。「だって目が見えないから。手紙を書くのは難しいの。ジョンは知らなかった――知らなかった――ああ、神様、どういうことなの？」

「ジェーンがあなたをだましたってことだよ」

「わたしをだましたのね！」マーガレットは弱々しく泣き声を上げた。「目の見えない友達を裏切るなんて、ひどい！」

「間違いないよ！」ヘイガーは断言した。「あなたの話を聞いて、ジェーンを疑っていたんだ。偽の手紙を読んで、ジェーンがだましたってはっきりしたよ。ルーシーの助けを借りてね！」

「でもどうして？」

「ジョンを愛していて、結婚したかったからだよ。あなたがじゃまだったから、排除したんだ。それで彼女は望みを叶えた。あなたとジョンを別れさせて、自分がマスク夫人になったんだ」

「信じられないわ。ジェーンは友達だったのよ」

「もちろん、だからこそあなたをだませたの」ヘイガーは厳しく言った。「ああ、友情なんてこんなものなんだね！　でも真実を見つけなくちゃ。マスク夫人の正確な住所を教えて」

「どうして？」

「彼女のところに行ってくるから。真実を解明して、ジョンさんの目の前であなたの不当な扱いを正してくるんだ」

「それでどうなるの？」マーガレットは泣きながら苦々しげに言った。「わたしはもう死ぬのよ。そんなことをして、どうなるの？」

　衰弱して望みも失い、彼女は何の行動も起こそうとしなかった。しかしヘイガーは、この銀のティーポットに三十年間秘められていた秘密を公表すべきだと決意した。世間に対しては無理でも、少なくともジョン・マスクには知らせるべきだ。この長い年月、彼はマーガレットは不実な人間だと信じ、そして結婚した女性こそが、盲目の少女が拒んだ真実の愛をもたらした存在であると思っていたのだ。実は自分の妻が裏切り者であり、拒絶した女性が死ぬまで正直で忠実だったことを、彼は知るべきだ。ヘイガーはそう決意して、マーガレットから無理矢理住所を聞き出した。そしてすぐ翌日、バークレー・スクエアの立派な屋敷に乗り込んだ。かくして三十年の時をへて、友人を裏切った人間の元に、復讐の女神が降り立った。神の正義はゆるやかではあるが確実に行われるのだ。

マーガレットはベッドで泣きながら寝ていた。彼女の弱った頭脳はまだ真実を把握できていなかった。不実だと信じていたジョンは誠実で、彼にとって冷酷だったのはずっと自分のほうだったのだ。彼女は混乱し、すべてが信じられなかった。翌日の午後になって初めて、確かな真実を知った。それを告げたのはヘイガーだった。

「バークレー・スクエアの屋敷に行ってきたよ」ヘイガーが言った。「マスク夫人に会うつもりだったけど、留守だった。だから家政婦に会ってきた。昔のあなたの召使いだったルーシー・ダイクだよ。今じゃジェイル夫人っていうんだけど」ヘイガーは軽蔑したように付け加えた。「健康で、信用があって、お金もありそうだった。彼女の裏切りのごほうびだよ」

「そんな、そんな！　ルーシーは——本当に私のことをだましたの？」

「白状させたよ」ヘイガーは厳しい声で言った。「ティーポットの中の手紙のことを話してやったんだ。それからあなたがつらい人生を送ってきて、死にかけているって。最初彼女は全部否定していた。でもあたしがマスクさんに言うぞって脅したら、全部白状したよ。そう、スノウさん、あなたはだまされていたんだ。それもひどくね。友達と召使いに裏切られたんだから。あなたが目が見えないことと、あなたの好意につけ込んだんだ」

「ひどい！　ひどい！」マーガレットは怒りに震えながらうめいた。

「うん、ひどい話だよ。でも世間ってこういうもの」ヘイガーは厳しく言った。「ジェーンはジョンさんのことが好きだったんだろうね。ところが彼はあなた一筋だったから、結婚できる望みがなかった。でも絶対に結婚しようと決めた彼女は、ルーシーをお金で誘惑したんだ。二人は偽手紙であなたとジョンさんとのあいだを裂いた。あなたがインドにあてて書いた手紙は届かなかった。そのかわりにジェーンはあたしが読み上げた偽物の手紙を送って、婚約破棄をたくらみながら、自分が彼を愛しているとほのめかしたんだ。ジョンはあなたからの手紙だと思い込んで、返事を書いていた。その内容は聞いた通り、どうしてあなたが結婚を望まないのか尋ねるものだった。三十年前にルーシーやジェーンがジョンさんの手紙を読み上げるときには、二人は文章を変えたから、あなたはジョンさんをひどいと思ったんだ。これ以上の説明がいる？」ヘイガーは深い怒りを爆発させた。「もうわかったでしょ、どうやって連中がうまくやったか。ジョンさんが婚約破棄をしてあなたに手紙を送り返してきた。これは裏切り者たちにとっては予想外だった。もしルーシーが家にいたら、あなたがその小包を受け取ることはなかった。その中には偽手紙が入っていたから、あなたに手紙を燃やしてほしかったんだ。もしあなたが銀のティーポットに手紙を封じ込めなかったら、ルーシーはどうにかして処分したと思うよ。でも三十年間保存されて、ようやく真実があきらかになったんだ。復讐すべきだよ、スノウさん！　ジェーンはジョンさんの奥さんとして世間から認められ、ルーシーも信頼される家政婦で、安楽に暮らしている。ジョンさんに真実を教えて、この悪人たちに罰を与えようよ！」

「ああ、わたしは何をすればいいの？　何ができるというの？」マーガレットは叫んだ。「ひどいことはしたくないわ。でもわたしの人生をめちゃくちゃにされた。ジェーンは――」

「彼女はここに会いに来るよ。ジョンさんも一緒に」ヘイガーは早口で言った。「一時間もしないうちに二人はここに来る。そのときにジェーンの裏切りを責めて、ジョンさんに証拠として手紙を見せればいい。彼女を破滅させてやりなよ！　あっちはあなたを破滅させたんだから」

マーガレットは何も言わなかった。彼女は信心深い女性で、毎晩「我らに罪を犯す者を我らが赦す如く我らの罪をも赦したまえ」と「主の祈り」を唱えていた。このとき彼女は信仰心、さらには博愛の心を試されていた。彼女の人生を破滅させ、その犠牲の上で繁栄を謳歌《おうか》している二人の女性、最大の敵を許すかどうかという試練に直面していたのだ。そんな二人に「心安らかに」と言うのは難しい。ヘイガーは無慈悲に復讐しろと言う。しかし気が弱く穏和なマーガレットは、慈悲というものを知っていた。自分を裏切った友人とかつての恋人がやってくるまで、彼女はせまりくる試練に持ちこたえられる強さを願って祈りを捧げていた。彼女の長い長い信仰の中でも最後のそしてもっとも厳しい局面だった。

マスク夫人はヘイガーが言ったように、一時間後到着した。しかし一人だった。夫は仕事で一緒に来られず、遅れてくるとヘイガーに釈明した。夫も同じく死にかけている友人に会いたがっているということだった。

「彼は真実を知っているの？」ヘイガーは客を中に入れる前に尋ねた。

ジェーンは、よく太った裕福で横柄な婦人になっていた。いつもならヘイガーを叱りつけていただろう。しかし裏切りが発覚し、しかも自分が踏みつけた人間が死にかけていると聞いて、彼女は完全に打ちひしがれていた。真っ青な顔で唇は震え、頭を振りながらため息をつき、話をする余裕もなさそうだった。ヘイガーは黙って脇に寄り、彼女を室内へと入れた。口を極めてこの裏切り者の女をののしってやろうかとも思ったが、手ひどく裏切った友人本人に罰してもらったほうがいいと思い直した。マスク夫人は部屋に入り、ゆっくりベッドの近くまで歩いていった。盲目の女性はその足音が誰のものかわかった。そう！　何十年もたっていたのにわかったのだ。

「ジェーン」マーガレットはとがめ立てるように言った。「あなたの仕打ちの結末を見に来たの？」

三十年前は明るく幸せだった少女の残骸を見て、この裕福な婦人は思わず後ずさった。マーガレットに真実を突きつけられて言葉も出ず、彼女はまるで被告のようにベッドの脇に立ち、そして刑の言い渡しを待っているかのようだった。ヘイガーはドアのところにいて耳を澄ませていた。

「何も言うことはないの？」マーガレットはあえぎながらかすかな声で言った。「あなたはルーシーと二人してわたしを陥れた――ジョンにわたしが不実だと思い込ませたわね？　ジョンに！　ああ、彼はあなたのものになった――嘘つきが勝った――三十年も！」

「わ、私だって――彼が好きだったのよ！」相対する彼女も、どもりながら自己弁護の声をようやく上げた。

「そうね、彼を愛して、わたしを裏切ったのよ。何年もわたしは飢えと寒さに苦しんできた。何年も悲しみにくれてきた。たった一人、みじめな思いで！」

「ああ、ああ――ごめんなさい！」

「ごめんなさいですって！　この無駄になった三十年間を、そんな言葉で取り戻せると思っているの？　ずっと苦しみ続けていたのよ。本当だったら――あなたのように結婚して、母親になって幸せになれたはずなのに、そんな言葉だけで何になるの？」

「マーガレット」ジェーンはひざまずいて嘆願した。「どうか許して！　幸せだとしても、秘密を抱えて苦しんでいたの。何度も何度も自分の罪を自覚して、泣いていたわ。イギリスに戻ってきてからあなたのことを探したわ。でも見つからなかった。罪滅ぼしに何でも言う通りにするわ」

「じゃあ、あなたのご主人に、どうやって彼をだまし、わたしを破滅させたか言いなさい」

「そんな――できないわ！　ほかのことならともかく、それだけは、マーガレット！　お願いだから！　彼に知られたら恥ずかしくて死んでしまう。今では彼も私のことを愛してくれているの。二人とも年を取って子供もいる。二人の男の子は陸軍に入隊して、娘は結婚して子供も生まれたわ。それ以外のことなら何でもするわ。それだけは、すべてを破滅させてしまうわ。私に死ねと言っているのと同じよ！」

彼女は寝具に顔を埋めて泣いた。マーガレットは考えていた。彼女の復讐はあと少しで成就する。ジョンがもうすぐやってくる。そして彼女がすべてを話せば、それまで長年いつくしんできた女性を嫌悪し――自分の子供の母親を軽蔑するだろう。いや、罪人を罰するために無実の人々まで苦しめるわけにはいかなかった。それにジェーンもジョンを愛していたのだ。そしてその愛情ゆえに罪を犯したのだ。マーガレットは弱々しく身を起こし、やせ細った手を、自分を殉教者にした女性の頭の上に置いた。

「あなたを許すわ、ジェーン。安心して。ジョンが真実を知ることはないわ」

ジェーンはこの神のような許しの言葉を聞き、驚いて顔をあげ、「彼には言わないの？」とつぶやいた。

「いいえ。誰も彼には話さない。ヘイガー、黙っているって誓ってちょうだい」

「誓うよ」ヘイガーはふてくされて言った。「でも間違っているよ」

「いいえ。わたしは正しいの。神様のお許しを得るためには、わたしたちも他人を許さなくてはいけないのよ。気の毒なジェーン、あなたは誘惑に負けたの。ルーシーのことも黙っているわ。神様が彼女の罪をお裁きになるでしょう。ああ！　神様！　ヘイガー！　わ、わたしは死ぬのね！」

ヘイガーは枕頭に駆け寄った。そしてやせ細ったマーガレットの体を抱えた。顔色は灰色で、目はどんよりとし、体はまるで死んだように全体重がヘイガーの腕にかかっていた。もう長くはなかった。彼女の苦難の人生はもうすぐ終わるのだ。

「あれ、あれを――」彼女は弱々しい手を伸ばしながらささやいた。

「ティーポットを！」ヘイガーは言った。「急いで――渡してあげて！」

ジェーンはティーポットをつかんだ。その中には彼女の罪を証明する証拠が入っているとも知らず、死にかけている人間の手に持たせた。彼女が弱々しく胸に抱きかかえると、灰色の顔にゆっくりと喜びの笑みが広がっていった。

「ジョンの贈り物なのよ！」彼女はつぶやいて――死んだ。

そのすぐあと、ドアが開いた。灰色の髪の毛の太った男性が部屋に入ってきた。ジェーンが枕頭で泣き、ヘイガーがひざまずいて目にいっぱい涙をためているのを見た。そしてベッドにはかつて愛した女性の遺体が横たえられているのを見た。

「遅かったか」彼は言いながら歩み寄った。「気の毒なマーガレット！」

「今、亡くなったばかりだよ」へイガーはささやいた。「奥さんを連れていって」

「おいで、おまえ」ジョンは言って後悔にくれている女性を立ち上がらせた。「もうどうしようもない。気の毒なマーガレット！　私と結婚していたら！　でもこれでよかったんだ。神は私に最高で最良の妻をお与えくださったんだから」

「最高で最良の妻、ね！」へイガーは皮肉を込めてつぶやいた。

ジェーンを腕に抱え、マーガレットのかつての恋人はドアへと歩んだ。「もちろん葬式は手配する」彼は尊大な調子で言った。「彼女を王女様のように埋葬させよう」

「へえ、そうなの、マスクさん！　生きているときは乞食みたいだったけどね！」

年齢のせいでしわの多い彼の頬がさっと紅潮した。「それは私のせいではない」傲慢に言った。「もし彼女が困っていると知っていたら、もちろん助けていただろう。だがしかし」彼はきつい言葉で付け加えた。「彼女が私を裏切ったのだ。私は愛していたのに、不誠実だったのは彼女だ」

「へえ！」へイガーは叫び、その瞬間真実を明かそうかと思った。しかし約束を思い出して思いとどまった。そして彼女が秘密を暴露するのではないかと真っ青になったジェーンをちらりと見た。

「何か言いたいことでも？」ジョンは振り返って言った。

「何も――この銀のティーポットはどうする？」

「私が贈ったものだ。一緒に埋葬するのがいいだろう」

それ以上何も言わずに彼は部屋から出て行った。へイガーは一人、遺体とともに残された。もし彼がこの死んだ女性が抱えているティーポットの中身を知れば、妻と並んで出て行かなかっただろう。しかし何も知らずに幸せなまま去ってしまった。

ヘイガーは夫婦が帰っていく姿を見て、寒々とした部屋で銀のティーポットをかかえたまま亡くなった女性の白い顔を見た。そして笑い声を上げたのだった！

第八章　七人目の客と首振り人形

その漆塗りのシナの首振り人形はとても奇妙だった。そしてそれを質入れしにきた客は、もっと奇妙な男性だった。人形は二つの玉をくっつけた単純なもので、上の小さな玉が頭で、磁器製の奇妙な絵柄の顔がつき、その上には黄金の鈴が鳴るパゴダの形をした帽子がのせられていた。下の大きな玉は体で、シナの公使の服をまねた派手な彩色がしてあった。さらに二本の小さな腕の先には磁器の手がつき、長い爪まで見事に仕上げてあって、おかしなかっこうで突き出ていた。内部に精巧に重りを入れてあるので、この首振り人形は右に左にとゆらゆら揺れて、ひっくりかえりそうになっても、倒れないようになっていた。揺らすと大きな玉がころがり、両腕は揺れ動き、頭は重々しくうなずき、揺れるたびに小さな赤い舌が外に出る。そして金の鈴が美しいメロディをかなで、転がり、揺れ、うなずく首振り人形はそのあどけない動きで見ている者を思わず笑顔にしてしまうのだった。その彩色もあいまって、人形はハンス・アンデルセンの手で物語にされてもおかしくなかった。

「とってもかわいらしいおもちゃじゃない？」ヘイガーはこの風変わりな品物をはじいて前後左右に揺らしながら言った。「シナ製かな？」

彼女は、この人形で二ポンド借りようとしている客に聞いたのだが、客はその質問には答えずに、大笑いしながら彼女を横目でにらんだ。

「どこか遠くの地の果てからさ、ねえちゃん！」彼は耳障りな声で言った。「変なもんだよ！」

ヘイガーは、この男性の見た目がまったく気に入らなかった。彼女は人間を見た目で評価するようなことはしなかったが――特に男性はそうだった――それでもこの男性には冷酷なところを感じ、それが彼女をいらだたせた。小さくて丸い頭は五分刈りで、ひげをきれいにそっていたが、青黒いあとが残っていて、顎ひげをそったばかりなのが見てとれた。狭い額、低い鼻、大きくて醜い口、狡猾《こうかつ》そうな、こちらをまっすぐ見ない二つの灰色の目をしていた。この実に興味をそそる紳士はコーデュロイのスーツを着て、赤いリネンのハンカチを喉にまき、耳覆いのついた毛皮の帽子をかぶっていた。また彼は小さな黒いパイプをくわえていて、くさい煙草の煙を吹き出していた。このような人間がシナの美しくて繊細な芸術品の所有者とは思えなかった。

「どこで手に入れたの？」ヘイガーは眉をひそめ、指で揺れる人形に触れながら尋ねた。

「まともなもんだぜ、ねえちゃん！」男はむっとした様子で言った。「疑うのか。俺はこの上物を盗んじゃいないよ。俺のダチが船乗りでよ、どこだかよくわからないやつから買ってきてくれたんだ。俺には金が必要でさ、二ポンド貸してくれりゃあ――」

「二十シリングだね」ヘイガーは彼を遮って言った。

「よう、冗談言うな！　こいつは強盗や殺しで手に入れたんじゃねえ！」男は哀れな声で言った。「二十シリングだって！　もっと貸してくれたっていいじゃねえか！」

「あたしのつけた値段だよ——嫌なら帰って。まっとうな手段で手に入れた品物だとは思えない。こっちだって危ない橋を渡ることになるんだからね」

「わかったよ、それでいいよ！」客は不機嫌に答えた。「俺みたいな客からせいぜい搾り取れよ！へっ！　説教はお断りだ」

「質札の名前は？」ヘイガーは冷たく言った。

「ウイリアム・スミス様にしてくれ——〈陽気なビル〉、って呼ばれてるが、質札には名字もいるだろうからな。俺はホワイトチャペルのソーダー横町に住んでる」

「どうして近所の質屋に行かなかったの？」ヘイガーはスミスの住所を記入しながら、彼の軽口ににこりともせずに言った。

「関係ねえだろ」ビルは乱暴に言い返した。「いいから金をよこせよ。もう何も聞くな。そうすれば嘘をつかれることもないからな！　わかったか？」

ヘイガーは足を踏みならした。「ほら、お金と質札。さっさと受け取って出ていって！　早く！」

「わかったよ！」男は叫び、ドアに向かって足を引きずりながら歩いて行った。「いいかい、ねえちゃん、俺は三、四ヶ月したらあの人形を請け出しにくるからな。何かあったら、おまえの首根っこをへし折ってやる」

「なんて言った？」

ヘイガーはカウンターを飛び越えて、相手に迫った。陽気なビルは彼女の気迫に口を開け目を丸くしていた。「これ以上何か言ったら」ヘイガーは彼の耳を引っ張りながら言った。「ドブに放り込んでやる！」

「ちくしょう！　なんて女だ！」ビルは店の外に逃げ出して耳をさすりながらつぶやいた。「あの娘ならちゃんと人形を見ててくれるだろうさ。三ヶ月か！」彼は親指の爪で前歯をこつこつと叩いた。「判事はそれ以上短くしてくれねえだろうが、モンキーは出し抜いたな！」

この謎めいた言葉を残して、ビルは背を向け、ホワイトチャペルへと歩いて行った。予想通り、彼はソーダー横町の自宅の玄関で、厳しい警察官に逮捕され、四ヶ月間監獄に放り込まれてしまった。逮捕される前日に、呼び売り商人の手押し車から果物を盗んでいて、窃盗罪で捕まると予期していたのである。そのため逮捕までの残された短い自由な時間を利用して、あの首振り人形を考えられる限り最も遠い質屋に質入れし、それがたまたまヘイガーの店だったのだ。ビルが四ヶ月の実刑判決をうけて裁判所から連行されようとしたときに、一人のしわだらけの顔の男が彼に近づいた。

「ビル」彼は警察官を押しのけながら怒鳴った。「あの人形はどこだ？」

「ざまあ見ろ、モンキー！　おまえの手の届かないところに隠してやったぜ！」ビルはうなるように言った。

ビルを乗せて囚人護送車は走り去り、モンキーと呼ばれた男は歩道の脇に立ったまま、警察官にどかされるまで、呪いの言葉を吐いていた。彼はどうしてもあの人形を手に入れたかったが、〈陽気なビル〉が隠してしまったのだ。モンキーは質屋にあるなど想像すらしなかった。たとえて言うなら、ダイヤモンドを切断するのにダイヤモンドを使うようなものだ。悪党がもう一人の悪党を出し抜いたのだ。

一方、ヘイガーはシナの首振り人形に隠された価値など知らずに、ほかの質草と一緒に高い棚の上に置いておいた。しかしずっとそこにあったわけではない。ボルカーがそれを見つけ、ませているわりに子供っぽいところがある彼が、しばしば下ろして遊んでいたのだ。もしヘイガーが知っていたら、決して許さなかっただろう。このおもちゃをきちんと保管する義務は彼女にあり、ボルカーが彩色や金粉を落とすことを恐れていたからだ。ボルカーもわかっていて、首振り人形で遊ぶのはヘイガーが留守のときだけにしていた。彼は人形をカウンターの上に置き、ゆらゆら揺らした。腕を揺らし、頭を振り、真っ赤な舌が出たり引っ込んだりする様に夢中になり、何時間眺めていても飽きることがなかった。いかめしいシナの皇帝を楽しませるために作られたであろう金色のおもちゃが、ロンドンの宿なし児の心を慰めているとはなんという巡り合わせだろうか。しかしこの首振り人形は花の国から流れてきて、この古ぼけた質屋の店内でも、北京の白亜の宮殿と同じように、愉快に体を揺すっていたのだ。

首振り人形が質入れされてから一、二ヶ月たったころ、驚いたことに、ボルカーが、自分は出世するのだと宣言した。彼によれば、ウエストエンドの本屋の店員に誘われたのだという。彼は文学が好きだったので、その申し出を受けるつもりだった。ヘイガーは、なぜこの宿なし児がいい職を提供してもらうほど信用を得たのか、不思議に思ったのだが、その疑いは口には出さず、辞職を許可した。頭の切れる彼を失うのは残念だったが、個人的にはこのいたずら者が好きでもなかったので、悲しみもせず見送った。こうしてボルカーは質屋からもカービーズ・クレッセントからも姿を消し、成り上がっていった。

彼がいなくなったあとも、取りたてて何も起きなかった。首振り人形は棚の上で誰にも触れられることなく、ほこりが積もっていった。ヘイガーはこのおもちゃも質入れした人間のことも忘れていたが、陽気なビルが監獄から釈放されて質草を請け出しに来て、ようやく思い出した。彼女は人形を棚から下ろし、念入りにほこりをはらい、揺らしながらビルの目の前のカウンターに置いた。ビルもへイガーも以前のように簡単にしかも優雅に揺れなくなっていることに気がつかなかった。

「元金と利息と質札だ」ビルは三つそろえて出した。「取り戻せてよかったぜ。誰も触らなかっただろうな？」

「全然。質入れしてから、ずっと棚の上に置いておいたよ。今までどこに行っていたの？」

陽気なビルはにやりと笑った。「ちょいと田舎の別荘へな」彼は言いながら首振り人形を脇にかかえこんだ。「それで、ねえちゃん、モンキーってやつがここらへんをうろついて、この人形にちょっかいを出そうとしなかったかい？」

「あたしの知る限りでは、ないよ。誰もこのおもちゃのことを聞いてきたりしなかった」

「大丈夫だったようだな」ビルはうれしそうに笑った。「俺がどうやったのか、神様だってわかるめえ。あいつも俺があれをどうやって手に入れたか知ったら、悔しがるだろうな！」

「あれ」が何をさすのかは、ビルはこのとき説明しなかった。へイガーは金をしまい、これでもう二度とビルとは会うこともないだろうと思ったが、それは間違っていた。二時間後、彼は店に戻ってきた。シナの首振り人形を手に、真っ青な顔で目は血走り、怒りに満ちた表情をしていた。最初、彼は詳しい説明をしないままののしり続けたので、へイガーは悪口雑言が終わるまでじっと待っていた。そして、静かにどうしたのかと尋ねた。ビルはカウンターの上に首振り人形を叩きつけ、毛皮の帽子を両手でつかんだ。

「この野郎！」彼は激しくののしった。「しらばっくれやがって！　盗まれた！」

「盗まれた？　馬鹿なことを言わないでよ。あんたが泥棒に遭ったのと、あたしに何の関係があるわけ？」

ビルはあえぎながら、ゆらゆら揺れて陶器の顔に笑顔を浮かべる首振り人形を指さした。「あれ――あの人形だ！」彼はしどろもどろになって言った。「盗まれた！」

「人形を？」ヘイガーはいらいらして尋ねた。

「こ、この恥知らず！　ダイヤモンドだよ！」

「ダイヤモンド！」ヘイガーは繰り返して驚きのあまり後ずさった。

「そうさ！　ちくしょう！　とぼけるな！　二万ポンドのダイヤモンドだ！　あの人形の中に入れておいたんだ。それがなくなってる！　どうしてだ？　てめえが盗んだからだ！　この泥棒め！」

「首振り人形の中に宝石が隠してあったなんて知らなかったよ」ヘイガーは冷静に答えた。「知っていたら警察に届けていたね」

「警察にちくる？　どうしてだ？」

「だってあんたみたいな男がダイヤモンドを持っているはずがないもん。盗んでない限りね。そういえば考えてみると」ヘイガーは急いで付け加えた。「あんたがこのおもちゃを質入れした頃に、レディ・ダーシーの宝石が盗まれる事件があったね。あんたが盗んだんだ！」

「そうかもしれねえし、そうじゃないかもしれねえ！」ビルは怒鳴った。彼女の推理が正しかったので心の中では悪態をついていた。「ともかく、てめえには関係ねえ話だ！」

「あたしは指一本触れていないよ！　中にそんなのが入っていたなんて、全然知らなかったんだ！」

「じゃあ誰が盗んだっていうんだ？　てめえに人形を渡したときには確かにダイヤモンドが中に入っていた。でも今はねえ。誰が盗ったんだ？」

ヘイガーは考え込んだ。ダイヤモンドが盗まれてしまったのは確かに奇妙だ。彼女はシナの首振り人形を、質入れされた当日に棚の上に置いた。そして所有者に返すまで一度も手を触れていない。彼女が黙り込んでいるのを見て、ビルは人形をひっくり返し、ぴったりはめこまれ継ぎ目がまったくわからない漆塗りの四角い一片を外した。その中の空洞は、空っぽだった。

「俺は自分でこの中にダイヤモンドを入れたんだ」ビルはあかじみた指で空洞を指しながら言いつのった。「俺が入れたときには確かにあった。ところが今はねえ。どこにいったんだ？　誰が俺のお宝に手を出したんだ？」

「ボルカー！」ヘイガーは反射的に叫んだ。ボルカーがこの首振り人形で遊んでいる姿を見たのを、思い出したのだ。そのときは考えが及ばず、ただおもちゃを棚に戻してもう二度と触らないよう叱っただけだった。しかし今、思い返し、そのあとボルカーがいきなり店を辞めたことと考えあわせると、あの子が隠してあった宝石を盗んだのだとヘイガーは確信した。しかし――どうして彼はこの人形の胴体の空洞の中に、二万ポンドもするダイヤモンドが隠してあると気がついたのだろうか？　彼女はそれがわからなかった。

「ボルカーだって？」陽気なビルは怒って繰り返した。「そいつはどこのどいつだ？」

「うちの店員だったんだ。でも三ヶ月前に、もっといい勤め口が見つかったってやめたんだよ」

「俺のダイヤモンドを持って行ったにちがいねえ。賭けてもいい。そいつはどこだ、喉をかっ切ってやる！」

「教えないよ」ヘイガーはこの乱暴者の脅し文句に警戒して言った。うっかり彼の名前をもらしてしまったことを後悔していた。

「口を割らせてやるぞ！　てめえの首根っこをねじ切ってやる！」ビルは怒り狂ってののしった。

彼は大きな両手をカウンターについて飛び越そうとした。しかし次の瞬間、ヘイガーが構えた小型拳銃を突きつけられて、後ろに下がった。彼女は最近護身用に購入したのだ。

「いつも持っているんだ」彼女は冷静に言った。「あんたみたいな乱暴者から身を守るためにね！」

ビルは呆然として彼女を見つめていたが、きびすを返して店から出て行った。ドアのところで立ち止まり、拳を振った。

「絶対にボルカーを見つけて、ぶち殺してやるからな！」彼は怒鳴った。「それからな、ねえちゃん、あんたにも十分礼をさせてもらうぞ！」彼は首振り人形を残して姿を消した。人形は変わらずほほえんだまま カウンターの上で揺れ動いていた。

ヘイガーは拳銃をしまい、人形を手に取った。ダイヤモンドのことを知り、それらはレディ・ダーシーから盗んだとビルに間接的ではあったが認めさせた。この首振り人形も同じ持ち主のものである可能性が高いのではないかと、彼女は考えたのだ。怖いわけではないが、ヘイガーはあの泥棒のことが気がかりでならなかった。もしダイヤモンドが見つからなかったら、ここに戻ってきて彼女を殺そうとするだろう。結局社会全体にもヘイガー自身にとっても、ビルは、出てきたばかりの監獄にまた閉じ込められるのがいちばんである、と結論づけた。しばらく考えたあと、彼女はヴァーク弁護士に会いにいき、この首振り人形を証拠として持参したうえで詳しい話をした。こういった込み入った事件を扱える人物はヴァークをおいていなかった。

一方、ビル・スミスは、カービーズ・クレッセントに面して狭い入口があるパブにいて、強い酒を飲んでぶつぶついいながら酔いつぶれていた。エールの大ジョッキを飲み干したあとは、彼は太った店の親父と話し込んでいた。親父は見るからに獰猛《どうもう》そうなプロのボクシング選手で、監獄帰りのように見える、ビルと同じ類の人間だった。この気心の知れた同じ穴の狢《むじな》どもはすぐに打ち解けたので、ビルはボルカーの行方を聞き出す絶好の機会だと思った。その理由を正直に言うほど彼も馬鹿ではなかった。

「あの質屋にはかわいい子がいるじゃねえか！」彼は横目で眺めながら言った。

「え、ヘイガーのことかよ？　あの子は上玉だな？　でも誰にでもおすすめってわけじゃない！　なにしろうるせえ女だからな！」親父は言った。

「いつも店は一人でやっているのかい？」

「今はな」親父は言った。「前はガキがいた。ちびで背中の骨が曲がってるんだ。ボルカーってやつだ。でももういねえ。ウエストエンドでいい仕事が見つかったって聞いたな」

「ウエストエンドだって？」ビルは反射的に言った。「ウエストエンドのどこにいるんだい？」

「それが大したもんで、あのすげえ本屋の〈ジャピンズ・サン・アンド・ジャピンズ書店〉だとさ。レスター・スクエアにあるやつよ。やつの両親はすぐそこに住んでるんだが、のしあがったボルカーは、もう家族なんかばかにしてるってよ」

「なんてやつだ！」ビルは愛想よく言った。「俺のガキだったら首根っこをねじ切ってやるところだがな。ありがとうよ、酒はもう十分だ。仲間のところに行くからよ」

この会話のあと、スミスはレスター・スクエアに行き、書店の前の歩道をうろうろ歩きまわった。その日ボルカーの姿を何度か目撃した。パブの親父から身体的特徴を聞いていたので、彼を見分けるのは簡単だった。夜になるまでずっと監視を続け、ボルカーがシャッターを閉めてランベスへ歩いて帰るのを、こっそりつけていった。犯罪と危険の黒い影に尾行されているのもまったく知らず、ボルカーはウエストミンスター橋の上で真っ赤な夕焼けを眺めてから、ランベスまで細い裏通りをどんどん歩いて行った。川沿いの静かな通りで、彼は背後からがっしりつかまれた。大きな手が口をふさいで叫ぶこともできず、緑色のよどんだ川につきでている、今は使われなくなった船着き場へと引きずっていかれた。

「とうとう捕まえたぞ！」荒々しい調子で犯人は言った。「ナイフも持っているからな。この泥棒め！さっさと正直に白状しろ、さもないと耳を切り落とすぞ！」

ボルカーは恐ろしさで息をのんだ。しかしこの脅している男に見覚えがなかったので、持ち前の大胆不敵さが息を吹き返し、わめき散らした。

「ねえ、何のこと？　おれが何をしたっていうわけ？」

「しらばくれるな！　あの人形を開けて、中からダイヤモンドを盗んだだろう！」

「陽気なビルか！」ボルカーは叫び、自分に危機が迫っていることを理解した。「放してくれ！」

「俺のお宝のダイヤモンドを返したらな」

「お宝って？　ダイヤモンドってなんのこと？」

「しらばっくれるんじゃねえ！　おまえはヘイガーって女の質屋にいたガキだろう。俺がダイヤモンドを隠した人形を質入れして、そこからおまえが盗んだんだ」

「そんなこと、知らないよ――」

「おい！　嘘をつくな！　この馬鹿！　俺の名前を知ってるってことは、ほかにも隠していることがあるな！　このナイフが見えねえのか！　話さねえならぶっ刺すぞ！」

彼はおびえている少年を膝で押さえつけると、冷たい鋼の刃を喉に押しつけた。頭上に広がるバラ色の空がボルカーの目に入った。ついに彼は観念した。助かるには、自白するしかないようだ。

「待て、待って！　言う、言うよ！」彼はあえいだ。「ダイヤモンドを盗んだよ」

「このカス野郎め」ビルはうめいて、少年を引っ張って起こした。「なんであの中にお宝があるってわかったんだ？」

「モンキーが教えてくれたんだ」

ビルは呪いの言葉を吐きながら立ち上がったが、ボルカーの肩をしっかりつかんで逃げないようにしていた。「モンキーだと」彼は荒々しく言って、「やつはなんて言ったんだ？」

「ええと、レディ・ダーシーのダイヤモンドがあの首振り人形の中にあるって」

「どうやってモンキーはあの人形を見つけたんだ？」

「イライザっていう女の子から聞いたんだ。あんたがあのおもちゃを質入れしたのを見たって」

「イライザが俺を売ったのか」ビルはつぶやいた。「あの日、あいつがいたような気がしたんだ。俺が人形をかかえていたのを見られたんだ。だから質入れしたと思ったんだな。ちくしょう！　あとで仕返ししてやる！　絶対に！　おい、それからどうした、全部吐け！」彼は言って、少年をゆさぶった。

「もう何もないよ」ボルカーは歯をかちかちさせながら小声で答えた。「モンキーは首振り人形を手に入れられなかった。質札がなかったから。だからおれと友達になって、盗み出してくれと頼んできた。でもおれはなんでほしいのか教えてくれるまでは盗まなかった。そうしたら、あんたが二万ポンドもするダイヤモンドをカーゾン街のレディ・ダーシーのお屋敷から盗んで、あの首振り人形の中に隠したって教えてくれた。ヘイガーは鋭いから、盗んでもすぐに気がついて、おれが牢屋行きになっちまう。だから人形をあけて革袋に入っているダイヤモンドだけを盗んだんだ」

「俺の袋、俺のダイヤモンドを！」ビルは怒鳴った。「それをどうした？」

「モンキーに渡したよ。全部持って行った。一個もくれなかった。行方は知らない」

「俺は知っている」ビルはボルカーを放しながら怒鳴った。「やつを見つけて喉をかき切ってやる。おい、この野郎、戻ってこい！」と言ったのは、自由になったのを幸いに、ボルカーが波止場から走って逃げ出したからだった。

　ビルはそのあとを追いかけた。この少年からもっと聞き出したいことがあったからだ。しかしボルカーはこの悪党よりもあたりのことをよく知っていたので、すぐに曲がりくねった裏道のなかで姿を消した。

「もういい！」ビルは追跡をあきらめて額の汗をぬぐうと言った。「モンキーがブツを手に入れたのは間違いねえ。やつは俺を出し抜いたと思っているだろう。だが俺はやつとイライザのところに行ってやる、もし戻ってこなかったら俺は――」彼は決意して誓ったが、ここでもう一度繰り返す必要もないだろう。こうして心を落ち着けると、彼は自分を裏切った友人への殺意を胸の奥に秘めたまま、捜索に取りかかった。

最初、彼はモンキーを見つけるのは難しいだろうと思っていた。ダイヤモンドを手にしたあの男は、北アメリカか南アメリカに高飛びして、仲間の復讐から逃れようとするだろう――ビルはずっとモンキーのことを仲間だと信じていたのだ――そして悪事で得たあぶく銭で安楽に暮らすだろうと思っていた。やがて、驚いたことにまだモンキーはロンドンにいることがわかったのだ。しかも泥棒たちの巣窟であるホワイトチャペルをうろついているという。金があるのにどうしてそんな場所に住んでいるのか、ビルは不思議に思ったが、おそらくモンキーは昔なじみの場所と仲間への愛着を捨てきれないのだろうと結論づけた。それでもなお、ビルの出獄を知っていながら、この男が不用心であることが不思議だった。

「やつは俺が釈放されたのを知っているはずだ！」ビルは探しまわりながら独り言を言った。「逃げなきゃ喉をかっ切られるってわかってるはずだがな！　とにかく、あいつの心臓から最後の血の一滴まで搾り取ってやらないことには気が済まないぜ！」

ある晩、彼は、〈スリー・キングス〉という名前の、低級なパブでモンキーを見つけた。この店の経営者は、経営者というよりも、盗品の故売人として悪名高いユダヤ人だった。

自分を裏切った友人は、かつてよりもさらにしわが増え、薄暗い隅に座っていた。火の消えたパイプをくわえ、飲みさしのビターのグラスを目の前に置き、両手はポケットに突っ込んで、不機嫌そうに見えた。もしモンキーがダイヤモンドを手に入れたのならもう少しそれに見合った格好になるだろうが、とても裕福には見えない。風体も行動も住処も、見かけからは金があるようには見えなかった。

「よう、ビル、久しぶりじゃねえか！」モンキーはビルが店に入っていくと視線を上げて言った。「監獄から出てきたのか！」

「ああ！　てめえの喉をかっき切りにきたぜ！」

「おい！」モンキーは哀れな声を上げた「なんでそんなこと言うんだよ？　何もしちゃいないぞ。助けてくれよ！」

ビルは椅子をモンキーの正面まで引っ張ってきて、ナイフを取り出して意味ありげにもてあそんだ。モンキーはその刃のきらめきと、仲間の狂暴な目つきにおびえたが、助けを求めて叫ぶ勇気はないようだった。そんなことをしたら、この悪党は瞬時に襲いかかってくるだろう。

「なあ、モンキーよ」ビルはわざと恐ろしげな声で言った。「言い訳は聞きたくねえや！　いいか？てめえがあのガキをそそのかして、ダイヤモンドを盗んだのはわかってるんだ――」

「なんだって！　あのガキ！」モンキーは突然狂暴に叫んだ。「今ここにいたら、あいつの心臓をつかみだしてやる！」

「なんだって？　てめえはやつからダイヤモンドを取り上げたんじゃなかったのか？」

「いいや、ちがう。そんなことを言ったのか、そいつは嘘だ――あのちくしょうの嘘つきめ！　いいか、ビル、あいつは自分のものにしやがったんだ！」

「そ、そんなことがあるか、この馬鹿野郎！」ビルは押し殺した声で答えた。

「命にかけて本当だ」モンキーは悲鳴を上げた。「いいか、兄弟――」

「兄弟なんて呼ぶな！」ビルは荒々しく遮った。「てめえの兄弟なんかじゃねえ。おまえなんか首つり人のほうがお似合いだ！　イライザは裏切りやがって、てめえは俺が監獄にいるあいだ盗みやがった。それをごまかそうったって――」

「持っちゃいないって！」今度はモンキーが話を遮った。「あのガキがちょろまかしたんだ。わかった、白状するよ。俺があのダイヤモンドのことを知っていたのは本当だ！」

「当たり前だ！」ビルは皮肉な調子でわめいた。「どうやってカーゾン街の屋敷からあのダイヤモンドを俺が頂戴して、どうやって隠したか、みんなてめえに話して聞かせただろうが？　ああ！　こいつめ！」

「そうだ、ビル。どうやって人形の中に隠したかみんな話してくれたよな。たいしたもんだ、頭が切れるぜ。でも仲間を信用してくれよ。俺はあの人形を質入れしたなんて、イライザが教えてくれるまで知らなかった。あいつはあんたがあの首振り人形をかかえて質屋に入っていったのを見たんだ。それで――」

「おまえの差し金だろう！」ビルは大声で叫んだ。「あの女がランベスに行くはずはねえ！」

「ああ」モンキーは根気強く話し続けた。「俺があんたをつけさせた。あんたはダイヤモンドを人形の中に入れてどこかに隠すつもりだったからな。俺は自分で尾行するわけにはいかなかったから、イライザにやらせた。あいつはあんたが何をしたかみんな話したよ。だからあんたが監獄にいたあいだに手に入れようとしたんだ。ところがあのガキが裏切りやがった」

「この野郎！　喉をかき切ってやる！」ビルは激高した。「俺のお宝をちょろまかそうなんて、どういうことだ？」

「おい、あんたのためだ、ビル、本当だよ。あの質屋のアマが見つけちまうかもしれないと思ったんだよ。怒るなよ、ビル。俺はダイヤモンドを持っていない。あのガキが持っているんだ」

「嘘をつくんじゃねえ！」

「待てよ！　俺があのガキにダイヤモンドの話を持ちかけたら、あいつは必ず盗み出して、質屋のアマに気づかれないように、人形だけ残しておくと請け合った。だが俺がずっと質屋を見張っていたのに、あいつはそれっきり姿を消した。ガキはダイヤモンドを持って、ずらかったんだ。あいつが今ここにいたら、首を締め上げてやるんだが――！」

ビルは考え込み、ナイフをポケットに滑り込ませた。モンキーが真実を話しているのは確かだ。興奮していて嘘をつけるような状態ではないようだ。さらに言えば、もしダイヤモンドを持っていたのなら、むさ苦しいホワイトチャペルの、泥棒がたむろするみじめな地域にいまだに留まっているわけがなかった。ボルカーがモンキーから宝石をだまし取って自分のものにしたのだ。そのうえ、廃墟の波止場でビルのこともだましたのだ。自分は抜け目のなさでは右に出る者はいないと思っていたビルは、ほんの子供に出し抜かれて激怒した。

「見つけ次第ぶっ殺してやる！」彼は〈スリー・キングス〉を出ながら思った。「頭を切り落として、川の泥の中にうめてやる！」

しかし再びボルカーを見つけるのは困難を極めた。一週間以上レスター・スクエアの店の前をうろついても空振りだった。ビルは、相手にするには危険すぎる男だと思い知ったボルカーは、雇い主に断って姿を隠していたのだ。それに陽気なビルの襲撃から逃れるために、ちょっとした工夫をしていた。その計画を助けたのがヴァークだった。そしてヘイガーもその仕上げに協力していた。ヴァーク、ヘイガーそしてボルカーの三人は、危険を感じていないビルを捕らえるための実に巧妙な罠をしかけたのだ。ビルはモンキーに、ボルカーに、そしてイライザに裏切られた。そして今度はヴァーク弁護士に売られようとしていた。まさしく、この時点で運命はビルの敵となったのだ。

ヴァークは泥棒御用達の弁護士だった。そして現代のフェイギン〔ディケンズの小説『オリヴァー・ツイスト』に登場する老故買屋〕でもあった。なにしろ彼は自分が安全ならば犯罪者のご用も承るが、いったん危険だと見なしたら、当局に売り渡すのもいとわなかった。ビル・スミスはいい金になると判断した彼は、さっそく行動に移り、すぐに彼を呼び寄せた。ヴァークは泥棒とよく一緒に仕事をしていたので、ビルはこの弁護士が裏切るなど夢にも思わず、蜘蛛の巣にやすやすと引っかかる馬鹿な蠅《はえ》のように、言われた通りランベスにやってきた。部屋に入ってまず彼が目にしたのは、机の上でゆらゆら揺れているあの首振り人形だった。

「これを見てびっくりしているようだね」ヴァークは彼の驚く様子を見て言った。「実はね、ビル、ダーシー家のダイヤモンドを君が盗んだ件についてはすべて知っているんだよ」

「誰がちくりやがったんだ?」ビルは椅子に座りながらわめいた。

「質屋のヘイガーだよ」ヴァークはゆっくり威厳を込めて答えた。

ビルの目はかっと燃え上がった。ヴァークの思うつぼだった。ヘイガーが結婚を断り、ジェイコブの遺産をもらうじゃまをしたことを、まだこの弁護士は許していなかった。そんなわけで彼女が危険な目に遭うのをむしろ望んでおり、この泥棒が彼女を憎むように仕向けられるのなら、ぜひそうしたいと思っていたのだ。次のビルの言葉で、彼はうまくやったと確信した。

「ああ、あのアマのしわざか？」スミスは静かに言った。「あの人形を見たときに気づくべきだったな。俺はあのアマに貸しがある。どうやらもう一つ貸しができたみてえだ。だがそれは俺の問題であんたには関係ねえ。俺に何の用なんだ、けちな弁護士さんよ？」と付け加えて、ヴァークを不機嫌な様子で斜めから見た。

「ダーシー家のダイヤモンドの件で話がある。盗んだときにどうして私のところに持ってこなかったんだ？」

「どうしてかって？　そりゃあ、あんたのことを信用してないからよ！」ビルは反論した。「あんたらにお宝を預けたら、どうなっちまうか先刻承知だ。だからあんたやモンキーにブツを渡さなかったんだよ。俺を裏切るに決まっているからな」

「まあ、モンキーは実際に君を裏切ったしね」

「そうだ！　でもあいつは空振りに終わった！」

「そう。けれどボルカーは違った」

「ボルカーか！」ビルは歯がみしながら繰り返した。「あのガキをあんたは知っているのか？　そうだろうな！　おい、これを見ろ！」ビルは折りたたみナイフをポケットから取りだして、開いてみせた。

「あいつを見つけたらすぐ、ぶっ殺してやる！」

「やめたほうがいい。絞首刑になりたいのか」

「だから何だ？」ビルはわめきちらした。「つるされようが、老いぼれて死のうが、俺にとっては同じだ」

「ダイヤモンドの行方は気にならないのか？」

「なるさ！」

「悪いが」ヴァークは皮肉っぽく言った。「もう君の元には戻らないよ」

「ブツはどこにある？」ビルは開いたままのナイフをテーブルの上に置いて尋ねた。

ヴァークはその質問をやりすごした。「ダーシー家の盗難事件の容疑で警察に追われているのは知っているだろう？」彼は言いながら、なにげなくテーブルの上のナイフに届くところまで手を伸ばして言った。「ああ、そうそう、ダーシー卿は宝石に懸賞金を出していて、もう支払われた。しかしまだ君は逃亡中で警察に追われているわけだ！」

「おい、俺を脅そうたってそうはいかねえ。俺はあんたのためにいろいろやってきた。あんたのことはよく知っているぞ。警察の連中がこの事件で俺を監獄にぶちこめるわけがねえ。誰が懸賞金をとったんだ？」彼はいきなり尋ねた。

「ボルカーだよ」

「あの野郎！　ボルカーめ！」

「そうだ。モンキーはあの少年を信用するというミスを犯したんだ。ボルカーは、モンキーから分け前をもらうよりも、正直に行動したほうがずっと取り分が多いということに気がついたわけだね。彼は宝石を発見するとそれを持ってスコットランド・ヤードに行った。もう宝石はレディ・ダーシーの手元に戻っているよ。そしてボルカーには」ヴァークはにっこり笑ってさらに加えた。「銀行預金がたんまりできた」

「畜生め。船着き場で喉をかき切ってやるんだった」

「よくわかっているだろうが」ヴァークはナイフをもてあそびながら答えた。「君の立場は非常に難しい。窃盗罪で数年は覚悟しなくては」

「何言ってやがる！　誰も俺の仕業だって知らねえはずだ！」

「君に不利な証拠があるんだよ」と言いながら、ヴァークは首振り人形を指さした。「君はダイヤモンドと一緒にあの人形をダーシー卿の客間から盗んだ。そしてそれを質入れした。ヘイガーはそう証言するだろう。ボルカーも、盗まれたダイヤモンドがその中から見つかったと証言する。二人も証人がいてはねえ、ビル、気の毒だが六年以上は覚悟してもらわないと！」

「俺じゃねえ！」ビルは言いながら立ち上がった。「俺が降参すると思ったら大間違いだ。誰も怖くねえからな」

「そうかね？　君の逮捕には懸賞金まで出ているんだよ」

「それがどうした？　誰がせしめるっていうんだ？」

「私だよ」ヴァークは冷静に言いながら立ち上がった。

「あんたが？」ビルは一瞬ひるんだが、前へ飛び出した。「この野郎、俺を売りやがったな、この悪徳弁護士め！　俺のナイフを返せ！」

「そんな馬鹿はいないよ、スミス君！」

ヴァークはナイフを部屋の隅のほうに放り投げ、飛びかかろうとする悪党にぴたりと拳銃をかまえた。

ビルは少しのあいだたじろぎ――二人の警察官にしっかり両腕をつかまれた。

彼はまるで野獣のようなうなり声を上げた。

「はめやがったな――！」彼はわめきながら自由になろうと暴れた。

そのとき、ヘイガーとボルカーが部屋に入ってきた。ビルは代わる代わるにらみつけた。

「よくも罠にはめやがったな！」彼は言った。「俺がシャバに出てくるまで待ってろ！」

「あたしを殺すってわけ？」ヘイガーは蔑んで言った。

「いや、てめえは殺さない。そのガキもだ。俺が殺すのは、あの弁護士の皮を被った泥棒野郎だ！」

ヴァークは彼にものすごい目つきでにらみつけられて後ずさった。ビルはうなり声や呪いの声とともに部屋から引きずり出されながら、不気味な笑みを浮かべてヘイガーを見た。

「あんなの脅しだろう」ヴァークは小声で言った。

「そうは思わないけどね」ヘイガーも小さな声で答えた。

「じゃあな、ヴァークさんよ。あんたの寿命もあと七年だ。陽気なビルが釈放されるときが、あんたの葬式だ」

彼女は外に出るとき、ボルカーは弁護士を見てにやりと笑い、首もとで横にぐいと一線をひいて喉が切られる真似をしてみせた。ヴァークは部屋の隅の折りたたみナイフを見て震えていた。テーブルの上の首振り人形はずっと揺れながら笑っていた。

第九章　八人目の客と一足のブーツ

　彼はとても背が低く、ようやくカウンターの上へ届くほどだった。しかし鋭く明敏な表情をし、貧しさに鍛えられ、年の割には早熟だった。もじゃもじゃの赤毛の頭と自分をじっと見つめる抜け目のない青い瞳を見ながら、ヘイガーはアイルランド人だろうと見当をつけた。言葉を聞いてみるとなまりから、その通りだった。彼女は、おもしろがってこのぼろぼろの洋服に裸足の浮浪児を見つめていた。実は彼は今までいちばん小さなお客だったのだ。しかしミッキーは――彼はそう名乗った――もっと年上のほかの客たちと同じく、いや彼らよりもずっと抜け目がなかった。彼はヘイガーと丁々発止とやり合い、質草に自分が決めた値段通りの金を手に入れるまでは、テコでも店から動かないと小さな心で決めていた。質草は一足の丈夫な労働者向けのブーツで、鋲釘《びょうくぎ》が打たれ、頑丈な靴底をしていた。この赤毛の少年は重たい品物を騒々しい音をたててカウンターの上に持ち上げ、七シリングを要求した。

「五シリングだね」ヘイガーは品物を調べてから言った。

「何言ってんだよ」この厚かましい子供は甲高い声で文句を言った。「おいらにパンを食うなってことかよ？　母ちゃんは七シリングだって言ってたから、七シリングよこせよ」

「あんたの母ちゃんはどこ？　どうして自分で来ないのよ？」

「母ちゃんは角を曲がったところのパブで酒飲んでよっぱらってるよ。おいらは自分で金を稼ぐんだ。七シリング、くれないとベッドの中に蜂を入れるぞ！」

「どこでこのブーツを手に入れた？」ヘイガーは別の質問をして、口のうまい少年の言葉を無視した。

「両方の靴の裏に、釘で文字が刻んであるけど」

「ああ！　それはたぶん」ミッキーはのんきに言った。「いっこは『G』、もういっこは『K』だろ。でも父ちゃんの名前はパトリック・ドーレーっていって今はアメリカにいるんだ、ついてなくてさ。母ちゃんはこのブーツを五日前に田舎でもらったんだ。もらいもんだけどさ、おいらにも母ちゃんにも大きすぎるから質に入れるんだ。さあ、七シリングおくれよ」

「六シリング」ヘイガーは有無を言わさず「これ以上は無理」

「ひどいや！」ミッキーは金切り声をあげた。「六シリング？　一シリング足りないのを、母ちゃんになんて言ったらいいんだよ？　酒を飲んだあとだからぜったいぶたれるよ！　あんたにとってお金って何なんだよう？」

「わかった、わかったよ、七シリングもっていきなよ！」ヘイガーはこのやかましい小僧をさっさと厄介払いしたくなって言った。「質札はドーレー夫人の名義でいいんだね」

「ブリジット・ドーレー夫人、住所はパーク・レーンだ」ミッキーは威張って言った。「ほかの場所でも別にいいけどね。だっておいらたちは宿なしだもん！　マーロー［ロンドン北西のバッキンガムシャー州にある町］でもらったそのブーツのほかには、銅貨一枚も持ってないんだ」

「はい！　質札と金を持っていきな。このブーツは盗んだね」

「ひどいなあ。盗んだ？　このブーツはもらったんだぜ。聖人さまの愛のおかげだよ。ああ、わかったよ。もう行くよ！　七シリングか。すぐなくなっちまうな。でも強いサクソン人の国でアイルランドを助けてって言っても、無駄だもんな？」と言い、ミッキーは「緑色を身にまとい」［アイルランド弾圧を主題にした民衆歌曲］を銅鑼声で歌いながら出ていった。

ヘイガーはブーツをしまい込んだ。こんなありきたりの質草に何かのいわくを期待していなかった。しかし二日後、ある殺人事件の記事を読んでいると、今、店の棚の上に置いてあるこのブーツが、殺人犯を処刑台に送るかどうかの重要な証拠の一部になっているとあり、驚いた。偶然は思っているより起こるもので、この事件もその一つだった。靴底にイニシャルが刻まれた一足のブーツが彼女の質屋に質入れされ、それから四十八時間しかたっていないのに、新聞記事でブーツのことを目にする。奇妙というよりほとんど信じられないような話だが、有名なことわざを引用すれば、「真実は小説より奇なり」である。この犯罪のいきさつは、以下の通りだった。

マーローのウェルビー・パークに住むレスリー・クレーン卿は、猟場番のジョージ・ケリスに射殺された。この男はローラ・ブレントンという農家の娘と婚約していたのだが、レスリー卿はこの娘に、その地位にふさわしからぬ関心を抱いていた。ケリスはいきなり彼を首にした准男爵に抗議していた。一週間後、レスリー卿は夕食後庭を散策しに出かけ、門から少し離れたところにある〈クイーンズ・プール〉と呼ばれる池のそばで、死体で発見された。水辺の柔らかい土の上には足跡が発見され、犯人は靴底に「Ｇ」と「Ｋ」という文字が刻まれているブーツを履いていたことがわかった。マーローの靴屋を調べたところ、持ち主はジョージ・ケリスであることが突き止められた。男は逮捕されたが、容疑を否定することも、無罪を主張することもしなかった。しかし記事には、彼が嫉妬と仕事を首になったのを恨んでレスリー卿を殺害したのは明らかであると、書かれていた。問題のブーツは発見されず、殺人があった晩に履いたのちに彼が処分したのは間違いない。新聞記事は、故准男爵の爵位はいとこのルイス・クレーンが継いだと書かれ終わっていた。

「そのブーツがロンドンで質入れされたなんて変だよ」ヘイガーはこの記事を読み終わって考えた。「それにもっと変なのは、質入れしたのがアイルランド人の子供だってこと！　あの子がここに来たとき、ブーツは五日前にもらったものだと言ってたっけ。あれから二日たったんだから、あわせて七日か。うーん！　今日は八月二十一日だから、ケリスがミッキーにブーツをくれたのは十四日ってことになるね。殺人が起きたのはいつだっけ」

調べてみると、殺人が起きたのは八月十二日の晩だった。そしてケリスは十三日に逮捕されていた。ここでヘイガーは手を止めて考え込んだ。もしケリスが十四日にはすでに投獄されていたなら――新聞記事からすると確かだが――その日ミッキーにブーツを与えることはできない。しかしあのアイルランド人の子供は、ブーツをマーローでもらったと言っていた。その日付はヘイガーの計算によれば八月十四日だ。しかしその日はブーツの持ち主はすでに檻《おり》の中だ。

「何かがおかしいね」ヘイガーはこの発見をして独り言を言った。「もしかしたらこの証拠のブーツは関係なくて、ケリスは無罪かもしれない。どうしたらいいんだろう？」

難しい話だった。容疑者は無実を訴えていない。こんな事態に直面して、驚くべきことだ。犯していない罪で絞首刑になりたい人間はいないだろう。しかしもしケリスが有罪だったら、彼には共犯がいたにちがいない。そうでなければ持ち主は獄中なのに、ブーツをアイルランド人の浮浪児に与えられるはずがない。この男はもしかしたら、奇妙な沈黙を守っているが、実は無実なのではないか、とヘイガーは思った。それでも、この事件の状況については、不明瞭でおおまかな新聞記事以上のことは知らなかったので、ヘイガーは結論の出しようがなかった。とりあえず彼女にできたのは、問題のブーツが質入れされていると手紙で届け出ることだけだった。ヘイガーがすぐに報告をすると、翌日この事件を担当する刑事が訪ねてきた。

彼はジュルフという名前の、やせて背が高い、色黒のまじめそうな、用心深く捜査をする——殺人事件ともなればなおさら——男性だった。彼は決して無罪の人間を絞首刑にしてはいけないと決意していると語った。状況証拠が無実の人間を有罪にすることもよくあり、どんなに鋭い刑事でも外見に惑わされることもあること、そして難事件の解決に至る道は複雑で闇に閉ざされていると、ジュルフは知っていた。そのため彼はじっくりと着実に捜査をするのだった。

ランベスの質屋にやってくると、彼は問題のブーツを調べ、ヘイガーにいくつか質問をし、さらに椅子に座って彼女と徹底的にこの事件について議論した。このブーツの質入れについて彼女の説明を聞いて、この少女は明敏で頭がいいと気づいたジュルフは、彼女と事件について遠慮なく話し合いたくなったのだ。自己中心的な他の刑事とは違い、ジュルフは一人で考えるよりも二人で相談したほうがもっといい、特に二人目が女性だったらなおさらだ、と信じていた。彼は女性の直感を大いに尊敬していたのだ。

「残念だがあの男が犯人だろう」彼は厳しい声で言った。「レスリー卿と婚約者をめぐってけんかをし、反抗的な態度だと首になっているんだ。それに十時、ちょうど殺人が行われた直後に庭から出てくるのを、目撃されているんだ！」

「銃は持っていたの？」

「いいや。でも問題にはならない。レスリー卿は心臓をピストルで撃ち抜かれた。ケリスはピストルを一丁持っていたが、まだ発見されていない。ピストルの質入れはなかったかね？」

「あのブーツだけだよ」ヘイガーは言った。「それにミッキーがもらったときには、もうケリスは檻の中だったんだから、あの子にあげることはできないよね」

「それもそうだ。その少年を見つけて、その日誰からブーツをもらったのか聞き出さなくてはいけない。しかしもしケリスが無実なら、どうしてそう言わないのだろう？」

「不思議だよね」ヘイガーはため息をついた。「ケリスのピストルが見つかっていないって言ったよね？」

「ああ、やつの家にはなかった。だからレスリー卿を殺したあと、どこかに捨てたにちがいない」

「へえ！」ヘイガーは鋭く指摘した。「じゃあ殺害の凶器がまだ見つかっていないんだ」

「しかしピストルなのは間違いない。ケリスが使い、始末したんだ」

「どうして探さないの？」

「あちこち探したが、見つからないんだ」

「現場近くの池をさらってみた？」

「いいや、まだだ」と言ってジュルフ刑事は、考え込んだ。「まだやっていない。いい考えだな！」

ヘイガーはいらいらしてため息をついた。「あたしがこの事件を捜査できたらいいのに！」彼女はきつい声で言った。「あたしだったら犯人を見つけてみせるよ」

「もう見つかっているよ」刑事は無神経に答えた。「ケリスがレスリー卿を殺したんだ」

「そんなわけない！」

「じゃあどうして彼は否認しないんだ？」

「それはわからない。ケリスはそのローラ・ブレントンって子を愛しているの？」ヘイガーは言いながら、大きい輝く瞳でジュルフ刑事を見据えた。

「もちろん！　彼女に夢中だよ」

「彼女のほうはどうなの？」

「ああ、それは微妙だな」ジュルフ刑事は答えた。「自分が聞いたところじゃ、彼女はどうやらあの若い准男爵にかなり色目を使っていたらしい。ケリスが嫉妬に狂うのも当然だな。だから彼がレスリー卿を殺してもおかしくないと思うよ」

「まだ完全に彼の犯行だって証明できていないよ」

「はいはい！」ジュルフ刑事は言いながら、帰ろうと立ち上がった。「准男爵と口論した。仕事を首になった。やつのピストルは行方不明で、被害者はピストルで撃たれていた。さらに頭文字が靴底に入ったブーツという証拠。これをひっくり返すのは大変だぞ。あきらめたほうがいい。ケリスの容疑は固まっている」

「わかってるよ、でも一つだけ彼に有利な点があるよ。彼はブーツをミッキーにあげていない」

「それは確かだ。でもそれを証明するにはその子を見つけなくちゃいけない」

これは思っていた以上に難しい仕事だった。ミッキーと母親はまるで大地に飲み込まれたように、姿を消してしまった。ロンドン中の警察官や刑事がこの少年を見つけようとしたが無駄だった。彼の証言によっては事件全体がひっくり返るのだ。そしてそのあいだずっと、マーロー監獄に収容されていたジョージ・ケリスは何も話そうとしなかった。ほとんどの人間は、ブーツの証拠から彼は有罪だと信じていた。しかしヘイガーは質入れという証拠から、彼は無実だと主張し続けた。それでも彼女も、この危機的状況に際して彼はなぜ一切弁明をしないのか、理解できなかった。

質屋の生活はヘイガーにとって退屈だったので、彼女はちょっとした気晴らしの機会を逃すことはないとお話ししてきた。ブーツの謎を解明するという気晴らしの機会が与えられ、彼女は受けた。そしてこの事件を捜査するには田舎に行く必要がある。ランベスのごみごみした裏通りにあきあきしていたヘイガーは、新鮮な空気に飢えていたのである。ボルカーが辞めてから雇っている老人に店を任せて、彼女はマーロー行きの汽車に乗った。到着すると、まじめな顔をしたジュルフ刑事が駅で待っていた。

「やあ」彼は静かに言った。「君に協力してもらってこの事件の真相を解明することにしたよ。もっともぼくのなかでは真実はもう明らかになっているが」

「それはちがうよ、ジュルフさん。あたしの話を信じてよ。ジョージ・ケリスは無実だよ」

「本当に？」ジュルフ刑事は疑い深く言った。「じゃあ誰が犯人なんだ？」

「それを探しに来たんだよ」ヘイガーは言い返した。「あたしはただ好奇心を満足させたいだけなのに、協力させてくれてありがとう。でも後悔はさせないよ。あたしは勝手に行動していいのかな？」

「好きなようにしていい」

「本当に？　じゃあまず、新しい准男爵に会いに行こうかな」

ジュルフ刑事の付き添いの申し出を、一人のほうがうまくいくと断って、ヘイガーはマーローの反対側にあるウェルビー・パークまで歩いて行き、ルイス・クレーン卿に面会を求めた。最初彼女のジプシー風の見た目から、家に入るのを断られたが、故准男爵の殺人の件だと告げると、ルイス卿は彼女と面会した。彼と面と向かったとき、ヘイガーはある理由から彼のことをじっくり観察した。

彼は醜い、年配の小男で、亡くなったいとこよりもずっと年上で、意地悪そうな黄色い顔には貪欲さがありありと見て取れた。同じようにしなびた抜け目ない表情を、ヘイガーは以前にも見たことがあった。ジェイコブ・ディックスの顔だ。目の前にいるこの男は守銭奴だと、すぐにわかった。しかし性格分析で時間を無駄にせず――それはこれからの会話で自ずとわかってくるだろう――すぐに目的を告げた。

「ジュルフ刑事の殺人事件の捜査の一環としてうかがいました」彼女はぶっきらぼうに言った。

ルイス卿が目を見開いて、「女刑事を政府が採用したとは知らなかった！」と言った。

「あたしは刑事じゃありません。ジョージ・ケリスのブーツが質入れされた質屋の店主です」

「あのブーツのおかげであいつの有罪が証明された」クレーンが安堵したように言ったのを、ヘイガーは聞き逃さなかった。

「むしろ無実を証明していると、あたしは思っています！」彼女は冷たく返事した。

「ふん！　ケリスが拘置されているときに、浮浪者がブーツをもらったのはおかしい、という話だろう。わしもそのことは知っておる。刑事が話してくれたからな。しかしそれでもケリスは有罪だ。なにしろ否認していないのだからな」

「どうして否認しないのか、何か理由を思いつきませんか？」

ルイス卿は肩をすくめた。「いいや。自分が有罪だとわかっているとしか思えん」

「あたしは彼が無罪だと信じています」

「ばかばかしい！　わしのいとこはローラ・ブレントンを気に入っていた。ケリスと婚約している女に興味を示すとは馬鹿げておるが。そのせいであの男が無礼な態度をとったので、レスリーはあの男を首にした。殺人は二重の意味で復讐をとげたことになるのだな」

「あなたのいとこが殺されたときに、ルイス卿はどこにいらしたんですか？」

「庭だ」准男爵はざっくばらんに答えた。「夕食後、いとことわしは散歩に出かけたが、いとこはすぐになにやら言い訳をして別れた。〈クイーンズ・プール〉でローラに会うつもりだろうと、わしは思った。わしは反対方向へと歩いて行ったが、すぐに屋敷へ帰った。レスリーが戻ってこないので探しに出かけたら、池のそばで死体を発見したのだ」

「ピストルの発射音は聞きましたか？」

「ああ。しかし気にしなかった。いとこはよく的に向けて射撃をしていたから、それだとばかり思っていた」

「えっ！　夕暮れに的に向かって射撃をするの！　あなたのいとこは猫みたいに暗くても目が見えたん

ですね？」ヘイガーは皮肉を込めて言った。

「そんなことは知らん！」クレーンは不機嫌に言い返した。「ジュルフ刑事の代理だと言うから、話しただけだ。もうこれ以上話すことはない！」

「こちらからも、もううかがうことはありません。池を見に行ってもいいですか？」

「いいとも。召使いに案内させよう」

「あなたが案内してくれませんか？」ヘイガーは鋭く見つめながら言った。

クレーンは後ずさり、黄色い顔は真っ青になった。「無理だ」彼はほとんど聞こえない声で答えた。「あの恐ろしい場所はもう二度と見たくない！」

「わかりました。召使いに連れていってもらいます」ヘイガーは答えてドアへと向かった。

「池で何を見たいんだ？」彼が後ろから尋ねてきた。

「行方不明のピストルを見つけられたらなあ、と思ったんです」

ヘイガーが立ち去るときルイス卿は心配そうな青い顔で、開いた窓のそばに立っていた。「困った女だ！」彼はこぶしを握りながら思った。「頭が切れすぎる。しかしピストルを見つけられるほど、賢いとは思えん」彼は満足したように付け加えた。

〈クイーンズ・プール〉は庭園の低い方のいちばん端にある、スイレンが群生した円形の池だった。そこへ行く途中、ヘイガーは道案内の召使いに、いくつか質問をした。

「ルイス卿はこの領地を相続する前は貧乏だったの？」

「とても貧乏だったんですよ、お客様。レスリー卿からいただく以外、ほとんどお金を持っていませんでした」

「いとことは仲がよかったの？」

「いいえ、お客様。すごいけんかをしていました。殺人事件のあった晩は、それはもう激しかったですよ！」

「原因は何？」ヘイガーは鋭い目で彼を見つめて言った。

「お金とローラっていう女の子についてですね。ルイス卿もレスリー卿と同じで、あの子のことが大好きでした。でもあの子は二人をまったく相手にしていませんでしたよ。ケリスに夢中でしたから」

「彼女は恋人が逮捕されたときどうだった？」

「そりゃあもう、泣いて泣いて、彼は無実だと言い張って、それからわけのわからないことばかり話していました」

「わけがわからないってどういうこと？　何か意味がわかることを言ってなかった？」

「それは私の口からは――」と言って、召使いは当たりを見回した。「私だって自分の首が大切ですからね」

「ああ、わかった」ヘイガーは落ち着いて言った。「ローラは、ルイス卿がいとこを殺したって言ったんだね」

「ええ、そうです」彼は指摘に驚いて答えた。「でもどうしてわかったんですか、お客様――」

「なんでだろうね」池にたどりついたヘイガーは話を打ち切った。「ここが殺害現場？」

「ええ、お客様。この泥のなかで遺体を発見しました。すぐそばにブーツの足跡が残っていました」

ヘイガーは考え込み、もう一つ質問をした。「ルイス卿はケリスの家に行ったことはあるの？」

「ええ、お客様。殺人事件のちょうど二日前に、何か猟の獲物《ゲーム》の話で会いに行っていましたよ」

「そうなんだ？」ヘイガーは、独り言をつぶやいた。「目的はほかにあって行ったんだろうね」

彼女はその話題については、それ以上召使いの男性に何も言わなかった。彼女が現場を調べているあいだ、彼はずっと立って見つめていた。池の水はきれいで、あちらこちらにスイレンの花が静かに浮かんでいた。レスリー卿を殺害した凶器のピストルがないかと、ヘイガーは池の中をのぞき込んだ。水は透明で、注意深く観察したが、凶器はまったく見つからなかった。池の周りの雑草はきちんと刈り込まれ、少し坂を上がっていったところに小さな石段があるテラスがあった。その下端に二本の柱が立っており、その上にはニンフや牧神といった古典的な図柄が彫刻された大理石の壺が乗せられていた。真っ赤なゼラニウムがその中に植えられていて、今を盛りと咲き乱れていた。ヘイガーはぼんやりとあたりを見回し、この美しい花を目にしたとたん、ある考えが頭に浮かんだ。もう用事がないので召使いを帰したあと、彼女は素早くテラスへと移動し、大理石の壺の中から植木鉢を取りだした。

「ピストルの影も形もないや」彼女はがっかりしながら植木鉢を元に戻した。「こっちの壺じゃないのかも。あっちを調べてみよう」

今度は彼女の推理が当たった。右側の壺から植木鉢を外してみると、その底から小さなピストルを見つけたのだ。銃床には名前を刻んだ銀の板がつけてあった。これを見たヘイガーは満足したように目を輝かせた。

「思った通り！」彼女は独り言を言った。「ジュルフ刑事に教えなくちゃ！」

刑事は庭園の門のところで彼女を待っていた。彼女が微笑みながらこちらに向かってくるのを見て、期待に胸がふくらんだ。満足げな顔で、彼女はピストルを渡した。

「レスリー卿殺害の凶器だよ！」彼女は勝ち誇った様子で言った。「ゼラニウムの鉢植えの下、壺の底から見つけたんだ。どう思う、これを？」

「ケリスのピストルか！」ジュルフ刑事は驚いて言った。

「違うよ。ケリスのピストルじゃなくて、レスリー卿を殺した犯人のものだよ」

「だからケリスだろう」ジュルフ刑事は頑固に繰り返した。

「銀の板を見てみてよ、お馬鹿さん」

「ルイス・クレーン！」刑事は読み上げ、まじめな顔に、驚きで呆然とした表情を浮かべた。「まいったな！」彼はつぶやいた。「ルイス卿がいとこを殺したというのか？」

「間違いないね！」ヘイガーははっきり答えた。「召使いからついさっき聞いたんだけど、あいつもローラを好きだったし、貧乏で被害者に養ってもらっていたんだって。二人は殺人があった晩に、庭を散歩しながらけんかをしていた。そしてけんかのせいで二人は別れて別々の道を歩いていったんだ。ルイス卿は、それから家に帰り、ピストルの音が聞こえたので、いとこが的に向けて射撃していると思ったと言ってたけど——夕暮れにそんなことするわけないよ！」ヘイガーは馬鹿にするように付け加えた。「彼が、つまりルイス卿が本当は何をしたかというと、いとこのあとをつけて、〈クイーンズ・プール〉のそばで撃ち殺したんだ。そしてピストルを大理石の壺の中に隠して、こっそり屋敷に戻って茶番を演じたんだ。ジュルフ刑事、ケリスは無実なんだよ。ずっとそう言ってるよね。ルイス卿が犯人なんだ。

あいつはローラ・ブレントンとの仲を嫉妬して、被害者のお金もほしくて、いとこを殺したんだ」

「でもあのブーツは——泥に残された足跡はどう説明するんだ?」この推理にかなり動揺したジュルフ刑事は、口ごもりながら言った。「あの足跡はケリスのブーツのものだ」

「それはこういうことだよ」ヘイガーは言った。「自分への疑いをそらすための、ルイス卿の狡猾なトリックなんだ。あたしを〈クイーンズ・プール〉に案内してくれた召使いが証言してくれると思うけど、ルイス卿は殺人事件のほんの一、二日前にケリスの家に行ったそうなんだ。そのときにブーツを盗んで、殺人の晩に履いていったんじゃないかと、あたしは思うんだ。ローラが愛しているケリスに、容疑がかかるようにするためにね。これであいつの計画《ゲーム》がわかったでしょ、ジュルフ刑事？　あいつは爵位と財産が欲しかった。そしてローラと結婚したかった。だからまずいとこを殺して一番目を手に入れ、状況証拠でジョージ・ケリスに罪をかぶせて、二番目を手に入れようとしたんだ。これでどう?」

「確かにルイス卿はあやしいが」ジュルフ刑事は認めたが、「でも、まだ信じられないな——」

「馬鹿じゃないの！　男って恋のためなら何でもするもんなんだよ！」ヘイガーは鋭く言い返した。「あいつはケリスのブーツを履いたから自分は安全だと思ってる。ミッキーにブーツをあげたのはルイス卿だったんだ。ああ、あの子が見つかればいいんだけど！」

「見つかったんだ！」ジュルフ刑事は即座に答えた。「君が庭園にいるあいだに、電報で連絡が来た。ホワイトチャペルで警察が捕まえ、明日にはここに護送されてくる。その子が、ブーツをくれたのがルイス卿だと証言すれば、逮捕状を取ることができるぞ」

「あいつは有罪だと思うよ」ヘイガーは考え込みながら言った。「でも、まだ自信がないところがある」

「どうして？　君の論証は完璧だろう」

「うん、そう。でもさ、もしルイス卿が有罪なら、どうしてケリスは黙秘を続けて、無罪だと主張しないんだろう？　彼に会って確かめる必要があるよ。監獄に入れるかな？」

「明日の朝、連れていこう」ジュルフ刑事が答えた。「自分も黙秘している理由が知りたいからな。ルイス卿を敬愛しているから黙秘しているわけではないだろう」

「違うよね。だからわけがわからないんだ。もしかしたら、ケリスも准男爵も無罪かもしれない」

ジュルフ刑事は頭を振った。「今度はどこの誰が犯人だって言うんだ――まさか」彼は考えた末に言った。「君はブーツを質入れしたアイルランド人の子供が犯人だなんて、言うんじゃないだろうな」

「その可能性もあるよ！」ヘイガーはまじめに言った。「でも明日になればわかるよ、きっと。ケリスか、ルイス卿か、ミッキーか！　この三人のうち誰が被害者の青年を殺したんだろう」

ヘイガーはこの問題を一時間以上も考え続けたが、結局解決できなかったので、その晩は考えるのをやめた。一方ジュルフ刑事は、ピストルを発見したりルイス卿有罪説を構築したりするヘイガーの頭のよさに舌を巻き――今ではルイス卿が犯人だと彼も信じるようになっていた――翌朝彼女を、拘置されているジョージ・ケリスのもとに連れていく前に、ある辺鄙な農場へ案内した。

「ここにローラ・ブレントンが住んでいる」彼は言った。「彼女にルイス卿について事情聴取すれば、彼の容疑も固まると思ったんだ」

ローラは美人で背が高く魅力的な少女で、見た目に少し男性的なところがあった。しかし会ったときには具合が悪そうで、げっそりとやつれていた――それも無理はない。恋人の一人が死に、もう一人は監獄に入れられていたのだから。それでもヘイガーの質問には進んで答え、ケリスは無実だと言い張った。

「彼は蠅だって殺せないわ！」すすり泣きながら言った。「私がレスリー卿と会うと、彼は怒っていたけど。でもレスリー卿と会うのは悪いことじゃないのに」

「それは見方によるけどね」ヘイガーはこの品行を認めずに冷たい声で言った。「あなたはレスリー卿と、殺人事件があった晩に会った？」

「わ、私——会わなかったわ！」少女はひどくどもった。「そんなこと誰が言ったの？」

「ルイス卿だよ。いとこは、庭でけんかしたあと、あなたに会いに一人で〈クイーンズ・プール〉に行ったと証言したんだ」

これをローラは完全に否定した。「あの晩はリボンを買いにマーローに行ったわ」彼女は説明した。

「でもウェルビー・パークには近寄りもしなかった。ルイス卿は嘘つきで人殺しよ！」

「人殺し？　どうしていとこを殺さなくちゃいけないの？」ヘイガーは厳しく尋ねた。

「だってルイス卿は私のことを好きだったけど、私は全然相手にしなかったから」

「レスリー卿のことは好きだったの？」

「まさか！」少女は激怒して叫んだ。「二人とも嫌い。ジョージ・ケリスだけよ。彼は無実で、ルイス卿が犯人よ。レスリー卿がくれたピストルでいとこを撃ち殺したに決まっているわ」

「そのピストルのことをよく知っているね？」

「だって」ローラは静かに説明した。「お父さんと地代を払いにウェルビー・パークに行ったとき、書斎のテーブルの上に銀の板がついたピストルが置いてあるのを、見たんだもの。ルイス卿は——そのときはまだ准男爵じゃなかったけれど、私にレスリー卿からもらったといって、板に刻まれた自分の名前を見せてくれたわ。レスリー卿がピストルで撃たれたなら、ルイス卿がやったと思うでしょう」

「でもジョージ・ケリスもピストルを持っていたんだよね？」

「ええ。まっすぐ弾が飛ばない古いやつよ。私もジョージが農場に作った的に試し打ちをしてみたことがあるの」

「そのピストルがケリスの家からなくなっているんだ」

「どこにあるのか知らないわ」彼女は冷たく答えた。「でも確かなのは、ジョージは無実だっていうことよ。お願いだから彼を牢屋から出してあげて！」

「代わりにルイス卿を縛り首にするわけ？」ヘイガーはぶっきらぼうに言った。

「そうよ！」ローラは叫んだ。「あいつは人殺しよ。あいつが死ぬところを見てやりたいわ！」

彼女の興奮ぶりに当惑しながら、ヘイガーは別れを告げた。そしてケリスが収容されている牢獄に行った。猟場番は大柄で金髪の男性で、端正な顔立ちをしていた。普段なら、率直で親切な印象を受けそうだが、一連の出来事のせいでふさぎ込んでいるようだった。ヘイガーがいろいろ質問したのだが、ずっと説明を拒むばかりだった。

「何も言うつもりはない」彼は宣言した。「レスリー卿を殺したか殺さなかったか、どっちにしたって俺の問題だ。とにかくあいつは殺されてもしょうがない人間だった」

「誰をかばっているの？」ヘイガーは作戦を変えて質問してみた。

「誰も」ケリスは答えたが、顔色が変わった。

「なるほどね。命を賭けてもいいほどの人なんだ。でもあなたの考えは関係なく、あなたは死刑になんかならないからね。あたしはレスリー卿を殺したのは誰かわかっているんだ」

「あんたが？」彼は不安げな顔で聞き返した。

「うん。いとこのルイス卿だよ。殺害現場に彼のピストルが隠してあるのを見つけたんだ。彼はあなたのブーツを盗んで履いて、濡れ衣を着せたんだ。あなたは殺人が起きたあと、十時にウェルビー・パークから出てきたよね。そのときルイス卿を見なかった？」

「いいや」ケリスはあわてて答えた。「俺は誰も見ていない。銃声を聞いて密猟者がいるのかもしれないと考えたが、レスリー卿に首にされたんだから、もう俺の知ったことじゃないと思ったんだ」

「ルイス卿は殺人事件の直前にあなたの家に来たよね？」

「ああ、来た。獲物の話をした」

「彼が帰ったあと、ブーツがなくなったんじゃない？」

「事件の晩、履こうとしたらなくなっていたんだ」ケリスは言った。「もう何日も履いていなかった。新しいブーツだったんで、足が痛くなったから」

「じゃあルイス卿が盗んだのは間違いない」ヘイガーは勝ち誇ったように言った。「あいつが有罪だ。そしてあなたは――」

「俺は無罪だ！」ケリスは堂々と叫んだ。「もう言ってやるぞ。俺はレスリー卿を殺してない。指一本触っていない」

「今まで黙っていたのは、誰かをかばっていたんだね。それは誰?」

ケリスは何も答えず、不安げに見えた。

ヘイガーが質問を繰り返す前に、答えのほうが思いもかけない方向から飛び込んできた。監房の扉が開き、ジュルフ刑事が驚愕《きょうがく》の色を浮かべながら中に入ってきたのだ。

「大変だ!」彼はヘイガーに向かって叫んだ。「ミッキーが到着して、誰からブーツをもらったか証言した!」

「ルイス卿?」

「いいや! ぼくはルイス卿に会ってきたが、否定した。そしてミッキーの証言に一致する話をしてくれた。どうしてケリスが黙秘していたかわかったよ」

ケリスは勢いよく立ち上がり、恐慌してジュルフ刑事に詰め寄った。

「言うな! 何も言うな!」彼は歯を食いしばりながら言った。「彼女を助けてくれ!」

「彼女だって!」ヘイガーは叫び、ひらめいた。「ローラ・ブレントン?」

「そう、ローラ・ブレントンだ」ジュルフ刑事は猟場番を振りほどいて答えた。「ミッキーに面通しさせたら、彼女がブーツをくれたと確認した」

「俺が彼女に頼んだんだ! 俺が頼んだんだ!」ケリスは絶望した様子で遮った。

「もうやめろ! おまえはずっと彼女をかばっているが間違っているぞ。ローラ・ブレントンはおまえの命を賭けるほどの女じゃない。レスリー卿殺害犯人だ。レスリー卿は彼女と別れて別の女性と結婚するつもりだったので、殺したんだそうだ」

ケリスは大声を上げた。「嘘だ——嘘だ！　あいつは俺を愛しているんだ！」

「彼女が愛しているのは自分自身だよ」ジュルフ刑事は鋭く言い返した。「レスリー卿は彼女と結婚の約束をしていたが、その約束を破られそうになったので、殺したんだ。その容疑をおまえにかけるためにブーツを盗み、〈クイーンズ・プール〉でレスリー卿と会うときに履いていったんだ。そしてルイス卿にもいとこ殺しの容疑がかかるよう、ピストルを盗んだ」

「そしてそれを壺の中に隠したの？」明らかにされた事実に驚いたヘイガーは質問した。

「いいや。それはルイス卿のしわざだ。彼はローラが犯人だと知っていた」

「どうして？」

「彼は銃声を聞き、誰が撃ったのか見に行った。〈クイーンズ・プール〉のほとりでいとこの死体を発見し、岸辺に落ちていた自分のピストルを拾った。ローラが父親と一緒に地代を払いにきたときに、書斎からこのピストルを持ち去ったのを知っていたので、彼女がレスリー卿を殺したとわかった。名前入りのピストルが見つかれば自分も疑われるところだったのに、彼女をかばおうとだけ考えて、君が見つけた壺の中に隠したんだ。つまり、二人の男が彼女をかばっていたんだ。もっともどちらも愛されていないのだがね」

「彼女は俺を愛して——愛してくれている！」ケリスは苦しそうに叫んだ。「なんでルイス卿はばらしたんだ！」

「自分が逮捕されないためにだ」ジュルフ刑事は答えた。「おまえほど忠誠心が強くなかったようだな、気の毒に。いずれにしろ、おまえももうすぐ釈放だ。今日、ローラを逮捕する」

そしてこの日の朝、ローラは逮捕された。ジョージ・ケリスは忠誠を貫いて黙秘していたが、ミッキーとルイス卿の証言に追い詰められた彼女は、すべてを自白した。ジュルフ刑事の言う通りだった。彼女は殺人のあった晩、レスリー卿と〈クイーンズ・プール〉のそばで会っていた。もし卿が彼女を捨てようとするなら、殺すつもりだった。卿は彼女に別れを告げ、彼女は殺害した。万一のときはルイス卿とケリスに容疑がかかるようにピストルとブーツを盗んでおいた。さらに彼女はケリスの家からピストルも盗んで、陥れようとしていた。しかし、自分は自由の身になり、ほかの男を犯人に仕立てるというローラの卑怯《ひきょう》な計画は、彼女が始末するつもりでミッキーにあげたブーツが、ヘイガーのもとに質入れされたことがきっかけで失敗に終わった。彼女は罪を自白し、死刑も当然だと思われていた。しかし若く美しい彼女は陪審員の同情を集めて、極刑は免れることができた。

不実な女性を助けようと夢中になって自ら飛び込んでいった監獄から釈放され、ジョージ・ケリスはランベスにやってきた。ミッキーが質入れしたあの運命のブーツを請け出しに来たのだ。

「オーストラリアに行くつもりだ」ヘイガーに向かって彼は言った。「俺は彼女を助けられなかった。もうマーローにいるのはつらすぎるんだ。彼女が犯人だと、ずっとわかっていた。あの殺人事件の前の日、俺の家に来てあのブーツを持っていたんだよ。親父が同じようなのをほしがっているから、参考に見せてやりたいって。俺のイニシャルが入った足跡が池のそばの泥に残っていると聞いて、彼女がブーツを履いてレスリー卿を殺したと、すぐにピンと来た。彼女を愛していたから、その罪をかぶってもいいと思っていた。でも頭のいいあんたが、彼女のしわざだと見破って、彼女は罪をつぐなうことになっちまった。ここでの俺の人生は終わった。オーストラリアに行くよ。彼女と俺を破滅させたこのブーツを履いてな」

「どうしてローラのためにそこまでしたの？　あんなくだらない女なのに」

「くだらない女だってわかっている」ケリスも認めた。「でも——愛していたんだよ！」そしてうなずくと、彼はブーツを手に遥か彼方へと旅立っていった。

第十章　九人目の客と秘密の小箱

ヘイガーは、表情から人間の性格を読み取る天才だった。口のカーブ、眼差しなどから彼女は正確に判断できた。女性の直感だけでなく、男性的な論理的判断も加味されていた。彼女がこの才能を発揮すれば間違うことはほとんどなく、そしてランベスの質屋にはたくさんの客がやってきたので、能力を活かす機会がありあまるほどあった。こぎれいで色白の客が、ルネサンス時代の銀の小箱を持ってきたとき、彼女は即座に激しい嫌悪感を抱いた。そのあとのやりとりで、その直感が正しかったことがわかった。この九人目の客は――彼女は彼をそう呼んでいた――愛想のいい悪党だった。一見彼はきちんとした召使い――従僕か執事のように見え、一点のしみもない黒いスーツを着こなしていた。顔はまるで死体のように青ざめていて、表情がなかった。やせこけた頬にはひげをはやしていたが、薄い唇と引っ込んだ顎のまわりにはひげがなかった。形の悪い頭と狭い額に少し残っている鉄灰色の髪の毛は、丁寧になでつけてあった。ヘイガーと話をするあいだずっと灰色の目は下を向いていて、慇懃で穏やかに話した。ヘイガーは、彼はウエストエンドの召使いだろうとあたりをつけ、その人相から悪党だと見破っていた。

この「紳士付きの紳士」〔従僕のこと。P・G・ウッドハウスの「ジーヴス」シリーズの主人公ジーヴスが代表例〕――そうヘイガーは確信していた――は、ジュリアン・ピーターズと名乗り、住所はメイフェア、マウント街四十二番地だと告げた。この名前も住所もでたらめだろうとヘイガーにはわかっていた。それに彼が質入れしようとしている小箱についても、きちんとした、むしろ率直な説明をしたが、怪しい出所のものにちがいないと疑っていた。

「わたくしの亡くなった旦那様はですね、お嬢さん、この箱を遺品として残してくださったのですよ」彼は恭しく言った。「そしてしばらくは所持していたのですが、残念なことに、仕事を失い、次の仕事が見つかるまでお金が入り用でして。わかってくださるでしょう、お嬢さん、この箱を質入れせざるをえなくなったのです。十五ポンドお貸しください」

「十三だね」ヘイガーは一目でこの箱を値踏みして言った。

「おや、お嬢さん、十五ポンドの価値はありますよ」（自称）ピーターズは言った。「この職人技をごらんになれば――」

「みんなちゃんと見たよ」ヘイガーは即座に答えた。「銀、職人技、年代、そのほかいろいろ」

「年代ですって？」男はとまどった様子で尋ねた。

「そう。この小箱は十五世紀、フィレンツェの作だ。ウエストエンドの宝石屋にもっていけば、今あたしがつけた値段よりもずっと高い値段で引き取ってもらえるけどね。十三ポンドがうちの限界だよ」

「なるほど、しかし」ピーターズはすぐに答えた。「ウエストエンドでは顔を知られているので、質入れはしたくないのです」

「悪党として知られているんだよね」ヘイガーは心の中で皮肉を言った。それでも絶好の取引をふいにするのは彼女の流儀ではなかった。ルネサンス時代の小箱をたったの十三ポンドで手に入れるのは、非常によい商売だ。そういうわけで彼女は質札をジュリアン・ピーターズの偽名で作り、彼に十ポンド札と三枚のソヴリン金貨とともに手渡した。男は貪欲そうな目つきで金を勘定し、ぺこぺこ頭を下げながら出て行こうとした。しかし店の出入り口のところでふと立ち止まり、ヘイガーに最後にこう言った。

「いつでも好きなときに、あの小箱は請け出せますか、お嬢さん？」彼は心配そうに尋ねた。

「明日でもいいよ」ヘイガーはそっけなく言った。「一ヶ月分の利子をつけてくれればね」

「ありがとう、お嬢さん。一ヶ月以内にあの箱を請け出しますよ。それまで預かっていてください。ではごきげんよう」

彼が出て行くと、ヘイガーは嫌悪感まるだしでぶるぶると身を震わせた。まるで蛇かヒキガエルのような嫌な存在だ。もし直感が正しければ、あの従僕は盗癖のある悪党で、雇い主の信用を悪用しているにちがいない。この小箱も遺言状でピーターズに遺されたというよりも、盗まれたものであると言われたほうが納得できる。十五世紀の小箱を召使いに遺品として与える紳士など、めったにいるものではない。

ピーターズがいうところのこの箱は、とても美しく、金細工師の技の精華とでもいうべきもので、ベンヴェヌート・チェッリーニ〔ルネサンス時代のイタリアの画家、彫金家、彫刻家（一五〇〇～一五七一）〕の作品にも匹敵した。おそらく彼の弟子の誰かの作品なのだろう。ルネサンス時代の品なのは間違いない。装飾は、キリスト教と異教信仰とが入りまじっていて、ダンテやメディチ家のイタリアの芸術復興の特徴を示していた。小箱の横面には、踊るニンフと笛を吹く牧神の像、花で飾られた祭壇、そして葡萄の冠をいただいた僧侶のレリーフが、蓋には全面に雲と城の小塔の下、処女マリアが両手を上げている絵が彫られていた。聖霊が大きく羽を広げた鳩の姿となり、天使とともに飛びまわり、聖人は厳かな顔つきをしていた。小箱の中は磨いていない金で裏打ちされ、なめらかで光沢はなかった。中には何も入っていなかった。

この小さな金細工職人の作りあげた芸術品は、遥か昔フィレンツェの、ある女性の宝石箱だったのは明らかだ。おそらく彼女の恋人が注文して作らせたのだろう。十字架とテュルソス［酒神バッカスの杖］の奇妙な混在は、禁欲主義と快楽主義の両方の暗示だ。しかしフィレンツェの美女も今はなく、愛と虚飾と罪の日々もすでに過ぎ去った。そして彼女が宝石をしまっておいた箱も、今では薄汚いロンドンの質屋にあるのだ。時と偶然がこの優美な贅沢品にもたらした運命は、なんとも皮肉なものである。

小箱を調べていると、ヘイガーは内側の金の板が、外側より少し浮いていることに気がついた。彼女の鋭い目は、この小箱の底と金の内箱とのあいだに空間があるのを見逃さなかった。何か謎が隠されていることにヘイガーは気づき、この箱には秘密の引き出しがあり、隠しバネで開くだろうと確信した。すぐに彼女はバネを探しにかかった。

「なかなか上手に隠してあるね」彼女は長いあいだ翻弄されつづけて思わずつぶやいた。「でも秘密の引き出しがあるなら、絶対に見つけてやる。もしかしたら〈フィエーゾレの十字架〉のときみたいに、フィレンツェの悲劇の証拠をまた見つけることができるかもしれないじゃない？」

彼女の指は細くてよく動き、ほんのわずかな違いも感じ取れる繊細さを持ち合わせていた。彼女は銀を打ち出した彫刻の上に指を走らせ、笑う牧神やニンフの頭に触れた。しばらくうまくいかなかったが、中央の祭壇のある面に彫り込まれた、繊細な作りのバラの花にたまたま触れると、すぐにかすかなかちりという音がして、群像が彫刻してある銀の板が、ちょうつがいからぱたりと下に折れた。彼女が想像していた通り、この小箱は大きさの異なる二つの部分に分かれていた。普通に蓋を開けると見える上の部分は空だったが、狭いほうの下の部分は箱の偽の底と本当の底のあいだに、隙間があった。この発見に彼女は喜んで――なにしろ彼女の頭の鋭さを証明したのだから――ヘイガーは中から紙を取り出した。「これがフィレンツェの悲劇！」とはしゃぎながら、お宝を調べはじめた。

すぐに手紙だとわかった。五、六通がバラ色のリボンで結んである。十五世紀ではなく、十九世紀後半の手紙で、イタリア語ではなく英語で書かれている。優美な女性の筆跡が、スミレの香りが残る紙に記されていた。それらの手紙はみな情熱的な荒々しい愛に満ちていた。ヘイガーが読んだのは一通だけだが、既婚女性と、ある男性のあいだの不義密通だとすぐにわかった。住所はなく、どの手紙も突然激しい愛の言葉で始まり、最後までその調子で続き、終わりに「ベアトリス」という署名があった。ヘイガーが読んだ一通目には――ほかの手紙もほぼ同じようなものだった――書き手が自分の結婚を嘆き、退屈な夫に縛られているのを怒り、愛するポールに――それが愛人の名前なのは明らかだ――自分を自由にしてくれと願っていた。その情熱、火の出るような激しい愛情はこの既婚女性の手紙のすべての行に満ちていて、ヘイガーはかなりうんざりした。彼女の純粋で汚れのない魂は、この好色な欲望の深い淵をのぞき込んでたじろぎ、秘密の生活を見て恐れおののいた。これらの手紙には悲劇はなかったが、これを書くような女性にとっては悲劇への前奏曲だろう。すべての行に離婚の影が読み取れた。

「あの従僕はやっぱり嘘つきだったね！」ヘイガーは手紙の束を再びまとめながら考えた。「この小箱を遺産としてもらったって？　こんな取り扱いに注意しなくちゃいけない手紙を、ピーターズみたいな悪党の手に渡すなんて！　ううん、あいつはこの隠し場所や中に手紙が入っていることも知らないんだろう。この小箱を雇い主から盗んだけど、これがどこかの奥さんの手紙の隠し場所になっているなんて気づかなかったわけだ。この小箱は大切にしまっておいて、ピーターズがまた来たら、何が起こるか見届けないと」

しかし彼女は手紙を秘密の隠し場所には戻さなかった。あの従僕が月末前にまた来る可能性もあるし、そしてもし彼女が店を留守にしていたら、ほかの店員が何も知らずに小箱を返してしまうかもしれないからだ。ヘイガーは、あの手紙を恥知らずの悪党だと思われるピーターズの手に渡すのは、正しくないと信じていた。もし彼が秘密の隠し場所に気がついて、手紙が中に入っているのを知ったら、あの不幸な女性か自分の雇い主を脅迫して、多額の金をゆすり取るに決まっている。あの顔はゆすり屋の顔だ。だからヘイガーは、空のまま小箱の蓋を閉め、手紙は居間の大きな金庫の中にしまった。

「彼女は軽い女——悪い女だね」彼女はあの情熱的な手紙を書いたベアトリスのことを考えて思った。「夫を裏切った罰を受けるのは当然だ。でもあの悪者に弱みを握らせようとは思わない。あいつが金をもうけて、彼女は苦しむだけだから。あいつが宝石箱を請け出しに来たら渡してやるけど、手紙は入っていないってわけだね」

ヘイガーは、ピーターズがこの手紙の束の存在を知っているとはまったく思わなかった。もし知っていたら箱を質入れせず、恥知らずのベアトリスとその愛人を脅迫して、金を手にしていたはずだからだ。しかし一ヶ月どころかまだ二週間しかたっていないのに、あの従僕が再び現れた。そしてヘイガーに、そのあいだに小箱の秘密を知ったと告白したのだ。どうやって誰からその秘密を知ったのか、ヘイガーは無理矢理説明させた。そんなことができたのも、彼は小箱を請け出そうとしたものの、まだ金が用意できていなかったからだ。こうした状況で、彼女はこの男を思うままにすることができた。しばらくのあいだ彼をいたぶったあと、彼の目的を誤解しているふりをした。しかし彼の強欲そうな目と勝ち誇った表情から、何らかの不正行為を働いていることは、一目でわかっていた。

「わたくしの箱をちょっと確認したいのですよ、よろしければ、お嬢さん」彼は言いながら、店に入ってきた。「まだ請け出せないのですが、お許しいただければ確かめたいことがございまして――」「はい、「わかったよ！」ヘイガーは言って彼を遮った。まわりくどい話し方に我慢できなかったのだ。「はい、箱だよ。好きなだけ見なよ」

ピーターズは小箱をしっかりつかむと、蓋を開けた。そして空の中身をじっと見つめた。さらに振ってみたり、ひっくり返したりして、内側の箱が落ちてこないかと期待しているようだった。すぐにヘイガーには、彼が小箱を質入れしたあとに、その中に秘密の隠し場所があることに気がついて、探しているのだとわかった。皮肉な笑みを浮かべて、彼が不器用な手で繊細な彫刻を探っている姿を眺め、あんな荒っぽいやり方では小箱の秘密を解き明かすことはできないだろうと思っていた。結局彼女はその秘密を彼に教えることにした。彼を満足させるためではなく、あのラブレターの来歴を知りたかったからだ。明らかにこの男は手紙を探している。ヘイガーは直感に従って、あの手紙の束を彼の手が届かないところにしまっておいた自分はさすがだと思った。

「見つけられないみたいだね」ピーターズががっかりして小箱を下に置いたのを見て言った。

「見つけるって何を？」彼はつっかかるように聞き返してきた。

「秘密の隠し場所を探しているんでしょ？」

「どうして秘密の隠し場所を探しているとご存じなんですか、お嬢さん？」

「箱のあちこちを押しているんだからわかるよ。箱を遺してくれた死んだ雇い主は、その秘密までは教えてくれなかったようだね。でも知りたいんだよね、ほら見て？」ヘイガーは素早く箱を手にすると祭壇のバラにそっと指で触れた。するとピーターズの目の前で秘密の隠し場所が開いた。ヘイガーが予想した通り、彼は中が空なのを見て愕然とした表情になった。

「どうしてだ、空じゃないか！」彼は悔しそうに大声で叫んだ。「まさか――そんな――」

「手紙が入っていると思ったんだよね」ヘイガーは素早く口を挟んだ。「その通り。でも自称ピーターズさん、たまたまあんたの先を越しちゃったんだ」

「何ですって？　手紙を見つけたんですか？」

「うん。ちょっとした手紙の束をね。金庫の中に入ってるよ」

「お願いだから返してください」男はとても熱心に言った。

「返すって！」ヘイガーは軽蔑し、繰り返した。「いやだよ。脅迫の片棒を担ぐなんて」

「あれはわたくしの手紙です！」ピーターズは真っ赤になり、脅迫と非難されたことも否定せずに叫んだ。「あなたが持つのはおかしいでしょう！」

「そんなことはないよ」ヘイガーは箱を後ろの棚に置きながら言った。「こうやって小箱を預かっているのと同じだよ」

「うるさい！」男は上品さをかなぐりすてて言った。「あの箱は俺のものだ！」

「あんたのご主人のものだろう、それに手紙もね。金になると思って小箱を盗み、今度は手紙まで盗んで、女性から金をゆするんだね。知ってる？ ピーターズさん、あんたみたいなやつを、悪党って言うんだよ！」

ピーターズは怒りのあまり言葉にならなかったが、ヘイガーに向かって警察を呼ぶという脅しをやっと口にした。すると彼女はさげすんで笑った。

「警察だって！」彼女は繰り返した。「気は確か？ 警察を呼んだら、あの箱を盗んだあんたを引き渡すからね」

「できるものか。俺の主人の名前も知らないくせに」

「そうかな？」ヘイガーははったりをかました。「あんたのご主人の名前や住所が手紙に書いてあるのを忘れたの？」

彼はすっかりだまされた様子で、それまでの高飛車な態度から、どうにかヘイガーを言いくるめようとしはじめた。へつらっておだてる様子は、前よりもずっと不愉快だった。ヘイガーは自分を悪巧みの仲間に引き込もうという提案を、冷静に聞いていられなかった。しかしあの手紙の由来や、書いた女性、ピーターズの主人である手紙の受け取り手の男性の名前も知りたかったので、慎重に振る舞った。しかしそれは本当につらい仕事で、かなりの自制を強いられた。

「わたくしと山分けにしませんかね？」ピーターズは猫なで声で言った。「その手紙はかなりの金になりますよ。渡してくれれば、わたくしの主人にも書いた女性にも、けっこうな高値で売れる」

「そうだろうね」ヘイガーは同意するふりをして返事をした。「でもあんたの提案にのる前に、事情を話してくれなくちゃ」

「確かにその通りですね、お嬢さん。お話ししましょう。わたくしは――」

「ちょっと待った」ヘイガーは遮った。「ピーターズっていうのは本名？」

「そうですよ、お嬢さん。でもこないだ申し上げた住所は嘘です。それに洗礼名のほうも。わたくしはジョン・ピーターズ。住所はセント・ジェームズのデューク街、エイヴァリー卿に雇われています」

「従僕をしているの？」

「そうです。もう長年仕えています。でも一、二週間前にトランプで少し負けてしまって――」

「それでこの小箱を盗んだんだ」ヘイガーが鋭い声で結論を言った。

「いいえ、お嬢さん、それは違います」ピーターズはひどくもったいぶって言った。「わたくしは主人の部屋からその箱を何週間か借りて、金を作っただけです。一ヶ月以内には請け出して戻しておくつもりでした。もしこの手紙の計画がうまくいけば、絶対そうするつもりですよ」

ヘイガーは、この悪党が悪事でもうけようという計画を冷静に話しているのを聞き、吹き出しそうになった。しかし落ち着いて、彼の信用を得るために、質問を続けた。

「で、ピーターズさん、それを借りたと言うけど」彼女は皮肉を込めて言った。「危ない橋を渡っているって思わないの？」

「そのときは思いませんでした」ピーターズは残念そうに言った。「そのときは、まさか主人が中に手紙を保管しているとは思わなかったから。持ってこいと命じられるとは、夢にも思わなかったのですよ。ところが二日前に命じられて、なくなっているのがばれてしまいました」

「ご主人はあなたが盗んだとは思っていないの？」

「まさか、ありえません！」従僕はにやりと笑った。「そんなことで捕まるほど愚かではありません。主人の部屋はつい最近内装工事をしたばかり。だからたぶん壁紙張り職人や労働者が箱を盗んだと思っていますよ」

「だったら安心だね」ヘイガーは相手の悪知恵にむっとしながら言った。「でもどうやってこの中に手紙が隠してあるってわかったの？　質入れしたときは知らなかったわけだよね？」

「ええ、知りませんでしたよ」ピーターズは残念そうに認めた。「でも昨日、主人がよその奥方からの手紙が小箱の隠し場所の中に入れてあると、ご友人に言っているのを聞いたのです。だからわたくしは考えた――」

「その秘密の隠し場所を見つけて、手紙を使ってその奥さんから金をゆすり取ろうというわけだ」

「そうです。計画はわかりましたか？」

「その奥さんは金持ちなの？」ヘイガーは質問に答えるかわりに、さらに質問を重ねた。

「もちろん、お嬢さん。夫君がデラメア氏なのですから、湯水のように金がわいてきますよ！　奥方はこの手紙を取り戻せるなら、きっといくらでも払うでしょう。だって夫君が一目でも見たら、離婚間違いなしですから！　デラメア氏はプライドの高い男ですからね」

「その旦那さんは、奥さんとエイヴァリー卿との仲を疑っているの？」

「いいえ、お嬢さん。知っていたら止めるでしょう。奥方がこの手紙の束にたくさん金を払うことがわかりましたか」

「確かにね」ヘイガーは言った。「じゃあピーターズさん、あたしもこのうまい計画にのるよ。デラメア夫人のほうは任せてよ。あんたよりももっとふんだくってみせるから」

「お嬢さん、隅に置けませんね！　きっちり半分分けてくれるんでしょうね？」

「もちろんだよ。いただいたお金の半分はあんたのものだよ」ヘイガーはあいまいに答えた。「ところでデラメア夫人はどこに住んでいるの？」

「カーゾン街ですよ、お嬢さん。明るい赤色に塗ってあるお屋敷です。ちょうど今頃七時だったら、いつも家にいます。あの人からたっぷり搾り取ってくださいよ、お嬢さん。絶好の機会なんだから」

「わかっているよ」ヘイガーは冷静に答えた。「でもあたしだったら、ピーターズさん、この小箱はできるだけ早く元に戻しておくな。さもないと面倒なことになる」

「わたくしの取り分をもらったらね」悪党は言った。「五百ポンド以下では手を打たないでくださいよ、お嬢さん。この手紙はそれだけの価値はあるんだから」

「わかってる、任せてよ。明日デラメア夫人に会いに行く。明後日ここに来れば、結果を教えてあげるよ」

「あなたみたいな切れ者だったら、まず間違いないでしょう」ピーターズはにやりとした。「デラメア夫人を、オレンジみたいに絞り尽くしてください、お嬢さん。夫君にばらすと言えば、いくらでも払うはずだから。それじゃあ、お嬢さん。あなたは本当に賢い！　では失礼」

ピーターズはほめながら、ヘイガーが小箱を彼の頭に投げつけてしまう前に出て行った。彼女が考えていたよりもずっとひどい悪党だった。あの男が手紙を手にしていたら、どれほどデラメア夫人から金をむしり取っていたかと想像すると、ぞっとした。夫人にとって運のいいことに、軽率に書いた手紙は、夫人よりもずっと分別のある女性の手に握られていたのである。

貴族の称号こそなかったが、デラメア夫人は上流階級でかなり名の通った女性だった。もちろん非常に美しく、夫よりもずっと年下だった。デラメア氏は大金持ちの平民で、長く続いた家系と傲慢と言えるほどのプライドの持ち主だった。政治にかまけるあまり、軽薄で若い妻に、家名に泥を塗らないかぎり、なんでも好きなようにさせていた。彼女は好きなだけ浪費ができたし、金のかかるきまぐれも容認されていた。さらに彼女が望めば、そして本当に望んだ通り、何人もの男性と戯れた。しかしもしデラメアの家名がスキャンダルの種としてささやかれようものなら、ただちに夫は妻と別居か離婚をするだろうと、彼女はよくわかっていた。しかしわかってはいても、この美人で頭の弱いデラメア夫人は、エイヴァリー卿と浮気をし、熱烈なラブレターまで書いていたのだ。

夫人に危機感はなかった。エイヴァリー卿は紳士で名誉を重んじる男性であり、もらった手紙は燃やしたと何度も言っていたからだ。だからジプシー風の少女が封をした封筒を持ってきて、この中にエイヴァリー卿あての手紙が入っていると言ったとき、デラメア夫人はひどく驚いた。

「手紙！　手紙ですって！」デラメア夫人が言うと、ふわふわの金髪の巻き毛が額の上で揺れた。「一体どういうこと？」

「エイヴァリー卿あてのあなたの手紙が、この封筒の中に入っているってことです」ヘイガーは目の前のお人形のような彼女を、冷たい目で見ながら言った。「もし旦那さんが読んだら、離婚間違いなしだっていうこと！」

にデラメア夫人の化粧の下の顔が真っ青になった。「あなたは誰？」あえぎながら彼女の青い目は恐怖におびえていた。

「あたしはヘイガー・スタンリー。ジプシーで、ランベスで質屋をやっています」

「質屋ですって！　一体――どうやって――私の手紙を手に入れたの？」

「エイヴァリー卿の従僕が銀の箱を質入れしたんです。その中に隠してありました」ヘイガーは説明した。「そいつはあなたから金をゆするつもりだった。でもその前にあたしが手紙を手に入れて、代わりに来たんです」

「やっぱりお金をゆするの？」

　デラメア夫人は思わずそう言ってしまったが、本気で思っていたわけではなかった。このまじめそうな色黒の、詩人のような顔をしている少女は、不貞をした女を脅迫するような女性ではないようだ。それでもこの心にやましいところがある夫人は、貧民街の質屋からやってきたヘイガーという少女に責められているような気がしていたし、実際彼女自身も自分の軽率な行いを悔いていたのだ。高慢なデラメア夫人はこの訪問者を前にして苦悩した。まるで自分の足元にぽっかり底なしの穴があいたようにおびえ、彼女を助けに来てくれた女性に対しても、侮辱する言葉を投げつけてしまった。衝動に任せて言葉を発し、そしてその衝動のせいで今まで何度も痛い目に遭ってきた。もし高潔なヘイガーでなかったら、この軽率な美人はもっとひどい目に遭っていただろう。

「いいえ、デラメア夫人」ヘイガーは怒りをぐっと抑えて答えた。このあわれな女性には、怒りをぶつける価値もない。「お金がほしいんじゃありません。手紙を返しにきたんです。早く捨てたほうがいいと思います」

「もちろんそうするわ！」流行の服に身を包んだ夫人は、差し出された封筒をつかみ取った。「でもお礼をさせてちょうだい」

「盗まれた宝石を返したもらったお礼、みたいにですか！」ジプシーは唇をゆがめながら答えた。「いいえ、いりません。お礼目当てでやったことじゃありません」

「お礼がいらないの！」聞き間違いではないかとどもりながら、彼女は驚きを口にした。

「そうです」ヘイガーは重々しく答えた。「あなたの名誉を守ったんです」

「私の名誉ですって！」デラメア夫人は興奮して叫んだ。「まさか、あなた！」

「ええ、手紙を一通読ませてもらいました。一通だけ、でもほかのも同じようなものばかりでしょ。万一これをご主人が読んだら、残念ですけどあなたとエイヴァリー卿は、二人して離婚裁判所に行かなきゃいけなくなるでしょう」

「そ、それは誤解よ」デラメア夫人は自分を守ろうと、口ごもりながら言った。「私たちのあいだには何もなかったのよ――誓ってもいいわ」

「今さら嘘をついても無駄です」ヘイガーはそっけなく言った。「あなたが彼に書いたものを読みました。それで十分です。あなたを裁こうと思いません。この手紙を渡しにきただけです。もう帰ります」

「待って！　待って！　あなた親切な人ね。お礼にいくらか――」

「あたしは脅しにきたんじゃないよ！」ヘイガーは怒って声を荒げた。「脅迫犯から助けてあげたんだ。エイヴァリー卿の従僕が手紙を手に入れていたら、何千ポンドとむしりとられていたんだから」

「わかっている、わかっているわ」この頭の悪い女性はしくしく泣きながら言った。「本当にどうもありがとう。私を助けてくれて。どうかこの指輪を――」

「いらないよ、あなたからは何ももらわない」ヘイガーは言って、ドアへと歩いて行った。

「どうして――どうしてなの？」

ヘイガーは心の底からの軽蔑を込めて後ろを振り返った。「夫を裏切るような女からは、何ももらいたくない」彼女は静かに言った。「さようなら、デラメア夫人――次の恋人に手紙を書くときは、気をつけるんだね。また従僕がいるかもしれないから」そしてヘイガーは豪華な部屋から出て行った。立って見送るデラメア夫人は、怒りと恐怖と屈辱で青ざめていた。貧しいジプシー少女の軽蔑の言葉に、彼女は自分の罪を改めて思い知ったのだ。

ヘイガーは手紙を書いた女性に会いに、ウエストエンドまで行った。そして今度はランベスの質屋に歩いて戻り、手紙を受け取った男性の話を聞くつもりだった。彼女はものごとを中途半端にしておく人間ではない。ジョン・ピーターズのすべての悪行を阻止するために、雇い主へ伝言を送っておいたのだ。エイヴァリー卿はヘイガーが手紙で指示した時間と場所に行く、と返事をしてきた。時間は九時、場所は質屋の薄汚い居間だ。そしてここでヘイガーは、貪欲な従僕からデラメア夫人をどうやって救ったのかエイヴァリー卿に話し、彼に小箱を請け出して持ち帰ってもらうつもりだった。ロマンスに首を突っ込んでいたものの、ヘイガーは常に商売を忘れていなかった。そして自分がロンドンに逃げ延びてきたときに、食事と寝場所を与えてくれた老守銭奴の相続人のためにできるだけ金を稼いでおきたかった。ヘイガーのそうした倫理観は、ほとんどの人間にはまったく理解できないだろう。

時間通りに、エイヴァリー卿はカービーズ・クレッセントにやってきた。そしてヘイガーに裏の居間へと招き入れられた。彼は背が高くやせている、顔立ちの整った男性で、もう若くはなく、顔は青ざめていたので少し疲れているように見えた。美しいヘイガーを見て、質屋をあずかっているのは老婆だと思い込んでいた彼は少し驚いたようだった。しかし彼は何も言わず深々と一礼し、勧められた椅子に座った。ランプの明かりの下で、ヘイガーは彼の整った顔をじっと見つめた。知的な面差しを見て、どうして彼があんなデラメア夫人のような浅薄な女性と恋をして満足できるのだろうと不思議に思った。しかしヘイガーはそのとき、対照的な二人こそ惹かれあうということを忘れていた。

「質屋から手紙をもらって驚いたと思います」彼女はいきなり言った。

「正直に言えば」彼は静かな声で答えた。「でも私の小箱を持っていると書いてあったのでね。ここにあるのだろうか?」

ヘイガーは銀の箱を近くの棚から下ろし、彼の目の前のテーブルに置いた。「二週間前に質入れされました」彼女は静かに言った。「十三ポンド貸しました。だからその金額と一ヶ月分の利息を払ってくれれば、請け出せます」

何も言わずにエイヴァリー卿は十三ポンドを数えて出したが、利息はいくらになるのか尋ねなくてはいけなかった。ヘイガーが告げると、すぐに取引は終了した。そしてエイヴァリー卿は言った。

「どうしてこの小箱が私のものだとわかったのかね?」

「質入れした男がそう言っていました」

「奇妙だね」

「そんなことはありません、閣下。私が白状させたんです」

「ふむ！　君は賢いようだね」エイヴァリー卿は彼女を興味深げに見つめながら言った。「これを質入れした男の名前を尋ねてもかまわないかな？」

「ええ。あなたの従僕ジョン・ピーターズです」

「ピーターズ！」訪問者は繰り返した。「いや、君は人違いをしている！　ピーターズは正直者だ！」

「あいつは悪党で泥棒です、エイヴァリー卿。そしてあたしがいなかったら脅迫犯になるところでした」

「脅迫犯？」

「ええ。小箱の中には手紙が入っていました」

「手紙だって！」エイヴァリー卿はあわてたように言い、箱を引き寄せた。「秘密を知っているのか？」

「はい。秘密の隠し場所と手紙を見つけました。あたしが見つけたのは運がよかったんですよ。うっかり閣下がご友人に話してしまったから、ピーターズは名誉にかかわる手紙が、この小箱の中に隠されていると知ったんです。彼はここに探しにきたけど、あたしが取り出したあとでした」

「今、どこにある？」

「手紙を書いた奥さんに返してきました」

「どうして、誰が手紙を書いたかわかったのだね？」眉を持ち上げエイヴァリー卿は聞いた。

「手紙を一通だけ読みました。そしてピーターズから、女性の名前を聞きました。あたしに、一緒に奥さんを脅迫しようともちかけてきたんです。協力するふりをして、彼女に会いに行き、手紙を返してきました。そして閣下に今夜ここに来てもらって、小箱を返し、ジョン・ピーターズには用心するよう言うことにしました。あいつは明日、あたしに会いに来ます。手紙をたねにゆすった金を受け取りに来るつもりなんです。これで全部です」

「奇妙な話だ」エイヴァリー卿は答えてにっこり笑った。「もちろんピーターズは首にする。しかし泥棒の罪は問うまい。あいつは手紙のことを知っているのだから、法廷に持ち出すのは危険すぎる」

「もう危険じゃありませんよ、閣下。送り手の奥さんに返しましたから」

「君は本当に賢い」エイヴァリー卿は満足げに言った。「その女性の名前を教えてくれるかな?」

「ご存じでしょう!　デラメア夫人です」

エイヴァリー卿は少しのあいだ唖然《あぜん》とし、そして静かに笑いはじめた。「お嬢さん」彼は笑い終えるとすぐに言った。「手紙を返す前に私に相談してくれればよかったのに」

「できません」ヘイガーは断固とした口調で言った。「だって閣下は手紙を返さないかもしれないもの」

「確かに私だったら、あの手紙をデラメア夫人には渡さないだろうな!」エイヴァリー卿は言って、また吹き出した。

「どうして?」

「だって彼女が書いたのものではないのだから。お嬢さん、私はデラメア夫人から来た手紙はみんな燃やしてしまって、そのことは彼女に言ってある。小箱に入っていた『ベアトリス』という署名の手紙は、別の女性からもらったものだ。デラメア夫人に会わなくては。彼女は絶対に許してくれないだろう。ああ、おもしろい!」そして彼は再び笑い出した。

ヘイガーは憮然《ぶぜん》としていた。自分ではうまくやってのけたつもりだったたし、確かにそうだった。しかし、ヘイガーが手紙を渡したのは別の女性だったのだ。やがて彼女もなんだかこの間違いがおかしくなってきて、エイヴァリー卿と一緒になって笑い出した。

「間違えてごめんなさい」彼女はようやく言った。

「君のせいじゃないよ」と言いながら、エイヴァリー卿は立ち上がった。「悪党のピーターズのせいだ。とにかくあいつは明日クビにしよう。そしてベアトリスの手紙をデラメア夫人から取り戻そう」

「それであの女性と別れるんでしょう」ヘイガーは彼を玄関まで送りながら言った。

「お嬢さん、デラメア夫人があの手紙を読んだら、あちらから別れてくるさ。絶対に許してくれないだろう。おやすみ。ああ、おかしい！」

エイヴァリー卿は小箱を持って去っていった。ピーターズが脅迫の取り分を受け取りに来ることもなかった。ピーターズはおそらく主人からヘイガーが何をしたのか聞いたのだろう、とヘイガーは思った。デラメア夫人があの「ベアトリス」のサインの入った手紙を読んで、何と言ったのだろうと考えることもあった。エイヴァリー卿だけがその結末を教えられる人物だったが、二度と会うことはなかった。脅迫犯のピーターズともそれっきりだった。そして、別人のラブレターが入った十五世紀のフィレンツェの小箱も、二度と見ることはなかったのだ。

第十一章　十人目の客とペルシャの指輪

ランベスの質屋にやってきた客の記録の最後のほうに、がりがりにやせた、ヘイガーとはまた違う東洋風の顔つきの男性についてのものがある。彼は楕円形の顔にワシ鼻、黒い鋭い目をし、長くて黒い美しくそろえられ手入れされた顎ひげをはやしていた。実際のところ、この顎ひげが彼の唯一きれいな部分であり、ヨーロッパ風の洋服はぼろぼろで、頭にターバンとして巻いている紫色の布もすり切れシミだらけだった。彼がヘイガーの前に現れたとき、とても印象的な姿だったので、彼女は興味津々で観察した。この十番目の客はジプシーのように見えるところがあり、穏和なロマ族の一人であるような印象を与えた。ヘイガーの鋭い目もだまされてしまったのだ。

「あなたも仲間?」彼女は少しのあいだ彼を観察してから、ぶっきらぼうに言った。

「意味がわかりません」男は多少外国なまりがあるものの、上手な英語で答えた。「何の仲間ということです?」

「ロマ族――ジプシーだよ」

「いいえ、娘さん。違います。どういう連中かは知っていますが――おお、そうだ、わが国にもこの国と同じようにいます」

「国はどこなの？」ヘイガーは自分の間違いにとまどいながらさらに聞いた。

「イランです。あなたたちはペルシャと呼んでいます」客は答えた。「娘さん、私はアリーです。イスパハンから二年前に来ました。この町にも長く暮らしたものです」

「ペルシャ人！」ヘイガーは彼の浅黒い顔と繊細な顔立ちを見ながら言った。「ペルシャ人と会うのははじめてだよ。とってもロマ族に似ているね。ユダヤ人とは違うよ」

「娘さん、私はユダヤ人でもキリスト教徒でもない。かの偉大なる預言者を信じる者です。彼の名をほめ称えよ！　いや、そんな話をしにきたのではありません」彼は少しいらだって言った。「この指輪をお金にしてください！」

「まず指輪を見せてもらうよ」ヘイガーは商売の顔に戻って言った。

アリーと自己紹介した男性は、問題の指輪を細い茶色の指から抜き取って、黙って彼女に手渡した。幅広の、いぶし金の指輪で、楕円形の、金でアラビア文字が刻まれている空色のトルコ石がはめ込まれていた。災いを避けるまじないのような奇妙な文字が石に刻まれているので、指輪はまるで護符かお守りのように見えた。今までに見たことのない品物だったため、ヘイガーはこの指輪を慎重に調べた。

「変わった宝石だね」彼女はトルコ石を拡大鏡で調べてから言った。「いくらほしいの？」

「一ポンドではどうですか？」アリーは即座に答えた。「ほんの二、三日だけなのですから。おお、なんと！　本当に一ポンドもらえるのですか？」

「うん、もちろんだよ。この指輪はその五倍の価値があるからね。はい、お金。質札をあなたの名前のアリー、で作るよ。綴《つづ》りは？」

ペルシャ人はヘイガーから質札を受け取り、とても上手な英語の筆跡で自分の名前と住所を書いた。そして一礼して店から出ようとした。しかしドアに着く前に彼女は呼び止めた。

「ねえ、アリーさん、この宝石に金でなんて書いてあるの？」

「アラビア文字です、娘さん。精霊への祈りの言葉で『慈愛深きアラーの御名において』と書いてあります」

「たった一、二語でずいぶん長いね」ヘイガーはつぶやいた。「アラビア語って速記みたいだ。いつこの指輪を請け出すつもり？」彼女は大きな声で尋ねた。

「二、三日のうちに」ペルシャ人は答えた。「たぶん今週中に。絶対。お休みなさい、娘さん。しっかり指輪を保管しておいてくださいね。では」

アリーは再び一礼して店から出て行った。ヘイガーはもう一度このお守りのような言葉が彫り込まれた奇妙な指輪を調べると、ほかの宝石類と一緒にトレーの上に置いた。この指輪には何かいわくがあるのではないかと、彼女は思った。最近『アラビアン・ナイト』を読んだばかりだったので、アラジンの指輪と心の中で比べてみたりした。文字が刻まれたトルコ石は由緒ある宝石のように見えたのだ。

翌日の午後、別のペルシャ人がやってきた。アリーによく外見が似ていたので、ヘイガーはペルシャ人だと認識したのだ。そして二人は双子といっても通るほど似ていたが、受ける印象は異なった。アリーはまなざしが柔らかく、口を憂鬱そうにゆがめていたが、もう一人の同国人の細面には、まるでタカのような危険な激しさが浮かんでいた。アリーと同じような服装だったが、紫ではなく黄色いターバンをつけていた。ヘイガーにモハメドだと名乗り、ポケットから質札を取り出して彼女に渡した。

「同郷のアリーから預かった」彼は片言ではあるが明瞭な英語で言った。「彼が預けた指輪、請け出したい」

「なんで本人が来ないの？」ヘイガーは疑い深げに尋ねた。

「アリーは病気。とても具合悪い。私に請け出し頼んだ。でも私に渡してくれないなら――アリーにそう言う。彼、本人来る」

「ああ、そんな必要ないよ」ヘイガーは答えながら指輪を取ってきた。「質札さえあれば大丈夫だよ。アリーさんの品物はこれだよ。一ポンドと利息ね。ありがとう。ところで、モハメドさん、あなたはアリーさんの友達なの？」

「はい。彼がここに来たとき私も一緒だった」モハメドは素直に答えた。「私の大親友。私たち二年もこの国で一緒」

「二人とも英語が上手だね」

「ありがとう。私たち英語をペルシャでずっと習っていた。そしてここでいつも話している――いつも。ごきげんよう。アリーのところ持って行く」

「ねえ」ヘイガーは呼びかけた。「その指輪には何か由来があるの？」

「何、これ？　私知らない。彼の精霊のお守り。それだけ。ごきげんよう。急いでアリーのところに行く。ごきげんよう」

彼は指輪をはめて行ってしまった。あの奇妙な黄金の文字が刻まれた宝石にまつわるおもしろい話を聞くことができなかったので、ヘイガーはがっかりした。しかしもう指輪は請け出されてしまったのだから、話を聞くことも、二人のペルシャ人と会うこともないだろうと思っていた。一週間たってもアリーは現れず、ヘイガーは何も問題はなく、本当に彼はモハメドに指輪の請け出しを頼んだのだと結論づけた。ところが請け出しから八日目、アリー本人が質屋に現れ、事実を知ることになった。ヘイガーは驚いて彼を見た。

この気の毒な男は具合が悪そうで、茶色い顔はげっそりやつれていた。優しげな黒い瞳に憂慮の色が浮かび、指輪を請け出す言葉もやっとのことで発していた。あまりに予期しないことが起きたので、ヘイガーは何も話せず突っ立ったまま、言うべき言葉を探すのに少し手間取った。

「指輪だって！」彼女は驚いて言った。「だって、もう受け取ったでしょ！　友達のモハメドさんが渡したはず――」

「モハメドですって！」アリーは叫び、両手をぎゅっと握りしめ、そして次の瞬間意識を失って店の床に崩れ落ちた。指輪に関連してモハメドの名前を出しただけで、この気の毒なペルシャ人は打ちのめされてしまったのだ。彼の訪問、行動、失神、すべて予想外の説明のつかない出来事だった。

最初の驚きから立ち直ると、ヘイガーは倒れた男性を助けようと走り寄った。冷たい水のおかげですぐに男性は意識を取り戻し、善きサマリア人のように彼を助け起こしたヘイガーに導かれて、裏の居間へ連れていかれ、ソファに寝かされた。しかし彼はただ体が弱っていただけではなく、腹をすかせていて、ヘイガーにかすかな声で、二日間何も食べていないと言った。すぐに彼女は食事を用意し、スープをあたためて食べさせた。アリーは少しずつよく食べた。預言者の信者としてワインは断ったが、彼はすぐに元気を取り戻し、ヘイガーに何度も感謝を繰り返した。

「あなたは我らが預言者の娘、ファティマのように慈悲深い」彼は感謝の気持ちを込めて言った。「あなたの善き行いは、最後の審判の日に天使ジブリールに伝わることでしょう」

「なんでそんなにお金がないの？」この賞賛の嵐に落ち着かないヘイガーは質問した。

「ああ、娘さん、話すと長くなりますが」

「あの指輪に関係している？」

「そう、そう。あの指輪があれば週末、私は金持ちになるはずでした」ペルシャ人は答えてため息をついた。「でもあの悪党が私の財産を持っていってしまうでしょう。ああ！」アリーは猛然と言った。「あのモハメドはまことの悪人なのです！」

「あいつが悪党なのは間違いないね！　どうやって質札を手に入れたのかな？」

「私が病気で寝ているあいだに盗んだのです」

「どうしてあいつは指輪をほしがったの？」

アリーは一瞬考え込んだが、さらに続けて告白する決心を固めたようだった。「お話ししましょう、娘さん」彼はヘイガーを感謝の眼差しで見ながら言った。「あなたはとても親切にしてくださった。私の人生とあの指輪の話をします」

「あの指輪には何か由来があると思ってたんだ」ヘイガーは満足げに言った。「さあ、続けて、アリーさん。聞かせてもらうよ」

ペルシャ人はすぐ言われた通りにした。しかしところどころ彼の英語が通じず、ときには母国語で話を進めた。それにまだ体力が回復しておらず、アリーがすべてを話し終えるにはかなりの時間がかかった。それでもヘイガーは辛抱強くじっと最後まで耳を傾けた。それほど彼の話は興味深かったのだ。

「私はイスパハン生まれです」ペルシャ人は落ち着いた声で言った。「私は故国ではミルザ、この国でいう公爵です。父は王に仕える将軍で、金持ちでした。父が亡くなり、一人息子の私が財産をもらいました。私は若く、金持ちで、見た目もそれほど悪くなかったので、楽しい人生が送れると思っていました。王は父がお気に入りだったので、私のことも王は大事にしてくれました。私はテヘランの宮廷へ出仕し、ひきたてられてあっという間に高い位につきました。しかしそんなときでした！」アリーは美辞麗句を駆使して続けた。「喜びの表情は悲しみに曇り、愚考の馬に乗り悲しみの国へと疾走していったのです」ここで彼はいったん口を閉じ、ため息とともにこう付け加えた。「彼女の名前はアイーシャといいました」

「やっぱり！」皮肉屋ヘイガーは言った。「女の名前が出てくると思った。彼女に人生をめちゃくちゃにされたってわけ？」

「彼女ともう一人に、です」アリーはため息をつきながら顎ひげをなでた。「彼女を見て美しさにもう夢中になって、心はろうのように溶け、その眼差しに心臓も水となって流れ出てしまうようでした。彼女はジョージア人で、スライマーン〔ソロモン。紀元前一〇一一頃～九三一年頃。古代イスラエルの王〕の第一妻より美しかったのです。しかしサアディー〔イランの詩人（一二一三頃～一二九一）〕の言う通り、『美のあるところ、悲しみあり』だったのです！」

「なるほどね」ヘイガーは辛抱強く答えた。「彼女の外見はもうわかったから。さあ、続けてよ」

「私が悪いのです！」アリーは言った。「このジョージア人女をイスパハンで買い取り、三番目の妻にしました。しかしあまりに愛らしくしかも頭がよかったので、すぐに第一妻にしました。彼女の美しさをあがめ、その機知に驚嘆したものでした。妻はヒヨドリのように歌い、妖精《ペリ》のように舞ったのです」

「彼女はすごい人だったみたいだね、アリーさん！　続けてよ」

「アクメットという、私を心から憎んでいる男がいたのです」アリーはその名前を口にすると鋭い目つきになった。「あいつは私が金持ちで王に愛されているのを見て、破滅させようと罠を仕掛けたのです。私の美しい妻アイーシャのことを聞きつけて、天国の美しい処女《フーリー》のように愛らしいと王に吹き込んだのです。その言葉に刺激された陛下は、わが屋敷を訪れました。もちろん私は陛下を歓待しました。私の宝をごらんになり——なかでもわが妻に目をとめられました」

「トルコ人は、奥さんを他人には会わせないんじゃないの？」

「トルコ人ではなく、ペルシャ人です」アリーは静かな声で訂正した。「そして王は臣下の屋敷では他人ではありません。それに幸福の住処への閉ざされた扉も、陛下だったらお通りになれるのです」

「幸福の住処って何？」

「ハーレムのことですよ、娘さん。もっともこの話は幸福どころか破滅の話ですが。王はわが美しいアイーシャに目をとめられ、彼女の燃えるような眼差しに、心を射られました。陛下は宮殿に帰られても、私の宝を手に入れたいと願っていました。王に直接会うことのできたアクメットは、王をあおり、私はアイーシャと不仲であるとまで言いました」

「そうだったの？」

アリーはため息をついた。「王がいらっしゃったあと」彼は告白した。「妻は王室のハーレムに入りたいと言いだしました。王室の栄光に浴したいというのです。彼女は口をきかずふさぎこんだり、悩んで怒りっぽくなりました。いろいろ手を尽くしてなだめようとしましたが、聞く耳をもたず、私をうるさがり、あるときなど真珠飾りのスリッパで私の顔を打ったこともありました。私が美しいジョージア人妻を虐待し、私たちがけんかばかりしていると、不忠の臣アクメットは王に吹き込みました。そしてついにアクメットは、私が王が身につけておられるもっとも安い宝石と妻を交換してもいいとまで言っている、などと話したのです」

「本当にそんなことを言ったの?」

「怒りにまかせてそんなことを言いました」アリーは陰気に言った。「しかし馬鹿げた言葉を本気と受け取られるとは思っていませんでした。しかし愚かな言葉が王の耳に入り、私は呼び出されました。『アリーよ』陛下はおっしゃいました。『余が身につけている最も価値のないものよりも、そなたの妻アイーシャのほうが価値がないそうだな。だとしたら、この指輪をとらせよう。これを受け取るがいい。そしてそなたの価値もない妻を、わが王室の庇護《ひご》の元に加えるのだ。よいな』。お嬢さん、私は地面に頭をすりつけ、指輪を受け取ると退出しました」

「アイーシャは渡さない、って言わなかったの?」

「いいえ。王の言葉は法律ですから。そんなことを言えば、首が飛びます。そういうわけで私は妻を失いました。私は屋敷に帰って王の望みを妻に話し、陛下の支配の及ばない土地に逃げようと説得しました。しかし王室のハーレムに入りたいと強く願っていた妻は、拒否しました。だからやむなく私は強行手段をとりました。ある晩彼女に薬を飲ませ、ラクダに乗せると、商人に変装していちばん近い港へと出発しました」

「うまく逃げられたの？」

「いいえ」アリーは憂鬱な声で答えた。「アクメットが見張って、尾行していました。妻は力ずくで連れていかれました。もっともそれが彼女の望みだったのですがね。王の命令に従わなかったので、私は足の裏を、気を失うまで棍棒で打たれました」

「アリーさん、かわいそうに！」

「怒りで頭がどうにかしていたのでしょう。私は判断力を失って、陛下を倒す陰謀に加わりました。するとここでもまたあの悪知恵の働くアクメットがその計画を阻止し、私が関係していることに気づきました。命からがらペルシャから逃げ出さなくてはなりませんでした。全財産は王室に没収されましたが、ほとんどが陰謀を暴いたアクメットに褒美として与えられました。ここでは言いませんが、たくさん苦労をして、ようやくこの国にたどり着き、二年間貧しくみじめに生きてきました。私の妻は王の宮殿に君臨し、わが敵は一つの州を治めています。一方この私は、ごらんの通りの亡命者なのですよ、娘さん。王国から持ち出せたのは、わが美しいアイーシャと引き替えに受け取ったあの指輪だけだったのです」

彼は話すのを止めた。ヘイガーは彼が話を続けるのを待ったが、ずっと黙ったままだったので、我慢できず言った。「それで終わり？」

「はい――ただ、この国に来てから、アクメットとアイーシャは私をペルシャに連れ戻そうとしていると聞きました。二人は私を殺すつもりなのです。ジョージア人の妻は自分を譲り渡した私のことを許さず、命を奪わなくては満足できないのです。アクメットにとっては、私が生きている限り不安なので、やはり死んでほしいのです。できることならば私をペルシャに連れて帰り、そして殺したいと思っているのです」

「あなたの意思に反して、ロンドンから連れ出すことはできないよ」

アリーは頭を振った。「どうでしょうか！」彼は言った。「シナへ無理矢理連れ帰るために、大使館に誘い込まれたシナ人の事件があったではありませんか。イギリス政府が干渉しなければ、今頃彼は死んでいたはずです［一八九六年にロンドン亡命中の孫文が清国大使館に誘拐監禁された事件］。だから私はいつもペルシャ大使館には近づかないようにしているのです」

「そうしたほうがいいね」その事件を覚えていたヘイガーは答えた。「でもその指輪だけど、どうして質入れしたの？　そしてどうしてモハメドが質札を手に入れて盗んだりしたの？」

「ペルシャに友人がいます」アリーは説明した。「王に取り上げられた私の財産から、宝石を一箱だけ隠しておいてくれたのです。私がこの国で困っていると聞いて、宝石を召使いに託して送ってくれました。彼からの手紙には、あの指輪を見せたら宝石を渡すように、召使いに言い含めてあると書いてありました。愚かなことに、私はその話をモハメドにしてしまいました。ある晩彼は指輪を奪おうとしました。召使いに見せて宝石をわがものにするためです。彼に盗まれるのを恐れ、召使いが来るまであなたに預けておこうと思ったのです」

「召使いは来たの？」

「先週到着しました」アリーは悲しげに答えた。「サウサンプトンで私を待っています。でもなんということでしょう！　愚かにもそのことを話してしまったのです。あの指輪を質入れしたあとに病気になり、モハメドが質札を盗み、ご存じの通り、あいつは指輪を手に入れてしまいました。今頃は友人の召使いに見せて、宝石を手にしているでしょう。モハメドは金持ちになり、私は貧乏なままです。ねえ、娘さん。私が絶望して倒れてしまった理由がわかるでしょう。私は運命に翻弄される、もっとも不運な男なのです！　詩人はこう私のことを歌うでしょう。

『戦うなかれ、競うなかれ。未来は災いなり。悲しみを受け入れよ。財宝は汝の敵のものなり』」

哀れな男はこの詩を弱々しく朗誦し、わっと泣き出し、悲しみでもだえ体を前後に揺らしていた。ヘイガーは気の毒な男性に同情した。妻を失い、財産を失い、故郷まで失った不幸な男性なのだ。彼女はできるだけのことをして慰めた。

「二十シリングあるからさ」銀貨を数枚、彼に手渡した。「もしかしたら、モハメドはまだサウサンプトンに行っていないかもしれないし、あなたの宝石を持った召使いはまだ着いてないかもしれないじゃない。ハンプシャーに行って、指輪を取り戻せるかどうか確かめてみなよ」

アリーは感動して礼を言いながら、事の顛末は必ず教えると約束し、すぐに店から出て行った。彼を見送るヘイガーは、彼の目的は正しく、聞いた話は真実だと信じていた。しかしその後、一人になってよく考えてみると、もしかしたら二人の詐欺師にはめられたのではないかという疑念がわいてきた。アリーの話は、『アラビアン・ナイト』の寓話によく似ていたので、もしかしたら嘘ではないのかとヘイガーは疑いはじめたのだ。何日たっても、アリーは約束したように再び現れることはなく、やっぱり思った通りだ、と彼女は感じた。

「あの二人のペルシャ人は、お芝居をしてあたしをひっかけたんだ」彼女は心の中で思った。「お金目当てだったのかも。でもまだよくわからないなあ。そこまでして二人がたった二十シリングをほしがると思えない。やっぱりアリーの話は本当で、サウサンプトンで、指輪と宝石を取り戻そうとしているのかもしれないな」

彼女の憶測は正しかった。姿を消していたあいだずっと、アリーは泥棒のモハメドを探してサウサンプトンをさまよっていた。二十シリングはすぐに使い果たしたが、運のいいことにペルシャで知りあいだったあるイギリス人に行きあった。この紳士は進歩的な考えを持った東洋学者で、汚れてみじめな姿で友人の召使いと裏切り者のモハメドを探しまわっていたアリーにすぐに気がついた。カーシューという名前のこのイギリス人は、かつて豊かだったころを知っている男が、このように落ちぶれているのを見て、強い衝撃を受けた。アリーをホテルに連れていき、食事と服を与え、どうしてこのペルシャ人がここまで落ちぶれたのかを尋ねた。アリーはこの善きサマリア人に、ヘイガーに話したのと同じ内容の話をした。しかし東洋の狡猾さと倒錯した世界をよくわかっていたカーシューは、ジプシーの少女のようには驚かず、疑わなかった。彼は運命に見放された気の毒なアリーに同情し、協力することにした。

「王の寵愛を取り戻すことはできないのかね?」彼はペルシャ語でこの気の毒な男に聞いた。

「まさか! 無理です。なにしろ、私は王に反逆する計画に荷担したのです。アクメットに裏切られました。ですから大使館に近づくこともできません」

「ふむ! やっぱりな」カーシューは白い顎ひげをなでながらうなった。「それで、あの悪党のアクメットは王のお気に入りになったのかね?」

「ええ。あいつは州の長官になり、今や王の寵姫のアイーシャとも親しいのです。幸運の絶頂にあります。しかし奇妙なことに」アリーはつけ加えた。「財産も地位もあるのに、どうして私を連れ戻して殺そうというのでしょう」

「連中は、君を陥れたことがわかっているからだよ。だから君を恐れているのだ。しかしイギリスにいれば安全だ。ここだったら王だって君を捕らえることはできない」

アリーはカーシューに、ヘイガーに言ったように、イギリス中で大騒ぎになったシナ人誘拐事件のことを語った。カーシューは笑った。「あの事件のおかげで君はかえって安全になったとわからないかね？」彼は言った。「もしペルシャ大使館が君を捕まえても、釈放せざるをえないだろう。いいね、私と再会したからには、もう君は一人ではない。私と一緒にいなさい、アリー。そうすれば奥さんやアクメットに襲われても安全だ」

「しかしあなたの情けにすがりたくありません」

「そんな心配はない」東洋学者はきっぱりと言った。「知っての通り、私はフェルドウスィー［九三四頃〜一〇二五頃。ペルシャの詩人］が書いた歴代の王の叙事詩を翻訳している。それに協力してくれるなら君を私の秘書にしよう。数ヶ月もすれば君も自活できるようになり、なにがしかの定職を見つけてあげられるだろう。指輪を盗んだ悪党のモハメドは、警察に捜査させよう。ところで、彼はペルシャには戻らないだろうね？」

「はい。彼も陰謀の一味だったのです」アリーは答えた。「われわれは一緒に王の追跡から逃れました。私に間違われた彼は、逮捕されて首を切られるところでした。それくらいよく顔が似ているのです。しかし彼はどうにか逃げて、イギリスで再会したのです。私よりも彼のほうがイギリスにいて安全でしょう。なにしろペルシャに連れ戻そうとしている敵がいないのですから」

「間抜けなアヒルのようだな。おびき出されて殺されるなんて」カーシューはぞっとするような笑みを浮かべた。「さて、その悪党を探し当て、できれば宝石を見つけたいところだが、君に宝石を送ってきた友人とは誰かね?」

「シラズのフェシュナヴァットです。父の友人で、ご存じの通り大商人です」

「ああ、知っている」と言って、カーシューはうなずいた。「立派な老人だ。彼が君の宝石を取り戻してここまで送ったのは確かだろう。問題なのは、王の指輪を見せるのと引き替えに渡すというやり方だ。まさか泥棒が君から指輪を盗むなんて予想していなかったにちがいない。本当に、アリー、君はなんて不運なんだろう!」

「あなたにお会いしてからは、そんなことはありませんよ。哀れな私を助けてくださった!」アリーは感謝を込めて言った。「あなたは親切で善良だ。ロンドンで私を助けてくれた女性のように。お二人とも報われるでしょう。詩人はこう言っています。

『黄金を貧者に惜しみなく与えよ。施した分は四十倍となり戻るであろう』」

「ああ、アリー」カーシューは軽いため息をついた。「君の対句と謝意だが、東洋の韻文は西洋の散文に変えてくれたまえ。君はロンドンにいるのだ。つまらないロンドンに。シラズの庭園でサアディーとともにいるのではないのだよ」

カーシューは言った通り、アリーを雇って王を歌った叙事詩の翻訳を手伝わせた。最初の給料が出るとペルシャ人はヘイガーのところに行って金を返し、質屋を出てから起こったことを話した。ヘイガーは彼に再会できて喜び、金を返してもらって満足した。おかげで失いかけていたアリーへの信頼は回復した。ヘイガーはモハメドについても質問したが、ペルシャ人の悪党の行方は知れなかった。

「あいつは私の指輪と宝石を奪っていきました」アリーは悲しげにため息をついた。どこか遠くの国に行って、私の財産で暮らしているのでしょう。しかしアラーの正義は黒い岩にはりつく黒い甲虫も見抜きます。いつの日か彼を罰することでしょう。オド人が塵芥になったように。そう決まっているのです」

一方カーシューは、アリーのことが気に入っていたので、モハメドと指輪の行方についてあらゆるところへ問い合わせていた。何週間もまったく成果が得られなかったが、ついに泥棒の行方の手がかりが見つかり、ようやくすべてがわかった。モハメドと指輪がどうなったのか見つけたのだ。そしてその結末に彼は少なからず驚愕した。真実を教えてくれたのはペルシャ大使館の大使館員であり、本人が直接アリーに同じ話をするのがいちばんだと、カーシューは判断した。

「わが友よ」ある日彼はペルシャ人に言った。「ミルザ・ババという同郷の男を知っているかね?」

「名前は聞いたことがあります」アリーはゆっくりと答えた。「しかし向こうは私を知りませんし、私も会ったことがありません。どうしてそんなことを聞くのです?」

「実は彼が君の指輪の行方を知っているのだ」

「モハメドの行方もでしょうか? おお、わが友よ、すべてを話してください!」ペルシャ人は叫んだ。

「いいや、アリー。ミルザ・ババ本人の口から真実を聞いたほうがいいだろう。ここに来て君に話すよう頼んである」

「しかし私が誰かわかってしまうかもしれないではありませんか!」アリーはうろたえてつぶやいた。

「いいや、君の顔は知らないはずだ」カーシューはほほえみながら答えた。「それに――」言いかけてうなずいた。「まあ、彼の話を聞きたまえ。しかし自制心と東洋的な無表情は必要だろう。がんばりたまえ」

「おっしゃる通りにします」アリーは両手の指を組み合わせながら答えた。「今日と明日は全知全能の神の手に委ねます」

約束通り、カーシューは翌日ミルザ・ババを自宅に招き、アリーに紹介した。彼は同国人の前では偽名を名乗った。大使館のペルシャ人は位が高く、ただのカーシューの秘書だと思ったアリーにはほとんど関心を払わず、目にもとめなかった。無視されたのはアリーにとっても好都合で、彼は脇のほうにおとなしく座り、彼の話を聞いていた。ミルザ・ババはカーシューの求めに応じて、モハメドと行方不明の指輪の話を、パイプとコーヒーを手に、再び話した。これを聞いてアリーはとても驚いた。

「ご存じの通り」ミルザは主にカーシューに向かって話し、同国人のことは無視していた。「アリーというやからは、呪うべき存在だ！　偉大なる王の安寧を脅かす陰謀を企てるなど！　わが太陽の国から逃げ出して、貴公の国にやってきたのだ。そやつを追いかけ、陛下のご決断で、わが国はこの罪人をペルシャに連れ戻し、罰する決議をした。東洋の真珠と呼ばれるアイーシャ様は、陛下のお目にとまるまではそやつの妻だったが、この裏切り者の首を見たいとおっしゃった。それに高官のなかでももっとも熱心だったのが、この裏切り者アリーの陰謀を暴いたアクメット様で、ぜひともやつを罰するおつもりだ。アリーを捕らえ、たとえロンドンの路上であっても捕縛して、テヘランの法廷へ鎖でつないで送れという命令が大使館にくだされた。しかしなかなか難しい」

「ふむ、そうでしょうな！」カーシューは冷たく言った。「清国大使館が孫文を捕まえようとしましたが、結局釈放になりました。イギリス政府は、ロンドンの各国大使館は無法地帯ではないと考えましたから」

「その通り、わかっておる」ババも冷静に答えた。「そういうわけで、アリーを同じ方法で捕らえることができぬ。戦略が必要になったのだ。それで、シラズのフェシュナヴァットが書いたように見せかけた手紙を、この裏切り者に送った。財産の残りから、宝石を一箱だけ持ち出せた、それをイギリスに送るのでサウサンプトンで受け取ってくれ、その際には王の指輪を目印にする、という内容だ。指輪の話はご存じか？」ミルザはつけ加えた。

「ええ。妻と交換に、王はアリーにその指輪を与えたのでしょう。さあ、続けてください」

「そうだ。あのやからは、今はペルシャの真珠となった妻を、王がはめていた最も安い指輪と交換したのだ。この国に来るときもその指輪をはめていたのはわかっていたので、アイーシャ様とアクメット様は、裏切り者に死を与える罠として使われた。そして、わが友よ」ババはくすくす笑いながら続けた。

「アイーシャ様の計画が実にうまくいったのだ。アリーはサウサンプトンに行き、フェシュナヴァットの召使いに化けた男に会い、指輪を見せて宝石を要求した。夜中のことで、この裏切り者はすぐに拘束され、待ちかまえていた船に乗せられてペルシャまで運ばれたのだ」

「うまくいったのですね」カーシューは言いながら、真っ青な顔のアリーを見やった。「そしてどうなりましたか？」

「嘘と不運」ミルザ・ババは答えた。「このアリーは、真実を知ると、自分はアリーではない、モハメドといって宝石を手に入れるため指輪を盗んだのだと言い張った。もちろんそんな話を信じる人間など誰一人いない。助かろうするための嘘にちがいないからな。厳重な監視下に置かれ、ペルシャに着き次第首をはねられると宣告された。死の恐怖から、この悪党はある晩、閉じ込められていた船室から逃げ、海に身を投げた。指輪は残していった。おそらく死んだのだろう。指輪をペルシャまで運び、アリーを捕らえた証拠とした。今、指輪はペルシャの真珠が身につけておられる。アイーシャ様は今でもアリーが復讐から逃れたのを残念がっていらっしゃる」

アリーはこの話を聞いて、うわべは落ち着いていたが、内心は恐怖におののいていた。ミルザが帰り、ペルシャ人と二人きりになって、カーシューはこう言った。

「さて、アリー」彼は優しく言った。「まだ運に見放されていなかったようだな！　おかげで君は命拾いをして、モハメドは盗みの罪で罰せられた」

「なんということでしょうか」アリーは東洋的な無表情で言った。「しかし確かに、私が罠から逃れられたのは驚くべきことです。これで安心して暮らせます。アイーシャもアクメットも、私が死んだと思っているのですから、もう二度と探そうとしないでしょう。指輪は失いました。しかし命が助かりました。これからは別の名前を名乗ってイギリスで暮らすことにします」

「実に奇妙な話だったな」カーシューは考え込みながら返事した。

「まるで『千夜一夜物語』のように奇妙な話でした」アリーも答えた。「黄金の文字で記録すべきです。詩人だったらこう言うでしょう。

『そなたの道を前へと進め。闇に閉ざされようとも。汝の運命を信じるならば、アラーはお導きくださる』」

第十二章　ヘイガー退場

ヘイガーが現れ、ジェイコブ・ディックスを驚かせ、迎え入れられてからもう二年、そして老守銭奴が質屋を彼女に託してこの世を去ってから一年が過ぎた。そのあいだ彼女は、貧しい自分に同情してくれた老人のためだけに懸命に仕事をしてきた。朝早くから夜遅くまで働き、金もうけの機会を決して逃さず、ずっと質素な暮らしを続けていた。仕事でもうけた金は、すべて銀行に預け、すべての領収証や受領証はヴァーク弁護士に渡してあった。いつゴライアスが現れても、質屋と全財産を引き渡して去ることができるようにするためである。

しかし、もし行方不明の相続人が現れて、また貧乏人に逆戻りしたらどうすればいいか、いい考えはいまだに浮かばなかった。たとえば自分の部族に戻って、またかつてのようなジプシーの生活ができたらいちばんだと思う。ゴライアスの件で彼女は自らロマ族のキャンプを出たので、彼がここを相続すれば、自由に元に戻ることができる。ゴライアスことジミー・ディックスは金持ちになるのだから、放浪者と一緒に田舎をさまよいたくないだろう。つまり彼が現れても安心だった。ヘイガーは店の経営にも、カービーズ・クレッセントの退屈な暮らしにもあきあきし、放浪の生活を懐かしく思っていた。ジェイコブ・ディックスには感謝していても、最近は何度となくゴライアスが相続権を主張して現れ、自分の肩にのしかかっている厄介な責任を取り去ってくれないかと願うようになっていた。しかし相続人はその姿を現すことはなかった。

ユースタス・ローンがゴライアスを探していることも、よくわかっていた。彼女との約束に従って、そして彼女の約束した褒美に胸をふくらませて、ユースタスはこの何ヶ月間も行方不明の男を探していた。イングランドとスコットランド中を歩きまわり、出会うジプシーや放浪者や町の悪党に、ゴライアスの行方を尋ねてまわった。しかしすべて空振りで、ゴライアスは完全に姿を消してしまったかのようだった。もしかしたら彼は国内にはいないのではないかと、ユースタスは疑いはじめていた。さもなければ何か噂くらいは聞くはずだし、人探しの新聞広告を見ているはずだからだ。時々ユースタスはヘイガーに失敗の報告の手紙を書いた。店への嫌悪とさらなる捜索を励ます言葉が連ねてあるヘイガーからの手紙を読んで、彼は元気を取り戻し、またユースタスは放浪を始めるのだ。このように彼の捜索はあらゆる場所に及んだ。そしてついに彼の努力は実を結ぶことになったのだ。

ある日、ヘイガーが少しやるせない気持ちで裏の居間で座っていたときのことだった。かつてジェイコブの仲間が盗品を処分するため――ヘイガーはやらなくなっていた仕事だが――持ち込んでくる裏口がいきなり開いた。そして背の高い男性が部屋の中にぬっと入ってきた。腹を立てたヘイガーは、使用していないドアから勝手に入ってきた侵入者を追い返そうと立ち上がったが、彼の顔を見るなり、後ずさった。

「ゴライアス！」と言う彼女の顔は真っ青だった。

背の高い男は――身長と大きさは、巨人と言っていいほどだった――うなずくと笑った。彼は赤毛を短く刈り込み、粗野な顔つきで、魅力的とは言い難かった。嫌悪して後ずさったヘイガーになれなれしくうなずくと、彼は暖炉のそばの大きな肘掛け椅子に座った。亡くなったジェイコブ・ディックス老人がかつて座っていた場所だった。

「親父の椅子だ」彼は言ってにやりと笑った。「おれのもんをもらいにきたぜ」

「それはありがたいね」ようやく舌が動くようになったヘイガーは答えた。「確かに頃合いだね、ディックスさん」

「おれのことをディックスさん、なんて呼ぶなよ。おまえにとっちゃあ、おれはいつもゴライアス、おまえのゴライアスだぜ」

「馬鹿言うんじゃないよ！」ヘイガーは激しく反論した。「あんたのせいであたしが仲間のところから逃げ出すはめになったときと同じくらい、今も大嫌いだよ」

「そんなひどい言い方、おまえらしくないな。ずっとおれの代わりをしてくれてたんだろう」

「あんたのお父さんの代わりをしているの。あんたに遺産を渡すためにね。あんたがあたしをロマ族から追い出したあと、お父さんが親切に受け入れてくれたからだよ」

「そうだ、みんな知ってるさ、いとこのヘイガー。おれたちはいとこ同士だろ？」

「そう、あたしたちは親戚みたいだね。もう言い争いはうんざりだよ、ゴライアス。ずっとどこに行っていたの？　どうやってお父さんが死んだと知ったの？」

「どこにいたかはあとで教える」ヘイガーの態度にいらいらしながらゴライアスは答えた。「それからどうやって親父が死んだのか知ったかっていうと、ユースタスってやつが、おれがシャバに出てきてすぐに教えてくれたんだ」

「シャバに出ただって！」ヘイガーは奇妙な言い回しに気がついて叫んだ。「つまり、あんたは監獄にいたんだね、ゴライアス！」

「なかなかおまえも鋭いな！」赤毛の男はにんまりと笑った。「そうなんだよ。懲役を食らっちまってよ。まだ言うつもりじゃなかったのにな。俺は一週間前まで四十三番と呼ばれてた。馬泥棒で捕まったんだよ。ちょうどおまえがニューフォレストから姿をくらましたすぐあとで、二年の懲役さ。だからくそじじいがくたばったっていう新聞広告も知らなかったわけよ。わかっただろう」

「父親にはもっと敬意をはらうもんだよ！」ヘイガーは軽蔑して言った。「ぶち込まれるようなやつに言っても仕方ないけどね」

「おい、言葉に気をつけろ、首をへし折るぞ」

「指一本でも触れてみな。殺してやる！」ヘイガーは激しく応酬した。

「へへっ！　気の強いところは変わんねえな！」

「もっと強くなったよ――特にあんたにはね！」彼女は答えた。「一族を出たときと同じくらい、あんたのことは大嫌い。とにかく、あんたが帰ってきたから、あたしは出て行くよ」

「誰が店をやるんだよ？」

「あんたが考えな。あたしの仕事はもう終わり。明日、すべての帳簿を見せるから――」

「ここの財産をおれと山分けにしないか？」ゴライアスは猫なで声で言った。

「嫌だね、絶対に！　明日あたしと一緒にヴァークのところに行って――」

「ヴァークだと！」ゴライアスは繰り返して驚きの声を上げた。「あの老いぼれの悪党が、おれの相続の手続きをするのか？」

「そうだよ。あんたのお父さんが雇ったんだ。だから――」

「うるさい！　時間がねえ！　行くぞ！　ヴァークじじいの頭がつぶされる前に金を手に入れねえと！」

「何言ってるの？」ヘイガーは彼の様子に当惑しながら尋ねた。

「何って！」ゴライアスはドアのところで立ち止まって繰り返した。「さっき言ったようにおれがムショにいたときのことだ。ビル・スミスってやつに会った」

「あの、シナの首振り人形の客？」

「そうだ。おれたちはなんとか話をした――どうやって話したかはおまえには関係ない。とにかく、ビル・スミスが監獄から出たら、ヴァークはあの世行きだ――急げ！　ビル・スミスは逃げたんだ！」

「なんだって！」ヘイガーは叫んだ。弁護士の命が狙われていると瞬時に理解したのだ。「逃げたって！　脱獄？」

「そうだ。先週脱獄しやがった。まだ捕まってない。ヴァークのところに行ってピストルを用意させないとな。あの悪党のじじいが、おれの金を渡す前にくたばったら困るからよ。おまえも来い」

「今はだめ。明日ね」

「明日じゃおれがだめなんだ！」ゴライアスは叫んだ。「おまえも今日来るんだ。急げ！」

「ふん」ヘイガーは蔑んで言った。「脅したって無駄だよ、ゴライアス。あたしは今夜帳簿を整理しなくちゃいけないんだから。明日ここに来たら、あんたと一緒に帳簿をヴァークのところに持って行くからね。いろいろな手続きが終わったら、すぐに自分の家に住めるようになるよ」

「今、一緒に来ないんだな?」

「そう。答えは今言った通りだよ」

「一、二ポンドくれないか」ゴライアスは不機嫌に言った。「すっからかんなんだ。今夜の宿代がいる。おまえは前より頑固になったみたいだな。来たくないなら来なくていいさ。でもおれはヴァークに会いに行くぜ。ビル・スミスのことを教えてやるんだ」

ゴライアスはこう言うと、ポケットに金をしまい、ヘイガーの頑固さにぶつぶつ文句を言いながら弁護士のところへと去っていった。この何ヶ月ものあいだ、彼女がいかに献身的に彼の財産を管理してくれていたか、まったく忘れ去っていた。彼の頭にあったのは、昔と同じように今でも彼女のことを愛しているのに、彼女はまったく相手にしてくれない、そのことばかりだった。ヘイガーが普通の少女だったら、思う通りにできたかもしれない。しかしヘイガーを脅してみても無駄だろう。彼女はやられた分だけやり返す女だ。自分と自分の財産を軽蔑している活発なジプシー娘に、図体のでかいゴライアスはすっかり感心して、どうしても自分のものにしたいと思った。

「さて」ヘイガーは彼を見送って独り言を言った。「思いもよらない客だったたね。偶然の法則からすると、今日はさらに何か起こる。ある変わった出来事があると、必ず続いてもう一つ起こるものだから」

ヘイガーは本当に額面通りそう信じ込んでいるわけではなかったが、これは彼女の考えの基本だった。そして日が暮れる前に二番目の予期せぬ出来事が起きて、それは正しいと証明された。誰あろう、ユースタス・ローンが現れたのだ。彼は唇に笑みを浮かべ、瞳には愛情あふれる光をたたえながら店の中に入ってきた。少女は彼の足音がわかった——愛の直感のたまものだ——そして両手を伸ばして駆け寄った。ユースタスは熱烈な愛情を込めて、彼女の手を握った。しかしまだ——ヘイガーのきちんとした態度から——彼はキスをしようとしなかった。彼の言葉には行動よりもずっと愛情がこもっていた。

「ヘイガー！　僕のヘイガー！」彼は大喜びで叫んだ。「ようやく帰ってきたよ。僕と会えてうれしくない？」

「うれしい！」ヘイガーはにこにこ笑いながら答えた。「ゴライアスに会うよりずっと」

「ええっ！　じゃあ彼は戻ってきたんだね？　ようやく彼を見つけたんだよ。君が教えてくれていたから、彼だとわかった」

「あいつ、あなたと会ったときのことを言わなかったよ、ユースタス」

「ああ、それはこういうことなんだ」ユースタスは二人一緒に居間に入りながら答えた。「僕は彼をあちこち探しまわったけど、知っての通り見つからなかった。この何ヶ月間、彼がどこにいたのかわからない。彼と話をしたときに言おうとしなかったから」

「たぶん黙っているのはそれなりの理由があるんだよ」ヘイガーは、ゴライアスが投獄されていたことを黙っていた。

「言わせてもらえば」ユースタスは笑った。「彼は悪党面をしていたよ。ウェイブリッジ［サリー州の町］まで行って、道ばたで休憩していたんだ。そしたら背の高い赤毛の男が通り過ぎた。君が言っていたジミー・ディックスの人相を覚えていたから、間違いないと思った。そこで『ゴライアス』と呼びかけてみた。

彼は立ち止まるどころかあわてて逃げ出したんだよ、驚いたよ」

「それにもそれなりの理由があるんだよ」

「よくないわけなんだろうね。それで、僕もそのあとを追いかけた。彼は足が長いけど、どうにか追いついた。すると抵抗してきた。でも僕が自己紹介して、そして彼のことを知っていて、父親が亡くなって財産が残されたと説明すると、ゴライアスはおとなしくなって愛想もよくなった。なれなれしくしてきて、僕が出せるだけの数シリングを受け取ったので、ロンドンに行かせた。彼とはもう会った？」

「うん。明日帳簿を清算して遺産を渡すつもりだよ。そしてあたしは自由、自由になるんだ！　あ あ！」ヘイガーは叫びながら両腕を伸ばした。「もう一度自由になれたら、いい気分だろうなあ――退屈なロンドンを出て、空と星と日の出と日の入りを見て、鳥の歌を聞いて、荒野の新鮮な空気を吸うんだ！　あたしは自分の一族に戻るんだから。知っていると思うけど」

「どうかな」ユースタスは言いながら彼女の手を取った。「でも僕が君を愛していることは確かだ。君だって僕を愛しているだろう。一族に戻るよりも、僕と結婚してくれないか」

「あなたと――結婚！」ヘイガーはかわいらしく頬を染めながら言った。

「僕を愛してくれるなら」ユースタスは言い、押し黙った。

「そんなことを言われたって」ヘイガーは再び大きな声で言った。「あたしだってあなたのことを愛しているよ。でも聞いて。あなたのことをまだよく知らないじゃない。知っているところは全部大好きだけど。表情を読み取ったり性格を推測するのは得意だから、あなたは正直で誠実で、立派な人だってわかる。あたしみたいな貧乏なジプシー娘にはもったいないくらいの旦那さんになってくれるよ。うん、ユースタス、あたしもあなたのことを愛しています。もしよかったら結婚してください」

「よかったらなんて！　結婚してくれ！」ユースタスは大喜びしながら言った。「もちろんだよ、僕の天使ちゃん――」

「ちょっと待って」ヘイガーはまじめな声で遮った。「あたしにはぜんぜんお金がないってわかっているよね、ユースタス。ジェイコブ・ディックスはお金を残してくれなかったし、あたしと結婚したがっているゴライアスからもらうつもりはないんだ。明日、この店を出るときは、二年間にやってきたときみたいに貧乏なの。そしてあなたも貧乏でしょ。貧乏人同士が結婚するなんて、馬鹿げているよね」

「いいや、僕は貧乏じゃないよ！」ユースタスは笑いながら大声で言った。「まあ、お金持ちでもないけど。君と僕の新婚生活に十分なくらい持っているよ」

「でもあたしはジプシーの生活がしたいんだよ」ヘイガーは反論した。

「僕だってロマ族になれるさ」ユースタスはうれしそうに言った。「この何ヶ月も、ただゴライアスを探すためだけにうろついていると思った？　いいかい、君と別れたあと、フィレンツェ版のダンテをかなりの金額で本の収集家に売ったんだ。そのお金を元手にして幌馬車を手に入れて、田舎の人向けの本をたくさん仕入れた。それからずっと幌馬車で町から町へ移動して、本を売って稼いでいたんだよ。やってみると、これがけっこうもうかるんだ。だから僕の奥さんになって、一緒に幌馬車でジプシー生活をしてもらえないかな――」

「ユースタス！」ヘイガーは歓喜の声を上げ、彼の首に抱きついた。それで十分だった。二人のあいだに言葉は必要なかった。二人がカービーズ・クレッセントの路上に出て、角にとめてある幌馬車を見に行ったとき、二人はもう婚約していた。真実の愛が見事に成就したのだ。ユースタスと結婚し、幌馬車で暮らし、本物の放浪者として田舎を巡る。ヘイガーはこれ以上の幸せを想像できなかった。質屋での苦労がようやく報われるときが来たのだ。

「これが僕たちの新居だよ、ヘイガー」ユースタスは幌馬車を指さして言った。

とてもこざっぱりとした馬車だった。明るいカナリア色に塗られ、淡い青色で目立たせてあり、両側にはやはり空色で「E・ローン書店」と、店名が書かれていた。つやつやした灰色の馬が茶色の馬具で馬車につながれ、馬車の窓には真鍮棒がはめ込まれ、真っ白なカーテンがかけられていた。ヘイガーは、ユースタスがふざけて「ノアの方舟」と呼んでいる素敵な馬車を、一目で気に入って拍手した。夕方の六時頃でほとんど人通りもなかったので、ヘイガーは心ゆくまで喜びにひたることができた。

「ああ、ユースタス、ユースタス！　なんてきれい！　完璧！」彼女は叫んだ。「外みたいに中もきれいなら、もう夢中になっちゃうよ！」

「幌馬車に嫉妬させないでよ」ユースタスはそわそわと言った。「でもまだ中はまだ見ないでほしいんだ、ヘイガー」

「どうして？」ヘイガーは、不思議そうに見返した。

「いや、実はね――」彼は言いにくそうに口ごもった。ヘイガーは幌馬車のドアを見つめていた。ユースタスも同じ方向へ視線を向けた。ドアがゆっくり開きはじめた。そして顔が――残忍な真っ青な顔が――のぞいた。何日もそっていないひげが生えた顔が、ユースタスをじっと見て、次にヘイガーに視線を移した。彼の陰気な顔つきに光が当たり、彼女は叫び声を上げた。男は悪態をつくと次の瞬間、ドアを開けて外に飛び出し、二人の脇をすり抜けて、カービーズ・クレッセントから大通りに向かって全速力で走っていってしまった。

いきなり逃げ出した男にユースタスは驚き、不思議そうな顔でヘイガーを見た。彼女も彫像のように固まり真っ青だった。

「顔色が悪いよ?」彼女の手を取りながら言った。「どうして僕の友達は君を見て逃げていったんだろう?」

「友達?」ヘイガーはかすかな声で言った。

「うん。ちょっと前からだけどね。このあいだイーシャーの近くで出くわした貧乏な放浪者だよ。お腹がすいて溝の中で死にかけて倒れていたから、馬車に乗せてやって、よくなるまで面倒をみたんだよ。ロンドンに連れていってほしいと言うから。君に説明しようとしたら、逃げていっちゃった」

「どうして馬車の中を見せようとしなかったの?」

「うーん」ユースタスは言った。「あの放浪者はちょっと神経質なところがあってね。つらい生活のせいで臆病になっちゃったんだろう。知らない人にはいつもおびえているから、いきなり君に会わせたら驚くだろうと思ったんだ。そしたらやっぱり――」

「やっぱり、あたしの顔を見て、驚いて逃げ出したんだ」ヘイガーは大声で言った。「それもそうだよね。あいつのこと、知ってるもん」

「あの放浪者を知っているの?」

「放浪者じゃないよ! あいつは囚人のビル・スミスだよ。手紙に書いたことがあるでしょ」

「なんだって！　あの首振り人形事件の犯人か！」ユースタスは思い出して叫んだ。「ダイヤモンドを盗んだやつだ！　監獄に入っていると思っていたよ！」

「そうだったけど、先週脱獄したんだよ。警察が探している」

「誰が教えてくれたの、ヘイガー？」

「ゴライアスだよ。あいつも馬泥棒で牢屋にいて、数日前に出て来たばかりなんだ。ビル・スミス、別名〈陽気なビル〉は脱獄して、ヴァーク弁護士を殺そうとしているんだよ」

「じゃあ知らないうちに僕は彼の逃亡を助けちゃったんだ」ユースタスは困った様子で言った。「本当にただの放浪者だと思ったんだよ。正体がわかっていれば助けたりしなかったのに。あいつはろくでなしだったんだ」

「もうすぐ人殺しになるよ！」ヘイガーは興奮して叫んだ。「お願いだからユースタス、やっちゃったことを挽回するためにも、スコットランド・ヤードに行って、あいつがロンドンにいるって届けてよ！犯行を防げるかもしれない」

「わかった」ユースタスは言って幌馬車の御者台に座った。「今夜すぐに行って、明日戻ってきて報告するよ。あ、ちょっと待って」彼は再び飛び降りて、「キスするのを忘れてた」

「ユースタス！　人がいるよ！」

「みんなビル・スミスが逃げるのも止めなかったんだから、婚約している二人がキスしたって何とも思わないよ。じゃあね、と言うのもこれが最後だよ。明日会ったらもうずっと一緒だから」

ヘイガーはかなり動揺しながら、質屋へと戻った。ゴライアスがやってきて、ユースタスが戻り、ビル・スミスの予期せぬ脱獄があった。そんな大事件がたった一時間のうちに、立て続けに起こったのだ。彼女はいらいらし怖くなった。明日になったら一体どうなってしまうのだろう。脱獄囚が押し入ってこないように、今夜は特に念入りに戸締まりをしたが、続く十二時間、ヘイガーは心配でならなかった。

夜が明けてやっと安心することができた。それはヴァークとゴライアスも同様だった。このやせた弁護士は脱獄の一報を聞いてかなり動揺し、恐怖にかられた。彼のみじめな人生が、〈陽気なビル〉という恐ろしい敵によって危険にさらされていることを、十分わかっていた。恐怖のなかにいても仕事はしなければならず、ヘイガーはその日の午前中ずっと、ヴァークとゴライアスを相手にして帳簿と領収書と支払い記録の説明に忙しかった。弁護士はヘイガーの記帳の誤りや説明の穴を見つけようとしたが、きちんと正直に、手堅く商売をしていたおかげでヴァークがつけいる隙を与えなかった。すべてがきちんと整理され、ゴライアスは自分の財産についての説明に満足した。そして話しはじめた。

「三万ポンドもあるってことか」大喜びで言った。「それなら質屋は閉めるつもりだ。これだけの財産がありゃあ、紳士様として——」

「無理だね!」ヘイガーは馬鹿にして言った。

「おまえが一緒になってくれればいいんだよ。なあ、おまえはおれが貧乏だったころは冷たかったが、おれが金持ちになれば——」

「同じだよ、ゴライアス。堅気だったときでも、あんたの結婚の申し込みを断ったんだ。今じゃ犯罪者じゃないか」

「犯罪者だった、だよ」ゴライアスは訂正した。「おれはおつとめを終えたんだ」

「あんたとは結婚しないよ。大嫌いだから！」ヘイガーは大声で言い、足を踏みならした。「教えてあげるけどね。あたしはユースタス・ローンと結婚するんだ」

「なんだと！　あのガキとか！」ゴライアスは激怒して叫んだ。

「あの人と結婚するんだ、あんたじゃない！　あたしは幌馬車に乗って本を売るんだ」

ゴライアスは呪いの言葉を吐き、いつものように暴力に訴えるのをなんとか我慢した。そして何年も店を守ってきたヘイガーに、金は一切渡さないと宣言した。彼女はやってきたときと同じ貧乏なまま、質屋を去っていくのだ、と。

「そのつもりだよ」ヘイガーは冷たく答えた。「あんたのお父さんの喪に服したときの喪服も置いていくよ。赤い服一枚あれば、ユースタスの幌馬車には十分。明日あの服を着て、質屋には二度と帰らない」

彼女がゴライアスにかけた言葉はこれで全部だった。ゴライアスは、幌馬車で全国を回るために、彼女が望むなら金を出そうとも言ったが、それも無駄だった。ヘイガーは、彼女を憎むヴァーク弁護士でも、帳簿の誤りを見つけることができない知恵をもって経営してきた店を、すべて譲り渡した。彼女はあと一晩質屋に留まったあと、ユースタスと出発すると宣言した。まず教会で結婚式をあげ、そして幌馬車で田舎に行くのだ。この計画をヘイガーは必ず実行するつもりだった。

その晩、ユースタスはヘイガーに会いに来た。そしてスコットランド・ヤードで、ビルの脱獄について情報を提供し、今も警察は彼を追っていると話した。その話をしていると、ヴァークが真っ青になっておびえながらやってきた。ヴァークがもたらした知らせは、婚約した二人をひどく驚かせた。

「ビルの件で警察に行ったが」彼は言いながら、やせ細った両手をこすり合わせた。「実は脱獄したのは一人ではなく二人だったそうだ」

「二人！」ヘイガーは叫んだ。「もう一人は誰？」

「ゴライアスだよ。あんたもご存じのジミー・ディックスだ。あいつは二年じゃなくて三年の懲役だったんだ。そして〈陽気なビル〉と共謀して脱獄した」

「ここに来るなんで、馬鹿なのかな！」ユースタスは最初の驚きから気を取り直して言った。

「いいや、反対にかなり頭が切れるよ、あいつは」ヘイガーは言った。「あたしはあいつのことをゴライアスという名前でしか知らなかったし、その名前で逮捕されて有罪になったんだ。だからジェイコブの息子ジミー・ディックスで三万ポンドの相続人を、誰も脱獄囚だとは疑わないよ。でもどうやって囚人服から着替えたんだろう？」

「警察によると」ヴァークはにやりと笑った。「二人はある家に押し入って、サイズの合う洋服を盗んだそうだ。ビル・スミスは鋼鉄の罠で怪我をして溝に隠れていたところを、ローンさんに発見された。そしてゴライアスはふてぶてしくここに遺産を受け取りにきたってわけだ。スコットランド・ヤードで彼の人相を聞かなければ、疑いもしなかったよ」

「あいつがここにいるって、警察に言いましたか？」ユースタスは厳しい声で尋ねた。

「いいや。しかしあいつが遺産の半分、一万五千ポンドを渡さないならそうするが。渡してくれるならアメリカまで密航させてやろう。でも――」

「なるほど」ヘイガーは言った。「金をもらえないなら、あんたはユダになるってわけだね？」

「警察に売るだけのことだ」

「嫌なやつ！」少女は激怒して叫んだ。「人でなし！　ゴライアスがあんたに何をしたっていうのよ。あいつはあんたにビルのことを警告して、あんたによくしてあげた。それなのに裏切るなんて！」

「あいつが嫌いなんだろう！」ヴァークはこの激した様子に驚き、声を震わせた。

「そうだよ。でもあんたがあいつの財産を横取りしていいってことにはならない。前科者だからって、あんたと山分けしなくちゃいけないってことはないよ」

「遺産の半分がほしいんでね」弁護士は不機嫌に言った。

「もらっても無駄になるかもしれませんよ？」ユースタスは言った。「ビル・スミスに殺されるかもしれないのに」

「あいつなんか怖くない！」ヴァークは真っ青になりながら否定した。「夜はボルカーが泊まり込んでいるし、ピストルも持っている。それに警察がビルを探している。だから私のところには来ないはずだ」

「そうかもね」ヘイガーは言いながらドアを開け放った。「あいつはあんたの命を取るために、喜んで自分の首を差し出すよ。出てって、このユダ！　いるだけで気分が悪くなる！」

ヴァークは不平を言い抵抗したが、ヘイガーは彼を外に追い出してドアに鍵をかけた。路上で彼は後ろを向いて、かつて愛していたのと同じくらい憎んでいる女性の家に向かって拳を振り上げた。ヘイガーは彼がしかけた罠をかいくぐり、策略を見事に乗り越えた。そして今、死者への責任を果たし、愛する人とともに広い世界に旅立とうとしている。世間から見ればまだ貧乏かもしれないが、ユースタスの正直な心を得て豊かになっている。ヴァークが激怒するのも当然と言えば当然だった。

ヴァークが住む家は、川沿いの下流のほうにあった。その近くには、ビル・スミスがボルカーを引きずり込んだ、あの今は使われない船着き場があった。陰気で古くさい、今にも倒れそうな建物で、今世紀の初め頃にはもっと立派だったのだろうが、現在住むのはこの弁護士と、耳の聞こえない老家政婦とネズミだけだった。現在、ボルカーもヴァークに頼まれて泊まり込んでいた。何人もの悪党を売り飛ばしてきた悪徳弁護士はそのうちの一人におびえ、この少年に万一の時のためにそばにいるよう強要した。しかし復讐の女神はだまされなかった。

薄暗い通りを歩いて家路につきながら、少々耳が遠くなってきていたヴァークは、そのあとをこっそりつけてくる足音にも、そして背後に忍び寄る影にも気がつかなかった。風の強い晩で、月はときおり流れるちぎれ雲に隠れていた。弁護士はゆっくりと歩き、わが家の玄関のドアへと続くすりへった石段を登った。その最中、黒雲が月を遮って動かなかったため、ヴァークは鍵穴を見つけられなかった。探しているといきなり勢いよくドアが開き、ヴァークは玄関の石畳に倒れてしまった。ビル・スミスはこの家に侵入する機会を逃さず、身のこなしも軽く階段を駆け上がり、倒れた男を通り越した。弁護士は倒れてあわてていたので、追い越されたことに気づかなかった。その瞬間だったら、ビルは簡単にヴァークを殺せたが、ドアがあけっぱなしの玄関では、人目につきやすいと判断したのだ。それに弁護士が金庫を置いている部屋に行きたかった。ヴァークを殺したら、ビルは鍵を奪って金庫を開け、たんまり金をもらって逃げるつもりだったのだ。しかし命と財産が狙われていることをヴァークは知るよしもなかった。

ヴァークがどうにか立ち上がり、ドアを閉めたところに、家政婦がろうそくを手に階段を降りてきた。来るのが遅いと文句を言いながら、ヴァークは彼女を先に立たせて川を見下ろす家の、奥の小さな部屋に入っていった。〈陽気なビル〉はブーツを脱ぎ、いつも持っているナイフを手にして、老人と老婆のあとに続いた。ドアの割れ目から部屋の中をのぞくと、驚き思わず息をのんだ。中にボルカーとゴライアスがいたのだ。ビルはこれではヴァークを殺すことはできないと考えはじめた。

ビルが隅の暗がりに隠れると、家政婦がその前を通り過ぎて階段を上がっていった。そしてビルは再び部屋のドアの近くの、のぞき見や盗み聞きができる場所に移動した。そのあとの出来事を見聞きして、彼は改めてヴァークを殺す決意を固めた。こんな不誠実で強欲な男は、生きている価値がないとビルは思った。

「来てくれてうれしいよ」ヴァークが入ってくるのを見て腰を浮かせたゴライアスに向かって、ヴァークは言った。「手紙を見たんだろう?」

「ああ。だから、こんな汚い家であんたを待ってたんだよ」ゴライアスは怒鳴った。「何の用だ?」

「一万五千ポンドだ」ヴァークは簡潔に言った。

「親父の遺産の半分じゃないか。それがどうした?」

「おまえが脱獄したことは知っている」ヴァークは平然と言った。「警察に追われているんだろう」

「おれを売るつもりなのか?」ゴライアスは歯がみしながら尋ねた。

ヴァークは両手をこすり合わせた。「悪いかね?」ヴァークはつっけんどんに言った。「ビル・スミスは警察に引き渡して賞金をもらった。しかしおまえをまた監獄にぶち込むよりは、遺産を半分もらったほうがいいと思ってね」

「あんたを殺してやりてえ」

「やってみたまえよ」ヴァークは険悪な表情で言った。「ここにはボルカーもいて、しかもピストルを持っている。おまえに私は殺せない」

「いいや。ビル・スミスにやってもらうさ」ゴライアスは冷静に言った。

「馬鹿馬鹿しい！　あんなごろつきに何ができる！」

ゴライアスが返事をする前に、怒り狂った獣のようなうなり声がして、ドアが荒々しくやぶられた。ナイフを手にしたビル・スミスが、部屋の中に飛び込んできた。ヴァークは罠にかかったウサギのように甲高い悲鳴をあげ、次の瞬間怒り狂った脱獄囚が襲いかかった。ボルカーは大声で警察を呼びながら部屋から走り出て、玄関から外に出ると風の強い夜の通りを走っていった。彼の悲鳴で近所中が目を覚ました。

瞬時に、ヴァークの命を助ければ恩赦の可能性があると、ゴライアスは思いついた。ゴライアスは、もみ合っている弁護士にむやみにナイフを叩きつけているビルに飛びつき、ナイフをもぎ取ろうとした。

「放せ、じゃまするな！」脱獄犯はわめいた。「こいつは俺を売った。おまえも売るつもりだぞ！　首つりになっても殺してやる！」

「だめだ、やめろ！」

ゴライアスは岩から貝を引きはがすように、倒れ込んだ弁護士から悪党を引き放した。すると今度はこの二人が激しい乱闘を始め、怪我をして血まみれだったヴァークは気を失った。ビルとゴライアスが激しくもみ合っていると、部屋に警察官がなだれ込んだ。金切り声を上げて逃げ出したボルカーが連れてきたのだ。彼らが入ってきたのを見たビルは、ゴライアスをつきとばし、ボルカーが逃げる際にテーブルに置き忘れた拳銃をつかんで、倒れた敵に向かって二発発射した。

「ざまあみろ、ちくしょうめ！　死ね！」

そして彼は川に面した窓へ行き、ピストルで警官隊を脅すと、窓を開けた。ゴライアスが捕まえようと飛び出したが、ビルはうなり声を上げると拳銃で彼の顔面を殴った。

「裏切り者は許さねえ！」

次の瞬間ビルは窓から飛び出した。室内の人々に聞こえたのは、テムズ川に大きな体が飛び込む水音だった。


この出来事の二ヶ月後、灰色の馬にひかれた黄色の幌馬車が、ウォルトン＝オン＝テムズへと向かう緑の小道をゆっくりと進んでいた。春の始まりで、葉のない木々の枝にもすでに花のつぼみがついていた。まだ身を切るような寒さだが、さわやかな空気はやがて暖かい季節が来ることを感じさせた。幌馬車に寄り添って、素朴で粗い布地の服を着た、背が高く浅黒い顔の男性が歩いていた。彼の隣には堂々と胸を張って歩く女性がいた。彼女は暗赤色のシミだらけの着古したドレスを着ていた。しかし目には力があり、頬は健康そうな色をしていた。二人は貧しいようだが、人生に満足して幸せそうだ。太陽が照らすなか、馬は歩き、二人はおしゃべりをしていた。

「結局ヴァークは死んだね、ヘイガー」男性は悲しそうに言った。

「そうだね」女性は答えた。「一発撃たれたのが死因だったね。ビル・スミスは逃げようとして、川で溺れた。復讐をして命がつきたんだね」

「ゴライアスに恩赦が下ってよかったね」

「ああ、それはね」ヘイガーは冷淡に言った。「うれしくも残念でもないな。恩赦を狙ってヴァークを助けたんだと思うよ」

「まあ、彼は目的を達したわけだ」ユースタスは考えながら言った。

「世間があの事件に注目しなきゃ無理だったよ」ヘイガーは言い返した。「でもみんながあいつをヒーローにしちゃったんだ。馬鹿みたい！　自分のことを売ろうとしたヴァークを許したゴライアス、なんてさ。で、あいつは今じゃ自由になって金持ち。でも無駄づかいして全部なくすのは間違いないよ。ボルカーに質屋を渡さないで、自分でやるほうがよかったのに」

「ボルカーは店を経営するには若すぎるんじゃないかな」

「何言ってるの」ヘイガーはそっけなく答えた。「ボルカーは若いけど、悪知恵は大人並みだよ。ダーシー卿からもらったダイヤモンドの懸賞金で、あの質屋を買い取ったんだから。ボルカーはきっとカービーズ・クレッセントの貧しい人たちから容赦なく搾り取るよ。そして第二のジェイコブ・ディックスになるんだ」

「あの質屋から出られてうれしい？」

「もちろん！」彼女は答えて、愛情あふれる視線をユースタスに向けた。「あの汚らしいランベスから、田舎の緑の野原に逃げられて、とってもうれしいよ。あたしは放浪の民だもん。商売に縛られるのは慣れていないんだ。それに、あなたとずっと一緒にいられるのがうれしい」

「本当にそう？　ローン夫人？」夫は笑いながら言った。

「そう、ローン夫人だよ」ヘイガーはとても穏やかに言った。「あたしは今ではローン夫人。質屋のヘイガーもいろいろな事件も、みんな過去のまぼろしってわけ」

ユースタスは彼女にキスをして、そして馬を追い立てた。二人は小道を歩き、揺れる影を越え、緑の田舎をさすらう生活に希望を抱いて入って行った。質屋のヘイガーは、ようやく自分自身を請け出したのだ。

解説◎『質屋探偵ヘイガー・スタンリーの事件簿』に見るヴィクトリア時代の世紀末――村上リコ

ヴィクトリア時代の質屋

『質屋探偵ヘイガー・スタンリーの事件簿』は、一八九八年にイギリスで初版が発行された探偵小説だ。時代背景はヴィクトリア女王の時代（一八三七～一九〇一）がそろそろ幕引きを迎えようとするところである。

一九世紀のイギリス帝国は、前の世紀におこった産業革命の影響のもと、農業・商業のシステム改良、通信・交通網の発達、植民地貿易の拡大など、さまざまな要因が働いて、長い繁栄期にあった。

旧来の上流階級――ひとにぎりの貴族や地主たち――は、世紀末にかけてしだいに衰退に向かいつつあったものの、それでもまだまだ支配階級としての権力を保ち続けていた。ビジネスで豊かになった中流階級は、勢力を伸ばした。大量生産品の普及によって、ものは増え、日用品の値段は下がって、労働者階級に属する人びとの生活水準は総じて向上していった。

それでも、人口過密となった首都ロンドンの貧民街や、産業不振の地方都市には、貧しく苦しい生活を余儀なくされた人びとが取り残されてもいた。国民年金、健康保険、生活保護や失業保険など、生活が立ち行かなくなりそうな人びとに援助が支給されるタイプの社会福祉制度が導入されるのは、二〇世紀に入ってからのことだ。そのような部分を担ったのは個人の活動で、たとえば仲間うちでの積み立て制度や互助組合、貴族や資産家、宗教団体の慈善事業などだった。

当時の借金返済に関する責任は重く、破産したら身の回り品すべてを没収されたうえ、事業に失敗した「債務者」の身の上であったり、その連帯保証人だった場合も、「債務者監獄」という刑務所に入らなければならなかった。

そして一九世紀当時、誰もが使えるほぼ唯一の公的な貧困者救済手段として存在したのは、「救貧院《ワークハウス》」だった。貧民に現金を支給する制度は廃止されており、専用の施設に収容される。しかし、「英国ヴィクトリア時代の救貧院」の待遇といえば、非常に劣悪であったことでよく知られている。救貧院内の環境は、収入は少なくても職についている、もっとも下層の労働者の生活よりも低い水準に保つべきだと考えられていたからだ。「衣食住」が保証されているとはいえ、そこで与えられる内容は、最低限の粗末な衣服、薄くて不味いごく少量の粥、多人数がぎっしり詰め込まれた部屋の硬くて小さなベッド、船の穴をふさぐ資材を作るためひたすらロープをほぐすというような単純作業だった。夫婦や親子でも別の宿舎に引き離され、所持品や現金も差し出さなければならない。まるで貧困に陥った人への罰を与える施設のようだった。救貧院はいつの時代も「最後の手段」であり、そんなみじめな場所へ入らねばならない事態におちいるのは、努力が足りない怠惰な人間であることの証だとみなされた。

「最後の手段」も避けたい、借金や犯罪で刑務所に行きたくもない人間が、日常的に利用していたのが質屋であった。当面使わない家財道具を質草として預け、その代わりに金を借りる。返せなければ品物は流れてしまうが、他人の慈悲やお上の世話になるよりはまだマシだ。そう考える人は多かったと思われる。

本作のヒロイン、ヘイガー・スタンリーは、タイトルの通り「質屋」にかかわることになるが、このような店のなかでも金持ちより庶民を相手にする小規模なものは、貧しい人びとのセーフティネットとして機能していた。

たとえば、ある新聞記事によれば、彼らは晴れ着の一張羅を月曜日に質入れし、わずかな金を借りてはその週を乗り切ったという。平日のあいだは賃労働で稼ぐなり、どうにかして他所で借りてくるなりして返済のための金を工面する。そうして日曜日までに預けた晴れ着を請け出して、教会に行った。このような自転車操業を毎週のように繰り返していたという。質屋の利息は高く、もし年間に支払った額を合計すれば、何着もの服を新調できたのかもしれない。しかし、彼らの日々の収入はぎりぎりで、貯金などできようはずもない。たとえトータルで損をすると分かっていたとしても、毎週のように小さな借金を繰り返すしかなかったのだ。

『質屋探偵ヘイガー・スタンリーの事件簿』は連作短編であり、彼女の働く質屋に、珍しい骨董品や異国の宝石などが持ち込まれ、それらにまつわる物語が展開される。ヘイガーは、一話ごとにさまざまな謎を秘めた品物に触れ、仕事をしながら学び、ますます鑑識眼を高めていく。とはいえ彼女の店にも、そんな貴重な珍品ばかりが質入れされていたわけではないのだろう。店の所在地はランベス。テムズ川の南岸であり、近年では大規模な再開発が進んで観光地化したエリアもあるが、一九世紀の当時は決して治安のよい地域ではなかった。物語の舞台の外、書かれていない部分には、もっと庶民的で退屈な日々の営みがあったのではないか。

故郷のニューフォレストから出てきて、すっかりロンドンの暮らしになじんだヘイガーが、月曜日に店を開けると、シーツか家具か、食器かドレスか――あるいは履き古したブーツなど――を抱えた、近所の人がひっそりとやってくる。彼女は心を鬼にして質草の査定をし、帳簿に記入し、質札と一緒にわずかなお金を貸し付ける。週末になると、小銭を握った利用者が、質草を請け出しに戻ってきたり、あるいはこなかったりする。……と、そのような地味な日常も、彼女は過ごしていたに違いない。想像がふくらむ。

ヴィクトリア時代の既婚女性とお金の問題

身寄りのない美しい「ロマ族」の娘であるヘイガーは、気に入らない男の求婚から逃げ出して、親戚のジェイコブ・ディックスを頼り、彼が営むロンドンの質屋にたどり着く。ヘイガーはディックスの身の回りの世話と、店の手伝いをタダでする代わりに保護してもらうことになった。守銭奴のディックスが長年ためこんだ財産は、本人の死後は順当にいけば息子に譲られるはずだが、折り合いが悪く行方不明になっている。ディックスに取り入った弁護士のヴァークは、遺言状を書き変えさせ、財産をわがものにしようと画策する——というのが、この物語の始まりだ。さてヘイガーは、お金持ちになることはできるのだろうか?

一九世紀の後半になるまで、結婚した女性は、自分自身の財産を持つことが原則としてできなかった。独身のあいだは保持できていても、結婚したら夫のものとして扱われた。つまり、独身時代から持っていた財産も、妻となったあとに自分で働いて稼いだお金も、すべて夫の自由に使われてしまう。さらには、女性は自分の名前で契約を結んだり、財産を管理して利益を得たり、夫の同意なしに遺言状を作ったり、というようなことも、結婚後にはできなくなった。彼女自身が法のもとに誰かを訴えたり、あるいは訴えられたりすることもない。一八世紀の法律家ウィリアム・ブラックストーンの言葉に、「夫と妻は、法律の上ではひとりの人間である」というものがある。そのひとりの人間とは夫をさした。つまり当時の女性は、結婚すると夫に吸収され、法律上はひとりの人格として存在しなくなってしまったということだ。

しかし、たとえば花嫁となる女性に、親や家族が巨額の持参金を持たせ、結婚しても花婿の自由にはさせたくないと考えた場合は事情が異なる。「大法官府裁判所」の管理によって、不動産や動産をまとめて「信託財産《トラスト》」を形成するという方法をとった。妻の親や後見人は、娘に持たせる財産のなかで、彼女自身が自由に使える部分をできるだけ多くするため、法律家を立てて結婚までに夫側の家族と交渉し、「婚姻継承財産設定《マリッジ・セツルメント》」というものを取り決めた。そうした場合は、結婚のあとにも夫の手の及ばない信託財産からの利息を自分のお金として受け取ったり、裁判所に行って財産を引き出すことも可能だった。

このように信託財産を設定し、管理するためには、かなりの手間と時間と費用がかかってしまう。『質屋探偵へイガー・スタンリーの事件簿』に登場するような悪徳弁護士が間に入ってきたらなおさら大変なことになってしまうだろう。上流階級や資産家の出身で、巨額の持参金が用意できるような裕福な女性でなければ、こうした方法をとることは難しかった。

また、「長子相続《プリモジェニチュア》」という慣習の問題もある。たとえば、誰かから財産を相続するとき、兄弟姉妹など、その候補が複数であるとき、不動産を含む大半の財産は長男が引き継ぐというものである。特別な場合でなければ、女性が家屋敷を相続することはめったになかった。

さて、一九世紀の後半になって、結婚した女性の財産をめぐる不公平を解消するため、「既婚女性財産法」が導入されることになった。この法律でまずは一八七〇年に、結婚後に女性自身が仕事をするなどして「稼いだ」収入は、夫から独立した彼女の財産として扱われるようになった。信託財産ではない形での遺産を相続することも一応は可能になった。ただ、相続できるのは二〇〇ポンドまでという限度額があり、これではとても利息収入だけで「レディ」として優雅に暮らせる額ではない（ヴィクトリア時代の当時、つつましい下層中流階級の暮らしを保つには「年に」一五〇～三〇〇ポンドが必要だった）。そしてあいかわらず、独身時代に持っていた妻自身の財産が結婚すると夫のものになってしまう問題はそのままであった。

一八八二年の新しい「既婚女性財産法」で、ようやく法律上の人格として夫と妻が分けて扱われるようになった。結婚した女性でも、自分の名前で財産を持ち、売り買いしたり、借金したり、投資をしたり、法的に訴えたり訴えられたりもできるようになった。とはいえ、人間の心と長年の慣習は、すぐに変わるものではない。たとえ法律が変わって、名目上は既婚女性の財産が保護されるようになっても、夫が心理的・身体的なプレッシャーをかけ、自由に使ってしまうという状況は依然として続いたという。

本作における、質屋のジェイコブ・ディックスの遺産をめぐるやりとりからは、この小説の設定年代である一八九六年当時、女性が財産を持つことに関する考え方が、変化していく渦中であったことが読み取れる。弁護士のヴァークは、自分を相続人に指定させるか、ヘイガーに相続させようと画策する。たとえ「既婚女性財産法」があろうとも、ヘイガーをうまく言いくるめて結婚してしまえば、美しいロマ娘の身も心も、彼女のものであるはずのお金もすべて手中にできると思っている。ヘイガーの方は、もらえるものならもらってしまおう、無給で世話をしたのだから当然の権利だ、などとは夢にも思わず、「長子相続」にのっとった正当な男性相続人に引き渡そうと考えて拒否する。ヘイガーの正義感は、簡単な誘惑に乗ってしまうことを自分に許さない。これは彼女自身の性格でもあり、また、それまで続いてきた女性と財産をとりまく慣習にもとづくものでもあったのだろう。ここから全体をつらぬく物語が生まれてくるのだ。

ヴィクトリアン・レディの理想像

ヘイガーは、ハンプシャー州ニューフォレストのロマ族（ジプシー）の一家から、意に染まない結婚を逃れてきた。そして行きがかり上、ロンドンの質屋で働くことになる。容貌は美しいが、ひと目で異質と判断される「東洋的な」肌の色をしているため、店を訪れた客に軽く驚かれたりもする。明らかに当時のイギリス社会からはみ出した存在である。

初めは家事、次には質屋の店員として労働に携わっていることから、ヘイガーは中流階級以上の「レディ」としての資格は満たしていない。当時、中流以上の女性が体面を保ちながらお金を稼ぐことを許されたのは、たとえば住み込み家庭教師や作家、芸術家、老婦人の話し相手など、女性の特性にふさわしいとみなされる上品な仕事が主で、選択肢はまだ少なかった。「商店主」であれば下層中流階級に分類されるかもしれないが、若い彼女は店を所有しているつもりはなく、男性に代わって一時的に運営しているだけなので、周囲からの視線はおそらく「看板娘」「売り子さん」に近いものであろうし、扱いとしてやはり労働者階級の女性ということになるだろう。

聡明で優秀な女性だが、正規の教育は受けていないらしい。ちょうどこの時代に、前述した「既婚女性財産法」に加えて、離婚がしやすくなったり、子どもの親権が持てるようになったりと、さまざまな面で女性の権利が整えられつつあった。そのような動きと時を同じくして、一八七〇〜八〇年代にかけ、子どもの教育についての法律も次々と導入される。裕福な家庭の子だけでなく貧しい労働者階級にまで、公的な初等教育が行き渡り始めた。しかしながら、ヘイガーの芸術や歴史に関する深い知識は、本を読み、仕事を通じて得た独学で、学校で教わったものではない。

多くの点で、ヘイガーは当時のレディの典型的なイメージの枠からはみ出している。一九世紀の、とりわけヴィクトリア時代中期までもてはやされた理想の女性像といえば「家庭の天使」――柔和で従順、家庭をよく守り、か弱いが道徳の面では男性にまさり、娘として、妻として、母として、家族の癒し手・導き手となる、というものだ。しかしヘイガーはというと、家族はいない、お金を稼ぐ労働をひとりでしている、強気で誇り高く抜け目なく、はっきりと自分の気持ちを表現する性格である。良妻賢母型の従順な「天使」とは言いがたい。とはいえ、異国的な美貌を持っているからといって、よくフィクションで描かれるタイプの、男を翻弄するセクシーな悪女というわけでもない。本文中には、彼女が「お目付け役《シャペロン》がいなくても、親に厳しくしつけられていなくても、厳しい社交の作法をわきまえていた」という表現もある。お金や保身のための選択肢は拒絶して、自分の感じた愛や正義をひとりで追求し、周囲に助言と感化を与えていく。生まれ育ちは貴婦人とはいえないし、外見や性格は型破りではあるが、芯の部分は確かにイギリス・ヴィクトリア時代のレディらしい特質をそなえたヒロインであるといえそうだ。

「帝国」のヒロイン

アンティークを主題にした物語である本作には、「ペルシャ」「中国」「黒い肌の女性使用人」などなど、外国の文化を強調するような要素が数多く登場する（歴史的な正確さはさておいて）。時代も国もばらばらの品物が混沌として並べられた、ヘイガーの質屋のショーウインドウは、当時の「イギリス帝国」が世界の各所に侵攻し、手に入れてきた「財宝」が収められた宝物殿のようだ。そこで客を迎えるのは、世界の中心ロンドンから見れば「よそ者」であるロマ族の女性。これは、当時流布していた「異国趣味」をそのまま踏襲する道具立てなのかもしれないが、ストーリーは、あくまで彼女の見聞きする感覚に寄り添うように描かれていく。作者のファーガス・ヒュームは、一八五九年のイングランドに生まれ、ニュージーランドに移住して、現地で教育を受け、オーストラリアで法律家になった。そして作家として成功したのち、一八八八年にイギリスに戻ってきたという。世界の反対側で時をすごし、変化の渦中にあった一九世紀後半のイギリスへ帰ってきたという経歴が、異文化への関心や、当時の中心的な文化を外れたヒロインへの視線に影響しているのかもしれない。

「東洋的な肌」と「英国レディの心」を持つヒロインが、ロンドンにやってくる。下町ランベスの質屋のカウンターに居ながらにして、異国の品々を通じて冒険と思索を繰り広げる。学者肌の英国青年と出会って恋に落ち、彼女が最後に選ぶ道は、さて、どちらの方向か――。そんな図式を当てはめて読んでみると、興味深い結末だろう。

（文筆・翻訳家）

訳者あとがき

平山雄一

十九世紀から二十世紀初めにかけて活躍した女性探偵を紹介する「シャーロック・ホームズの姉妹たち」の第一冊目をお送りします。

かつて「シャーロック・ホームズのライヴァルたち」と呼ばれる、ホームズと同時期に書かれた短篇探偵小説シリーズがブームになったことがありました。隅の老人（オルツィ男爵夫人）、思考機械（ジャック・フットレル）、マーチン・ヒューイット（アーサー・モリスン）、ソーンダイク博士（R・オースチン・フリーマン）が代表的な四人です。しかし彼ら以外にも、たくさんの「ホームズのライヴァルたち」は存在していました。そしてあまり知られていませんが、たくさんの女性探偵を主人公にした探偵小説も書かれていたのです。十九世紀から二十世紀初頭の女性には参政権がなく、コルセットでぎゅうぎゅうに締め付けられたがんじがらめの生活をおくっていたと思われがちですが、小説の中だけでものびのびとした活躍をしていたのです。

世界初の小説の主人公になった女性探偵は、一八六四年の『ある女性探偵の活躍』（著者不明）に登場するパスカル夫人、そしてやはり同じ年に発表された『女性探偵』（アンドリュー・W・フォレスター・ジュニア）のG夫人だと言われています。さらに一八七五年の『法と淑女』（ウィルキー・コリンズ、佐々木徹訳、臨川書店）、一八八四年の『探偵の娘マデライン・ペイン』（ローレンス・L・リンチ）があります。これらはシャーロック・ホームズ以前の作品です。
一八九一年にホームズの短篇シリーズが『ストランド・マガジン』に発表された後は、短篇読み切りの形式に啓発されて、一八九四年の『淑女探偵ラヴディ・ブルックの体験』（C・L・パーキス）、一八九七年にアメリア・バターワースが登場する『隣の事件』（アンナ・キャサリン・グリーン）、同じく一八九七年には『探偵ドーカス・デーン』（ジョージ・R・シムズ）が発表されました。これらの最初期の女性探偵の一人が、一八九八年にデビューした本書の主人公のヘイガー・スタンリーです。ヘイガーは十九世紀という最初期の女性探偵であるだけでなく、さまざまな特徴を兼ね備えた主人公です。


著者のファーガス・ヒューム（一八五九〜一九三二）はイギリスで生まれた後、ニュージーランドで大学を卒業し、さらにオーストラリアのメルボルンに移りました。そこで発表した『二輪馬車の秘密』（一八八六、邦訳＝扶桑社、横溝正史訳、二〇〇六）が、五十万部以上の大ベストセラーになり、いきなり人気作家になりました。しかしそれ以上の名作を残すことはできず、ほぼコナン・ドイルと同じ年月、作家として活動しましたが、今では処女作のみが名を残しています。

しかしそれはヒュームを過小評価していると、レスリー・ヘンダーソン編『二十世紀犯罪・ミステリ作家事典　第三版』（Chicago & London, St James Press,1991）でヒュームの項を執筆したバリー・ヘインは言います。彼の作品はまだまだ読んで楽しい作品はたくさんあるし、リアルな描写力にもたけているというのが、ヘインの主張です。

そんなヒュームの「隠れた名作」の一つが、本作品『質屋探偵ヘイガー・スタンリーの事件簿

（*Hagar of the Pawn-Shop*）』（London, Skeffington&Son, 1898）です。

ヒュームがデビューしたのは、コナン・ドイルが最初のホームズもの『緋色の研究』（一八八七）を発表する前年でしたから、先人の探偵小説家、エミール・ガボリオやウィルキー・コリンズの影響を受けて探偵小説を書いたのでしょう。ガボリオについてはヒューム本人が参考にしたと明言していますし、コリンズとの共通点はヘインが指摘しています。しかし本作品に、読み切り短篇の探偵小説という「シャーロック・ホームズのライヴァルたち」の形式を採用したのは、ホームズの影響を受けたのでしょう。ただし彼女が質屋になった事情やその成り行き、彼女の恋の行方といった、連作短篇同士の有機的なつながりは、ホームズには見られない特徴です。このような特徴はロバート・バーの『新聞記者ジェニー・バクスター』（一八九九）にもみられます。

この時代、さまざまな「ライヴァル」が登場しましたが、その中でもヘイガーは女性だというだけでなく、美少女のジプシー探偵だという点で、とても珍しい存在です。しかも男勝りで行動力もあり、思いついたら田舎まで調査に出かけます。さすがに格闘シーンはありませんが、おそらくドラマ化したら、脚本家はそんなシーンを付け加えたくなることでしょう。

ヒュームの作品は世界各国を舞台にして国際色が豊かだとヘインが指摘していますが、やはり本書でも、イタリアやシナやペルシャから来た、異国情緒あふれる品物が、彼女の質屋に持ち込まれます。当時のイギリスは世界に冠たる帝国であり、さまざまな品物や人間がロンドンに集まっていました。そしてこの本に出てくるようなチャイナタウンも、実際にありました。

主人公へイガー・スタンリーはイギリスのジプシーです。ジプシーは現在はロマと呼ばれ、ヨーロッパに広く分布しています。ロマ族はもともとインドからやってきたと言われていますが、イギリスのジプシーは、ブリテン諸島出身などのさまざまなグループが存在し、言語や文化も異なる複雑な事情があると言われています。ヘイガーはスタンリーというイギリスの名字ですが、ロマ族のジプシーでもスミスなどイギリス風の名字を持つ人間もいるので、はたしてどこの出身なのかはよくわかりません。ヒュームがそこまでジプシーに詳しいかどうか不明ですし、単に流浪の民、自由人というイメージで書いていたのかもしれません。ですから現在彼らは「ロマ族」と呼ばれていますが、あえて原文通り「ジプシー」と訳しました。

ジプシーは古くから文学や芸術に描かれてきました。よく知られているものでは、ビゼーのオペラ『カルメン』、その原作小説のメリメの『カルメン』があります。そのヒロイン、カルメンはジプシーで、彼女が歌う名曲「ハバネラ」はジプシーの歌です。またシューマンの合唱曲「流浪の民」も、ジプシーを描いた芸術として有名です。ユゴーの『ノートルダム・ド・パリ』、プーシキンの『流浪の民』もあります。シャーロック・ホームズの「まだらの紐」で、ロイロット博士が敷地内にジプシーが野営をするのを許可し、親しく彼らと接していると書かれていました。

そんな「自由の民」であるヘイガーが、やむなくロンドンのごみごみとした下町の親戚の質屋に逃げ込みます。大自然の中で何のしがらみもなく育った彼女が、天と地ほどの差のある環境で、金と人間関係にがんじがらめに縛られた質屋になってしまったのです。ところが才気あふれるヘイガーは、抜け目のない質屋稼業を見事にこなすだけでなく、その背後にある複雑な人間関係まで洞察して、次から次へと持ち込まれる質草にまつわる難題を解決して行くのです。

さらに、親戚のジェイコブ老人から預かった質屋がつぶれないように経営しながら、老人の息子に無事相続させるために、彼の行方を探しています。その一方で財産を狙うヴァーク弁護士や、抜け目のない少年店員ボルカーもいるし、やってくるお客は一癖も二癖もある連中ばかりです。シャーロック・ホームズに相談しにくる客は、貧しい人々もいますが、それに加えて国王や貴族や銀行家などの上流階級の人々が数多く訪れます。しかしヘイガーの客は、基本的に質入れが目的で、事件の相談に来るわけではないのですから、貧しい人々です。そんなロンドンの裏側の世界を、ヒュームは観察し、描ききっています。しかもそんな得体の知れない連中を、ヘイガーは冷静に観察し、裏の事情を汲《く》み取り、時にはわざわざ相手の家まで出かけて問題を解決します。本来の質屋の仕事に専念していれば、やる必要もないことばかりです。そこがヘイガーの心の温かさであり、彼女の魅力なのです。

しかしヘイガーも若い女の子です。「一人目の客とフィレンツェ版ダンテ」で出会ったハンサムで教養はあるけれどもちょっと頼りない、ユースタス青年に恋をします。この当時の女性探偵が登場する作品は、恋愛がらみの筋立ても多く、最後は結婚をして大団円を迎えることも珍しくありませんでした。それが後に本格探偵小説では、恋愛を禁止するという動きにつながったのかもしれません。

小森健太朗は「ファーガス・ヒューム論――19世紀と20世紀の狭間に埋もれた作家」（『英文学の地下水脈』東京創元社、二〇〇九）で、本作品を紹介して、「ヒュームの第二の代表作と言えるものがある」と賞賛し、この作品がクリスティに影響を与えた可能性もあると論じています。

ちなみに「一人目の客とフィレンツェ版ダンテ」は「フィレンツェ版の珍本」として『犯罪の中のレ

ディたち　下』（エラリー・クイーン編、創元推理文庫、一九七九）に収録されました。クイーンはその解説で「彼の作品のうちでもっともすぐれたものの一つ」と賞賛しています。しかしその翻訳では、前後の作品に関連する部分が削除されていますし、ユースタス青年との恋の行方を示唆することもありません。アンソロジーに一篇だけ収録するので、クイーンが手を加えたのでしょう。また『シャーロック・ホームズのライヴァルたち1』（押川曠編、ハヤカワ文庫、一九八三）にも、「フィレンツェ版ダンテ」として訳されていますが、こちらでも前後のヘイガーの恋に関する部分が削除されています。やはり最初から最後まで一冊まるごと読んでいただかないと、ヘイガーの魅力はわからないと思います。

最後になりましたが、このシリーズの企画を立ててくださった国書刊行会の佐藤純子さんに感謝申し上げます。今まではクイーンのアンソロジーなど、部分的な紹介はありましたが、一冊まるごと女性探偵作品をまとめるという企画は、佐藤さんならではです。重ねてお礼を申し上げます。

著者

ファーガス・ヒューム（Fergus Hume）

1859年-1932年。イギリス生まれ、ニュージーランド、オーストラリアで育ち、再びイギリスに戻った。代表作は処女作『二輪馬車の秘密』（1889）など。その後も24作の長篇推理小説を含む数多くの作品を発表する。

訳者

平山雄一（ひらやま　ゆういち）

1963年生まれ。東京医科歯科大学大学院修了、歯学博士。翻訳家、探偵小説研究家。訳書に『ウジェーヌ・ヴァルモンの勝利』（国書刊行会）、『隅の老人完全版』（作品社）など。

シャーロック・ホームズの姉妹《しまい》たち
質屋《しちや》探偵《たんてい》ヘイガー・スタンリーの事件簿《じけんぼ》

2016年12月10日　初版第一刷　発行

ファーガス・ヒューム著
平山雄一訳

発行者　佐藤今朝夫
発行所　株式会社国書刊行会
〒174-0056　東京都板橋区志村1-13-15
電話　03-5970-7421　ファックス　03-5970-7427
http://www.kokusho.co.jp

装幀　柳川貴代
カバー装画（切り絵）　佐川綾野

印刷・製本　中央精版印刷株式会社

ISBN978-4-336-05992-5

落丁本・乱丁本はお取替えいたします。

ホームズと同時代の女性探偵の物語

シャーロック・ホームズの姉妹たち

質屋探偵ヘイガー・スタンリーの事件簿

ファーガス・ヒューム 著　平山雄一 訳

駆け出し探偵フランシス・ベアードの冒険

レジナルド・ライト・カウフマン 著　平山雄一 訳

古今東西のホームズ・パロディを集成

ホームズ万国博覧会

中国篇

上海のシャーロック・ホームズ

樽本照雄 編訳

インド篇

ホームズ、ニッポンへ行く

ヴァスデーヴ・ムルティ 著　寺井杏里 訳